ウェッジ文庫

東京おぼえ帳

平山蘆江

ウェッジ

東京おぼえ帳

平山芦江著

序にかへて

昔の人は遠いへだたりのたとへに江戸長崎と云つた。私のやうな長崎生れが東京を書く資格はないのだが、明治大正昭和へかけて二十五年もの間、縁あつて都新聞といふ尤も東京人に愛された新聞社につとめたおかげで、生れ故郷の長崎よりも東京になじみが深くなり、ついつい東京おぼえ帳を書く気になつた。

柳橋から小舟でいそがせ山谷堀、土手の夜風がぞつと身にしむ衣紋坂、君を思へば逢はぬ昔がましぞかし、どうしてけふはござんした、さういふ初音を聞きに来た。

といふ小唄の時代も少しは身にしみて居り、

両国の橋の下で、屋根舟とごみ舟がけんかをしたら、屋根舟なんざ三味線ひくな、こちとらなんざ、三味線堀から、ちりつんでめえりやした。

といふ情景を、目のあたりに見たこともあり、また、

さみだれに池の真菰の水まして、いづれかあやめかきつばた、さだかにそれと吉原へ程遠からぬ水神《すいじん》の、はなれざしきの夕晴れにちよつと見かはす富士筑波。

とある向島の水神へ、竹屋の渡しを呼んだおぼえもあり、夕ぐれに、眺め見わたす隅田川、月に風情の待乳山《まつちやま》帆あげた舟が見ゆるぞえ、あれ、鳥がなく鳥の名も、都に名所があるわいな。などは我家の庭の中の風情とさへ心得たものであつた。その頃はまだ、電車などはなくて、根岸の里は鶯の名所となつてゐた。

たれと根岸の里こへて、上野の汽車で王子ゆき、染めるもみぢの色もこく、浮名を流す滝の川。

王子や田端へゆくのだつて汽車に乗つて泊りがけの旅行の気持だつた。それがやがては、全国にはやつた東雲のストライキ節にかぶれて御用聞きの小僧さんまでが、

牛込の、神楽坂、車力はつらいね、てなこと仰やいましたね。

と口ぐせにはやしたてる情景など、あれもこれもきのふのやうに思はれる。もとよりおぼえ帳といふ名の通り、思ひ出すままのたどりがきなので、うろおぼえもあり、おぼえちがひもあらうが。

昭和壬辰上巳　東京野方の里にて

平山蘆江

目次

明治風俗絵巻

梨園の花

狭斜の月

街頭情趣

明治風俗繪巻

東京人の新聞といはれた都新聞の附録都の華のさし繪からぬきがきしました

むかしの都新聞記者　平山蘆江

書生さんの宿がへ
片手にランプ片手にインキビン人力車の心棒に足駄がぶらさげてあるのがおきまり

明治東京の夜はほの〴〵と明けましたまづ新聞やさんがかけ出しますす 社名を染めた印半天は大正の震災頃まで皆着て居りました 新聞を家々へ投げ込む時 シンブンと威勢よく叫びました 新聞やに負けまいとひっぱり出す箱グルマはパンやさんで皆が丁寧に食パンといひました
大工さんも骨惜しみや時間ぬすみをしないで早起きです中折帽にしまのハッピを着てゐるのは棟梁 大がいドウランといふカバンを持って居りました深ゴムのクツを穿いてるところ面白いでせう

とうふやさんがラッパを吹くのは明治も末です 必ず とうふイ油らげがんもどき けふは午の日ちど讃自慢で流ーて来まーた 先々代柳家小さんのレコード高砂やに今でも残ってゐる笛です 今のとうふや見れいに 自轉車でかけ出ーて ラッパの声だけ残ーておくやうな間ぬけ生一人も居りませんでーた 牛乳やさんは今でも早おきでべん強家のやうです

東京の朝の風景で だしもあけれなのハ納豆やさんです ナツト ナツトウナツトウと尻声長く さびーいものでーた

くづひろひさんも点景人物の一つで
すてつぽうざるに大ざるを用意し
たところは芝居に度々出るラクダ
でおなじみをとりかへーたでせう
次は書生さん高級のカバンも持たず
赤の手先になってエラがりもせず そ
れでも末は博士かネー大臣かといふ気
慨を持って居りました 四角いやうでも
ユウビン箱はネ恋のとりもちもするさう
なイトフイトサといふ古い唄のとほ
り黒ぬり四角なポストでーた 次は今
でも街頭に見かける人力車

今は後楽園となつた明治の頃は
砲兵工廠で俗に造兵といひましたので
ここではたらく人はたいへんな人数だ
つたやうです　旧幕府の頃ここは水戸
屋敷で藤田東湖などここで死ん
だのです　腰ベンさんとよぶ呼び方は
今の言葉にすればサラリーマンとな
るでせうか　馬車で箱ぐるまを駆つてゐ
るのは　のしるしがあるから三越デパート
の前身でせう　千金丹といふ売薬や
は随分全日本に長いおなじみでした
千金丹があきられる頃　オイチニの
生盛薬館になつたわけです

雪の日やあれも人の子樽ひろひ
と詠まれた 酒やの小僧さんや呉服
やの小僧さん 今と昔では大へんなち
がいです 一年二度のやぶ入りで一日
半日休ませてもらふだけで寒くて
も素足で用のない時は膝がしら
をキチンと並べて何時までも坐つ
てゐなければならなかつた (大)の
しるしが風呂敷に染めてあるところ
を見ると 伝馬町の大丸呉服店でせ
う 氷やさんが コウリ／＼カンコウリ
と 真夏の町をふれたのは明治三十年以後でせう

國民三大義務といふむつかしい言び方ではじめて日本に徴兵制が實施された時兵役の事をある大臣が血税と云ったとんでもない可愛いせがれの血をしぼられてたまるものかと日本中えらいさはぎになったが鬼も角も習志野に陸軍教導団は出来た　そこに入る壮丁が悲壮な声で堂々六尺のますらをがと唄ったこの唄のはじまりをとって君見ずやフランス皇帝ナポレオンが出来たこれがそもそもホウカイ節のはじまりで忠勇凛々といふハヤシ言葉がサノサと砕けるまでに二十年の月日は経ったでせう

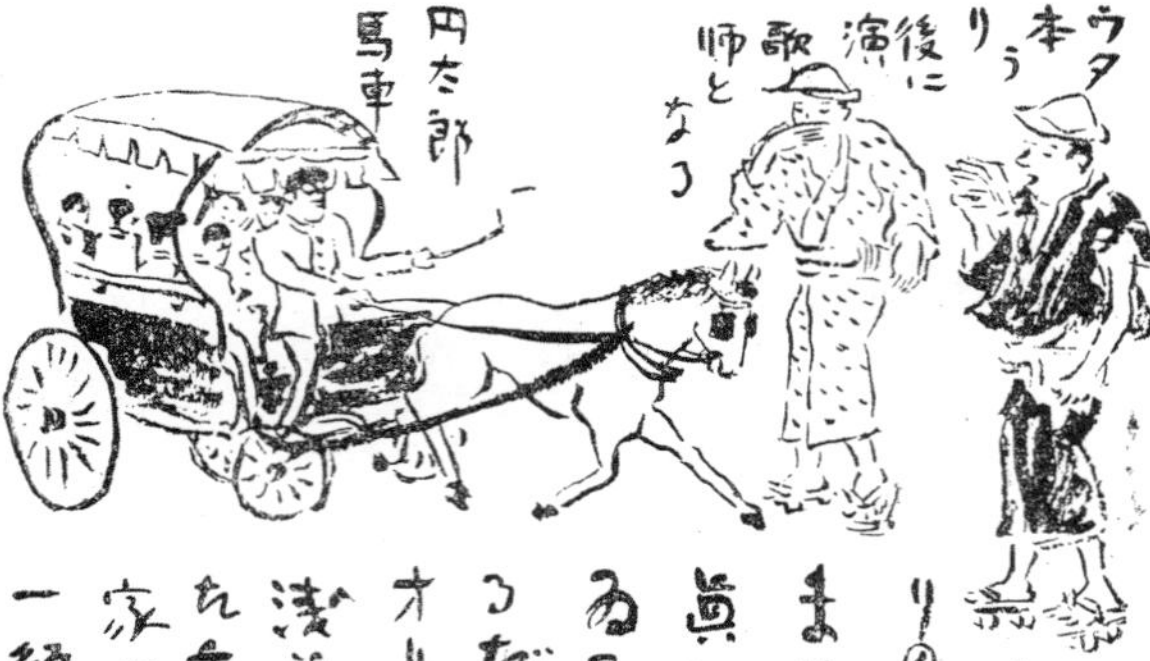

うた本売りが町の人気ものになったのは野口男三郎デン肉斬りの事件からです　ああ世はゆめかまぼろしかとあはれなウタ声を真似ない人はないと云ってよいくらゐでした　はじめは唄って本を売るだけだったのが演歌師となってバイオリンが入りました　柳原、萬世橋浅草などでラッパを吹いて客を待った乗合辻馬車の粗末な風情を橋家円太郎が空の席でまねてから両方一緒に人気ものになったのです

電車が動きはじめたのが明治三十五六年からです 市内の乗物と云つたら辻待の人力車だけですから イザ夕立でも降つたとなると 通行人一同男女老若を問はず 高ばしよりで手拭の頬かむりやら下駄もつてはだしでかけ出すやらすべつてころぶやらそれはそれは勇敢なものです 糸楯とか着ゴザといふ雨具がまだどこでも買へました 少し気取つた人は桐油紙をかぶりました さしづめこれがビニールの役をします

江戸が東京になってアンポツのかけずりに人力車がはしるやうになっても市街は江戸のままであった　安政二年の大地震で三分の一以上も灰になった　江戸へ時の寺社奉行安藤對馬守が大胆な区劃整理をやったおかげでどうやら環状線市街が出来　明治になって第二代東京府知事由利公正が銀座通りをつくり　そこへ新文明交通機関のやうな顔をして颯爽とあらはれたのが鉄道馬車である　上野から新橋へ　新橋から浅草へ　一区二銭の料金で明治三十五年まで市民の脚をつとめた

ゆであづきやさん

とつぷり日が暮れると明治東京の宵げしきは一入ちつかーしいもので　きまり〱の縁日のアセチリンの光り　テンプラク化タイ〱ときこえる新内流しの二挺三味線、山の手のやしき町からわざ〱下町までぶらついて　所謂けふ植ゑてあした枯れると知りつつもついうつかり買つてかへる官員さんの若夫婦の睦まじい姿など・何しろ何ごとにも理屈が少かつたから世は太平でした

夜も十一時十二時となると それこそ草木もねしづまるとか 屋の棟が三寸下るとかいふ 深夜の東京になります 時にヂヤンとぶつける半鐘の音 火事は神田美土代町など呼びながらた鼓を打つてふれまはる火の番の声 アリヤ〳〵とかけ出す町火消につれてそこら中から 弥次馬が大へんなものでーした おれなざア火の手の上つた時から火けしが[illegible]引上げるまで見とどけたなんて 道ばたで夜タカソバをたぐりながら つまらない自慢をーした
ものです

梨園の花

花のつり枝のぼりの林
お江戸ゆづりの片しやぎり

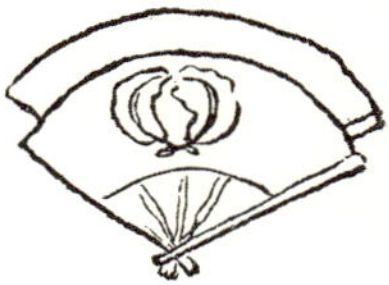

六代目

六代目菊五郎は子供の時幸ちゃんといふ人気もので、東京の役者仲間をあばれまはり、九代目団十郎、五代目菊五郎の家から家へ暴君ぶりを発揮しつつ、誰れも彼れもを手古《てこ》ずらした。少年期に丑之助といはれた時、父が死んで六代目をついで、ややしばらくの間は、いとも悄《しを》らしかつたが、市村座を背負つて立つやうになると、又しても我儘一杯の振舞をはじめ、以来三十年あまり、何処へ行つても、仕たい三昧、いひたい三昧、天下に憚かるものなしの生活をしつづけた揚句、日本中に惜しまれ日本中にたたへられつつ、昭和二十四年の夏六十五年の生涯を閉ぢたのであつた。六代目ほどの徳人もなく、六代目ほどの我儘ものも類がないといへよう。

　幸ちゃんが団十郎の目にとまつたのは幸ちゃん十四歳の時であつたさうだ、歌舞伎座に忠臣蔵が出て、幸ちゃんは太鼓持に扮し、七段目の幕あきで存分にあばれてゐた。それをちらりと見つけた団十郎が、あの子を仕込んだら立派になるよと独り言を云つたさうだ。それを小耳に、はさんだのが後に尾上家の番頭と立てられた松助で、それぢや、旦那の手で仕込んであげて下さいと云ふと、お前に頼まれて世話をするんぢやおせつかいになると団十郎は答へたさうだ。改めて五代目から頼み込んだ時、五代目の口上は、親子の間で仕込むと、わがままと子煩悩《こぼんなう》がぶつかつて物にならねえから頼むといふので、団十郎からは、見込んであづかるからはきびしいぞと応酬した。煮て食はうと焼いて食はうと、頼んだからは文句をいふものかとある菊五郎の言葉と共に、団十郎は丑之助と弟英造を茅ケ崎の別荘へつれゆき、寝るから起きるまで、常住坐臥の仕つけから仕こみにかかつた。幾月も経たぬ中に、兄弟ともども、悲鳴をあげこつそり母のもとに呼びもどしてくれと頼んだ。

それと共に英造は母の手へ引戻されたが、丑之助の母は強かつた。二人の母はそれぞれちがつてゐたので、丑之助の母は、本人がかへりたいと云つて来ましたが本心をたしかめて下さいと、丑之助自身の泣言《なきごと》の手紙まで封じこめて団十郎の手へ送つて来た。

丑之助は泣いて詫びたさうだ。かうしたいきさつがあつて、改めて団十郎の薫陶《くんたう》は、いよいよ本腰になり、丑之助の勉強ぶりも真剣になつた。かうして明治三十六年二月、父五代目が死没と共に、六代目をつぎ、団十郎自ら工藤左衛門をつきあつて、六代目に曾我五郎の役で襲名狂言となつたのである。

六代目の六代目らしさは下谷二長町《したやにちやうまち》の市村座に立てこもる頃からはじまる。

二長町の市村座は、明治初年の猿若三座の一つとして、孤立無援の立ち場で、田村成義の手で築かれた芝居であつた。六代目菊五郎、中村吉右衛門、坂東三津五郎、守田勘彌、大谷友右衛門など、何れも若手の錚々《さうさう》たる元気はあつても、世間の人気はまだまだ海のものとも山のものともきまつてはゐなかつた。

間もなく田村成義は故人となり、田村自身が、その器にあらずとして、生前寄せつけようともしなかつた二代目田村寿次郎の代になると、間もなく、勘彌ははなれ、吉右衛門も脱退したので、いよいよ心細いものになつた。

立てなほつたり、出直しをしたりして、無二無三につづけてゆく市村座はやがて、大正の大震災で焼け落ち、田村寿次郎さへ故人となつたので、今は早、六代目一人が責任者として一切をおしつけられてしまつた。四人ほどの協力者があつたにはあつたが、いづれも体よく肩がはりをして了つたのだ。

当時、六代目の人柄をはつきり物語る挿話がある。

借金で身動きもならなくなつた市村座で、奥役殺しなどいふ血なまぐさい出来ごとがあつたあと、到頭、七人の高利貸から、訴へられた時のこと、一体この始末はどうつけるつもりだといはれると、六代目は平然としてはねかへした。私は役者だから私に芝居をさせてさへくれたら、立派に払つて見せますと。

此一言が裁判長の心を動かし、結局、裁判所が債権者たちを説得して、更に、協力した出資の下に、天晴れ市村座の苦境を切りぬけたといふ。

六代目は若い時から妻帯した。女房は新橋の名妓といはれた勝利で、勝利の名とても、折から日露戦争のはやり言葉大勝利に因んで伊藤博文が命名したほどの売れつ妓であつた。代議士菊池武徳といふ利《き》けものが妻子にもかへて手ばなすまいとしてゐた中から互ひに見染めて、といふよりも勝利の方から見込んで美事、旦那の手をふりもぎり、天下晴れて菊五郎夫人となつたのであつた。

まだまだ、時は明治の末であり、役者と芸者は親類つきあひで、芸者は役者のうしろ楯であり、役者は芸者のおかげで人気をつなぐといふほどの考へ方が、一般の常識とされてゐた。家橘《かきつ》後の羽左衛門にはお妻がついて居り、更にお鯉がつき、源之助には秀吉がつき、梅幸には小文と秀次、伊井蓉峰には新喜楽の女将と新橋の清香がといふ風に、誰れもかれも役者のうしろには、芸者といふ情人であり且《かつ》はパトロンがついてこそ、押しも押されもせぬ人気を占めてゐるといふ折柄のことである。

新たに六代目夫人となつた勝利が、六代目のために内に外にと気をくばつたことは一通りでなかつた。六代目自身も、それを知つて、断然よそほかの女に目もくれなかつた。

六代目さんと高島屋さんは、石部金吉だから、どうゆすぶつたつて芸者の顔さへふりむいては下さらないといふのが、当時花柳界での通り相場となつてゐた。

そのまま二十年以上もの年月がすぎたことであらう。

市村座瓦解の後、松竹へフリーとして引き入れられた六代目が、日一日と、人気づくにつれ、時としては、ほかのことは兎《と》も角《かく》、踊りだけは日本一と定評づけられるにつけ、六代目自身の心もいささかゆるんで来たことだらう、朝に晩に、只良人の人気をつなぐためにも客先まはりにのみ日を暮す女房おやすから、独身者ででもあるやうに放り出されることがさびしくなつた、ある朝、楽屋入りの前に、

「おやす、けふもどこへか行くのか」と聞いた。

「湯河原へさそはれてます」

「泊るのかえ」

「さうですね、お泊りつて事になるんでせう」

女房の言葉をさびしく聞いたまま、楽屋入りをしたのだが菊五郎は堪へきれなかつたらしい。

「泊らないでかへつておくれよ」

わざ〳〵電話でさう云つたが、客先への義理ばかりを考へるおやすに、菊五郎の家庭趣味にかつえた気持のやる瀬なさは通じなかつた。

一日の芝居をつとめてかへつた時、家庭は空家のやうなわびしさであつた。脱ぎかけた着物をも一度着て、出してある晩食の膳を尻目にかけ其儘《そのまま》散歩と称してぶらりと築地の待合秋月の客となつたが、なりゆきはどこまでも皮肉であつた。其晩に限つて芸者といふ芸者は出はらつて居り、菊五郎の前にあらはれたのは、かねて菊五郎に思ひをよせてゐる君太郎一人であつた。斯様《かやう》にして、堅人で通つてゐた菊五郎と君太郎は、切つても切れぬ仲となつたといふ。

双方が、かうなると、どつちからも退《ひ》かれず、互ひに苦労をしておやすの目を忍びつづけねばならなかつた。

菊五郎の身辺の人たちも、おやす対菊五郎より、君太郎対菊五郎の上に同情があつまるのは是非もない。

朝になると、おやすの居間の時計が一時間早まるので、菊五郎の楽屋入りも従つて一時間早まり、夜になると、時計は又一時間遅れるので、菊五郎の帰宅も一時間遅れるといふ風で、毎日二時間づつのゆとりが君太郎菊五郎のためにめぐまれる。

誰れがするともなく、云ひ合せたともなく、かうした思ひやりが、菊五郎君太郎のためにつづけられた。

やがておやすはあの世の人となり、いや応なしに君太郎は菊五郎の後妻となつたのだといふ。

菊五郎が企んでしたのでもなく、君太郎がおやすを裏切つたのでもない、所詮は、なりゆきがさうなつたので、さりとて、菊五郎はおやすをどこまでも女房として立て通したのだ。

菊五郎は駄々つ子で、わがままで、仕たい放題をしたと、世間の人はいふ。事実、その通りの一生涯ではあつたが、実際、菊五郎自身がわがままで傍若無人であつたのではなく、無頓着とかけひきのなさと率直さが、さうなつたまでで、だからこそ、目をつむるまでいひ分が通つたのだともいへよう。満身これ芸ともいへる、全生涯を芝居に打込んだともいへよう。そのくせ、鉄砲打ちにかけても世界選手の腕を持つてゐた、ゴルフをやつても人後に落ちなかつた、自動車に乗つても自らハンドルを握つてどんな車をでも追ひぬいた、而《しか》も、さうしたいろいろの余技は、悉く、七人の高利貸に責めつけられて身動きもならなかつた市村籠城時代の苦しい中で身につけたといふのだから、無頓着な人柄は察しられよう。

大正の好況時代に新舞踊、新劇、新興音楽、新歌舞伎など、何事にも新の字を冠せることが流行つた時、当時有名な新劇運動の作家が菊五郎を訪ね、新歌舞伎及び新舞踊について意見を求めた、其時菊五郎は、まじめな顔で問ひかへした。

「やたら無性に新の字をふりまはしますが、一体、どの辺からどの辺までが新らしいんですか、あつしやそこんとこのけぢめが判らねえんです」

真剣にしやちこばつてゐた作家は返す言葉もなく凹んで了つた。口にそんな事をいひながら、而《しか》も菊五郎はその時、梅幸の倅《せがれ》栄三郎のために踏影会をまとめてやり、第一回第二回と試演会を催した。世間の人々は、六代目指導の踏影会こそ、当代一の新芸術だと評判したのだ。

一方、四十人にあまる弟子たちをあつめて演劇研究の会を催した、けふは振付けの仕方の研究だ、一つ題を出さうといつた風に弟子一同を見まはし、

「畳の上に砂糖がこぼれた、これを指でおさへて舐める仕草と、畳の上にとんでる蚤をおさへる仕草と、もし踊の振にするとしたらどうする、仕分けて見ろ」

こんな風に課題を出して、一時間以内に考へろなどいひ捨てて自分は引込んで了ふ、弟子たちは与へられた課題にあたまをひねり、いろ〳〵の仕草や手順をまとめ、さて、師匠の前へ実演して見せると、六代目は一括して笑ひ捨てる、

「馬鹿野郎、畳の上の砂糖と、蚤のおさへ方だけが課題なんだ、砂糖壺を持出したり蒲団をひんめくつたり、余計なことをしろとはいはねえ、もう一度考へ直せ」

　更に一時間の猶予を与へるのだが、どうも指一本の仕分けが出来ませんといふ弟子たちの言葉を聞くと共に、菊五郎は人さし指を立てて見せる。

「可いか、この指を舌でなめてから畳をおさへるのが蚤で、畳をおさへた指を舌へ持つてゆくのが砂糖だ、判つたか、あたまは生きてる中に使ふんだぞ」

　如何にも馬鹿に仕切つた話だが、簡明直截な教へぶりなのだ。弟子たちを馬鹿にしてゐるやうで実はさうでなかつた。ややもすれば出やすい愚痴と不平を、あたまごなしに呑んでかかつて結論だけをはつきりつけてやる、馬鹿にしたやうで而も行届いた解決が、着々とついてゆくので、弟子たちは誰れも彼れも心服してゐた。

　市村座を畳んで、フリーランサーとなり、新規に松竹合名会社に抱へられる時も、まづ以て二万円の報酬を要求した、当時、松竹専属で最高給と云はれた片岡仁左衛門でさへ一万円を少し出るだけであり、市村羽左衛門ほどの人気者でも八千円の給料だつた頃のことである。

　二万円はあんまりひどすぎると交渉員が云つたら、菊五郎一人に二万円くれろと云つてゐるんぢやありません、菊五郎の身体には四十七人の弟子がついてゐます、これが皆立派な役者なんで、四十八人分の給料が二万円なら安いもんでせうと云つたさうだ。

到頭二万円を承諾させたが、その実、四十七人の弟子たちへそれぞれ手当を渡しても自分の手へは優に一万円余も残したといふ、旦那の手際は鮮やかなもんだと、弟子の中の老人が面と向つて云つた時、菊五郎はしんみりと云ひ聞かせた。

「役者の給金は月給ぢやねえんだ、一興行毎にいくらといふ手当なんだ。もし、興行を休ませられたら、どこからも手当はもらへねえ、専属ならば、休み給金といふのがいくらかでるだらうが、フリーランサーとなれば一文も入らねえんだ。年に一度使つてあと放り出されたら、年収僅かに二万円となるんだ、一興行いくらの手当を給金といひ慣れてるから、誰れも彼れも月給だと思つて、一年中、ピーピー風車で苦しんでゐやあがる。お互ひに、ここは大事な心がけだぞ。一興行いくらを毎月いくらと錯覚しねえやうにするんだ」

無頓着と無鉄砲と世間に見られてゐる六代目に、これほどの分別があることを世間は知らなかつた。だから、一生をかけて浮沈みの多かつた六代目ではあつたが、どんな時にも泣き面を人に見せるやうなヒドいハメに追ひ込まれたことがなく、どれほどの苦境にあつても弱味を見せなかつた。

おのれの立場と共に、おのれの身辺にいつも数十人の音羽屋一門があることを忘れずにゐたので、たとひ、戦争が始まつて役者などの立ち場が苦しくなつても、菊五郎は常に時代に順応してゆくことを忘れなかつた、戦争と共に菊五郎は率先して軍服らしい服をつくり、軍刀を腰に吊り軍人のための慰問をつとめようとした。出すぎものといふ悪口や、便乗屋といふかげ口があつても、そんな事は頓着しなかつた。

「刀て奴ア重たくて邪魔なもんだ、おい、誰れか、こいつをかついでおれのあとをついて来い」といふ風に、腰からひつぱづした軍刀を弟子にかつがせた。

「どう見ても立派な将校だが、丸腰は見すぼらしいな」と、誰れかが云つたら、六代目は言下にやりかへした。

「ヘン、お前さん、ものを知らねえな、紅葉狩の余吾将軍を御覧なさい、勧進帳の富樫左衛門を見なさい、みんなえらい人は刀持がうしろについてゐますよ」

当意即妙、誰れの前へ出ても機智と頓智は口をついて出たものだ。

藤間の家元であり、団十郎直門の長老であり、踊りの名手と定評のあつた松本幸四郎とはじめて同じ舞台に上つた時、世間は六代目が果してどんな踊りを見せるかと目を見張つた、相撲でいへば、巨人常陸《ひたち》山が新人太刀山と始めて土俵に相対する時のやうな評判だつた、あの時は動ぜざること大磐石《だいばんじやく》のやうな常陸山さへ固くなつたといはれてゐるのだが、六代目は平気な顔をしてゐた。

「幸四郎さんに一幕で三遍汗を拭かせ、二度ぐらゐはまごつかせて見せるから、よく舞台を見てゐろ」

など、弟子たちに囁やいて幕をあけさせる。果して、その通り、幸四郎は一幕に三度汗を拭き、二度まで六代目の手を受けそこなつてまごついた、幸四郎といふ人が終始規帳面で、ひどい汗かきだつた虚をたくみについた六代目のいたづらぶりは、真剣な舞台の上にさへ綽々《しやくしやく》たる余裕を見せてゐた。

六代目の弟子分ではあつても実は音羽屋一門の最長老と立てられ、五代目からの弟子分であつた尾上松助が死んだ時にも、六代目の機智と一門思ひの情合ひとは著しくあらはれた。

松助一生、勤勉と隠忍と謙虚と倹約の連続だつたので老後にはじめて立派な普請をし、一生涯の辛抱に自ら酬いるため、老軀を休めるための安息所をつくつた、その家が出来上つて、そろそろ引越しをしようといふ時、松助は目をつぶつたので、あれほど辛抱強く倹約をした松助だから、新宅からともらひを出すことにしようといふ意見と、如何に故人の望みでも、落成したばかりの新宅からともらひを出すことはよくない、遺子たちの住居としては立派すぎるのだから、万一、売家にするとしたら、家の値が下るだらうといふ意見とが、一家の間で問題になつてまとまらなかつた時、六代目は、即座に解決を与へた。

「ともらひは古い家から出しなせえ、そして初七日の法事を出来るだけ手びろく客をあつめて新宅でやんなせえ、万一、家を売ればつたつて、即座に買ひ手の手づるがついて、義理にも値切つたりはしねえだらうぜ」

どこまでがいたづら気分であり、どこからがまじめなのかけじめのつかないほど当意即妙の六代目だつた。

いよいよ余命幾許もなしと自ら観念してさへ、芸術院などの珍妙な戒名を選んで世を茶化した六代目だつたが、死ぬ前の一年間は、たしかに、日本歌舞伎道のために、真面目な遺産をおのれの力の限り後進のために残さうとつとめたことはたしかだつた、六代目の薫育を受けた尾上松緑にしろ、中村もしほにしろ、尾上梅幸にしろ、その外、何人かの人々は六代目の身についてゐたものを、たとひその片鱗づつでも、確実に受けついでゐるのだ。

おれの眼玉の黒い中はおいらの家に火はかからねえと羽左衛門は云つたさうだ。だから日本中が総立ちになつてさはぎ立ち、疎開といふ言葉が、戦争から逃げ出すといふ意味になり切る頃まで、羽左衛門は明舟《あけふね》町にどつしりかまへて悠々と芝居をしてゐた。

それが突然湯田中温泉へ行かうと言つたには恐らく東京を逃げ出すと言ふ気持ではなかつたらしい。あゝしてはいけない、かうしてはいけないと御規則ごつこのわづらはしさにあきれ果てゝ東京をよける気持だつたと見る。でなければ、あゝもあわただしく湯田中へゆく筈はなかつたらう、湯田中へ着きは着いたがその晩泊る宿さへなかつたさうだ。

「人間五十を越すと、ひどい我がまゝになるものですね」

どんな時にも愚痴を云はない羽左衛門が私にとんだ愚痴をこぼした事を思ひ出す。

あれは私自身が五十を一寸越した時だから昭和六七年ごろのことだつた。

「一遍だつて口小言を云つたことのない兄さんが、ひどく口やかましくなりました」と市村亀蔵君が云つた言葉を受けて、あの愚痴が出たのだつた。

「人生五十つていひますが、五十の坂を越すと、人間てやつは、まづ、もうこゝまで来たんだと思ふんでせう。それで、ちつとぐらゐ我儘をさしてくれても可いぢやねえかといふやりつ放しな気持が出るんだと思ひます、だからまはりのものが気の利かねえことをしたり意見だてをしたりすると、何を云つてあんでえ、おれにはおれの了見があらいと思ふ気持から、ついそれが口小言になつて了ふんぢやねえでせうか」

かう云つて私に同感を求めたものだ。だから羽左衛門が湯田中に行つたと聞いた時に、私は、はゝあ、御規則攻めの世の中が面倒くさくなつたんだなアと感じた。

湯田中へ行つて間もなく大した病気もしない中に死んだのも、多分は生きてるのが面倒くさくなつた故にちがひない。

羽左衛門がなくなつて三十五日とかに羽左衛門の家族が法事をし、親類縁者門弟一同へかたみわけをする事になり、八十何箇所への配りつけをし、更にそれ〴〵の目下へは包み金を添へる事にして八十何通りだか百何十かの配りものにちやんと金一封づゝを添へて、夜が明けたらそれ〴〵の家へとゞけようと座敷一杯に諸分けをして、一家がねむつたところへ戦火がかゝりかたみわけの品々は勿論、包み金をひつくるめて家は灰になつたといふ事だつた。たしかに羽左衛門の目玉の黒い中は火がかからなかつたにちがひない。昭和二十年の早春のことである。

何事によらず面倒くさい事のきらひな羽左衛門らしく始末がついた事になる。

役がきまつて書ぬきがわたつて本よみにかゝるとそれが書下しものであつたとしても、

「あつしの役は、まアありものでいへば、弁天小僧を時代ものにして、そいつに助六の意気を添えたやうな役ですね」と云つた風に手まはしよく役の性根と仕どころに見当をつけて狂言方に話しかけるさうだ。それが又、実に判りやすく誰れにでも納得がゆくやうに図星の的をいひ当てるさうだ。

そこで、こしらへといふ事になると、即座に男衆を我家へ走らせ、どの箪笥のどの抽斗にかういふ着物が入つてゐる。それからどの抽斗に帯、じばんはどこに、持ちものゝ小道具はふくろ戸棚のどの小抽斗にと、まるで掌《たなごころ》を指でさすやうに数へ立てゝとりよせ、これで如何ですと狂言方へさしつけると、狂言方の方でウウンとうなるほどに万事が行き届くのださうだ。

世間ではズボラの羽左衛門ともズボ羽左ともわる口をいはせておいて、いつ何があつてもちやんとものが揃ふだけの事は不断から整理しておくえらさは大したものだつた。

頭のよさとか、心がけのよさとか、さう云つた言葉で片づけられないほどゆき届いた用意が不断に備はつてゐた。

面倒くさがりは真底の用意が十二分に出来てゐるからの事でズボラどころか一分の隙もない役者だつた。

五代目菊五郎といふ人も随分細かい用意があつて、芝居道第一のこりやと云はれてたさうだが、五代目のこり性と羽左衛門の用意周到とは全然ちがつてゐるらしい。五代目のは形ちをつくる上だけのこり性で、羽左衛門のは役の性根を打ち立てる上での用意なのだ。

こしらへがきまつて立ち稽古にかゝる時、おいらは幾幕目と幾幕目に出場で、どこ〳〵に立ちまはりがあると、自分の仕どころをつかまへ、相手にまはる役者に、おいよくおぼえてておくれ、頼むよと言つたまゝ、さつさと引下りそれつきり稽古にも総ざらひにも顔を見せない事が多いといふ。

「馬鹿なはなしでね、橘屋さんの相手にまはつたが最後、一切の手順をひとりでおぼえこまなけれあなりません。初日になつてその幕があくまで打ちあはせなんてことは出来やしないんですからね、いよく〵立ちまはりなら立ちまはりの場になつてから、こつちから小声で、それ山がたです。それ天地です。それやなぎで受けて、ヘイ一太刀斬りつけますよ。両方にひらいて見得になりますなど、一々手順をいひながら相手をすると、ウンよしかうかえ、あゝかえとあしらひます。何のことはない、初日が稽古の初あはせなんです。それでゐて大向ふから橘やアと声がかかるんですから、芝居しながらどうかすると馬鹿々々しくなつちやひますが、それほどいけぞんざいなやり方で、而もちつとも狂ひがないんですから、大したもんですよ」

羽左衛門の相手をする役者がこんな風にいふのを折々聞く事がある。一挙一動が江戸前の役者に出来てゐる生れながらにして役者になつてゐるのだ。

六代目菊五郎のやうな役者はこれからも出るか知れない。吉右衛門だつて幸四郎だつてそれ〴〵の天分を持つ役者は出来るかも知れない。が、羽左衛門のやうな役者はもう断じて出ないだらう。よしんば羽左衛門のやうな天分を持つ人が生れ出たにしても、羽左衛門によつて醸し出される江戸前の歌舞伎風景を再び現出する事は出来まい。見る人の眼がちがつたからだ。

芝居の一つも見ようといふ人が、而も日本人でありながら日本の着物の着こなしもわきまへず、角帯の結び方はどこできめるものか下ん前のさばき方はどんな足りでつけるものかを知つてゐる人は日本人中三分の一あるかなしかだ。代議士ごつこで婦人へも参政権が与へられたか知れぬが、男ものゝ仕立てはどこにコツがあるか、おのれの良人に羽織を被せかけてやる事さへ満足に出来ない婦人たちばかりのさばつて男女同権づらをしてゐる今日が、さて、明日までも明後日までもつゞきつゞくとなつては羽左衛門の舞台の味のわかる人が、これから先、日本国に出て来さうにも思はれない。

日本人が日本の風俗を忘れて了つてからまでおいらの芝居を生かしておく手はねえよ。面倒くせえからこの辺で死んで了へと羽左衛門の役者魂が羽左衛門自身に云つたかも知れない。

見る方に眼がなくなつたから、見せる方の手足がのびなくなるのは知れ切つた道理だ。羽左衛門の舞台は日本らしく日本の着物を着た見物と共に羽左衛門が完成した舞台だつた。洋服を着た日本人、いや日本服をも着得ず洋服をさへ着こなし得ぬ日本人の日本となり果てゝは再び羽左衛門の出現はあり得ない。

面倒くさがりの羽左衛門は理屈を云はなかつた。計画の発表もしなかつた。只実行だけの人だつた。他人の批判も批評もしようとはしなかつたらしい。批判と理論は羽左衛門時代の東京にはなかつた。批判が非難ごつこになり、理論が理屈のこねかへしになりつゝ、一つも実行といふ事のなくなつた今の東京に、羽左衛門としては生きてゐる気はしないだらう。

いつぞや羽左衛門が洋行をしたことがある。羽左衛門と洋行、凡そこんな奇妙なとりあはせはないかも知れぬ（彼れには欧羅巴人の血がまじつてゐるといふことではあるが）併し彼れの洋行ばなしに聞くと、

「倫敦で雑貨屋に入つたら、面白い犬の置きものを見つけました。あれとつてくれと棚の上を日本語で云つて指さしたが、あれといふだけぢやどうしても通りません。面倒くせえから、ワンと云つたらすぐ判りました。あつちの犬もワンと云つて吠えると見えますね」

かへり道に上海へ立寄つての逸話もある。

「犬の競馬つていふのもをかしいが、兎《と》も角《かく》犬のかけくらをするところへ入つたんです。どの犬に張らうかと思つてゐると、一匹スタートを切る前に糞をたれた犬がありました。こいつあウンが好いんだと思つたからその犬に張つたら、どうです、

大穴をつかみましてね、儲かりましたよ」

万事この意気だ。最後に結論して曰く、

「世界中どこへ行つたつて、同じですよ。つまり人間の集まり場所ですからね」

これが羽左衛門の人生観でもあり、処世観でもあつたらしい。柳橋の小吉といふ芸者を好きになり、世話することになつた。この芸者、羽左衛門からの手当を受けつゝ、その手当によつてもつと若い役者とあそびはじめた。そのことの評判が高くなつて誰れかゞ羽左衛門に密告したら、只一言、さうかえで聞流して了つた。

而も其女と逢ふのに、きのふまでの態度と少しも変らない。態度といふのは何でもいふことを聞いてやり何なりとも我儘をさせてやることなのだ。尤も持合せの金がなくて女の我が儘を聞く事が出来なければ、我慢しねえ。今、銭がねえんだでおしまひにするさうだが。

羽左衛門に銭がないことは珍らしくないことださうだ。芝居で受取る給金を、いくらあらうと羽左衛門夫人と折半し、夫人の手に渡した金には一指も触れず、自分の分だけで其月其月のきりもりをしつゞけてゐたといふ。

「だから一ケ月の中に、祝儀不祝儀の出銭が三つ四つ重なつて御覧なさい、月がかはるまでは莨《たばこ》銭にだつて困るんですよ」といふ。

こんな時に柳橋へゆくと、莨ものまずにおとなしくしてゐる。様子を察して、相手の婦人が買いおきの莨をケースに入れてやると、本当にうれしさうな顔をして「ありがたうよ」といたゞくさうだ。

羽左衛門はそれほどいぢらしい気性の人だつた。

曾《かつ》て新橋にも好きな人が出来た。くみ子といふ芸者だつた。羽左衛門が色ぼけにぼけたやうだと其頃新聞にまでわる口を取沙汰されたほど浮かれてゐた。けふは三越あしたは帝劇といふ標語が三越デパートの宣伝部で考案された頃のことだつた。羽左衛門こそけふは三越あしたは天賞堂といふ風に相手をつれてほしがるほどのものを買つてやつた。

それがある日忽然として、長々厄介をかけたがけふぎりでお別れだよと女に宣告した。

女はびつくりして何の落度があつたか、どうした理由かと百方陳弁したが、羽左衛門は真顔になつて「金がなくなつたからさ」と云ひ捨て、それきりになつたといふ。

中に入る人があつていろ〳〵にとりなした時、羽左衛門曰く、

「金がなくなつてからまでべた〳〵してるとくされ縁になつて、若い女の一生をま

み子に逢ふことにしたといふわけだよ」
「蓄音器にせりふを吹き込んだら大金がころがり込んだのさ、その金のある間中く
「金がなくなつたと仰有るのが判りません」
ごつかせるから可愛さうだ」

「だけど、あとに芝居の給金はつゞいて入るんですから、縁まで切るにや及びます
まい」
「べら棒め、おいらは役者だよ、役者の給金は地道の金だ、地道の金をチビくつ
かつて色ごとあそびをするやうないけねえ了見を持つたら舞台が小汚なくなつちま
ふよ、浮気とさへいふぢやねえか、色事はきれいさつぱりとやるもんだ。出来ねえ
時は歯をくひしばつて我慢するもんなんだよ」
　かうした建前で、随分若い時から此人は一貫してゐたらしい。浮気といへば橘家
と明治時代に家橘《かきつ》を名乗つてゐた頃から噂の的になつてゐた人だが、所謂小汚ない
浮気沙汰はなかつた。いや、たつた一度ある。財界の大立物といはれた池田謙三の
夫人と浮名が立ち、連日のやうに新聞を賑はした。其れはまだ五代目菊五郎存生中
の事だ。
「どうせ色気を売る稼業だから浮気をするなたいはねえが、お素人衆に手をつける

ことはよしねえ」

五代目がちつくり意見をしたら、けろりとして答へて曰く、

「だつて伯父さん、お素人衆のくせに池田謙三さんはあつしの女を横どりしたんですよ」

其時五代目大きくうなづいて、

「ウム、そいつあ五分と五分だ」

何しろ市村羽左衛門も到頭故人になつた。日本の着物の着こなしの出来る日本人に見せる役者の時代は羽左衛門を一段落として終つた。

梅幸怪談

松竹合名社が東京の芝居をそつくり占領して了つたのも目ざましい早業だつたが、東京役者をそつくり一手にまとめて、がつちりと松竹専属のもとに納めてゐる松竹陣の中から、尾上梅幸、松本幸四郎、沢村宗十郎、沢村宗之助、守田勘彌、尾上松助以上六人をごそりと引ぬいて、丸之内に帝国劇場の看板をあげた大倉喜八郎の早業もあざやかだつた。明治末年の事である。

あの頃はまだ、木挽《こびき》町に歌舞伎座、新富町に新富座、浜町に明治座、春木町に本郷座など明治名残りといふよりは、江戸なごりのお芝居が人気を呼んでゐた、屋根にやぐら、木戸前に幟《のぼり》の林と積樽、積盤台のかざりもの、更に芝居小屋をめぐつて芝居茶屋の花のれんや軒提灯が色とりどりの美くしさで初日前の景気を添え、東京ばかりでなく日本中の人の心をそそる花やかにも床しい風景の頃だつた。

花柳界に待合といふ稼業が尠なく、その頃の芸者と客の出会場所は芝居茶屋を重《おも》につかつてゐた、その芝居茶屋が、次々と座付案内所や直営案内所や本家茶屋といふのに押され、裁付袴《たつつけばかま》で観客に深いなじみを持たれた男衆はそろ〳〵失業しかかつてゐた。

「新狂言の初日がきまりましたから、どうぞ御見物を願ひます」

など、初番付を持つて男衆たちが一々おなじみの客先をまはつて来るのを待つて見物の日どりを申し込むならはしだつた東京の観客はひどく勝手がちがつて来た途端に、新築披露をした帝劇は更に、芝居見物の観念をも習慣をもかへさせて了つた。

「あんな西洋のお役所のやうな小屋へ誰れが行くものか」

といふ人さへあつた、事実、帝劇に吸ひよせられる見物はすつかり種がちがつてゐて、幸四郎の大森彦七や名和長年で馬に乗つて出て来ると、張りぼての馬の胴から人間の脚が四本出てゐると云つて、ゲラ〳〵笑ひがとまらなかつたり、梅幸や宗之助がお姫さまになつて雪布の上に裲襠《うちかけ》の裾を引いたりすると、顔を伏せてくす〳〵笑ひをしたり、舞台で斬つたり殺したりするのを見せることはむごたらしいから慎しんでもらひたいなどと非難する客ばかりが帝劇の客だつた。

ひつくるめて芝居といふものになじみの薄い人たちばかりが株式会社帝劇の株主

として大倉財閥の勢力にひきよせられたのだ。

さて、かくの如く別格の劇場として開場した帝劇に座頭として納まつた尾上梅幸は、もともと名古屋の生れで、幼少から五代目菊五郎の養子となり、六代目菊五郎がまだ丑之助を名乗つてた時分、栄三郎と云つて相当の人気を持つてゐた。

面長で目鼻だちの整つた上背のある姿で、フロックコートを着て開場の挨拶をした時など、新築の帝劇大食堂の綺羅美やかさにふさはしく端麗な紳士ぶりだつた。

その時四十二三の男ざかりだつた梅幸が、まだやうく二十幾つといふ頃、新橋芸者の小文に惚れられた、これがまた水際立つた美人だつたので、二人を並べて見る人は誰れも彼れも、目をそばだてるくらゐ、無論、梅幸（その頃は栄三郎）もいやではなかつたらう、二人は忽ち夫婦《めうと》約束をし、養父の五代目菊五郎もそれを認めてやつた。

小文は浅草聖天《しやうてん》町の火消の頭《かしら》の娘だつた、親父が江戸前の意気な男だつたので、親の器量を受けた小文も、若衆顔の美くしさ、第一姿が新橋一番といふほど美くしかつた。その頃、これも名人といはれた髪結のお夏婆さんに結はしたあらひ髪のつぶし島田で、唐桟《たうざん》の着物に唐桟の半天、描更紗《かきさらさ》と唐朱子《しゆす》の腹合せ帯をひつかけに結び、ぬか袋を口にくはへたりして、銭湯へでも出かけるとなれば、それ、小文さんがお湯にゆくよとばかり、格子の中から皆がのぞいたものだ、親父の仕事師がまた大の子煩悩娘自慢で、神仏の御縁日となると、自分も当番格子の革羽織に長い羽織の紐を肩にかけ、娘を先に立ててこれ見よがしについてあるいた。

二言目には相手かまはず、おれんちの小文が、おれの娘の小文がと娘のために啖呵を切るのが、いつそ不思議でも気障でもなかつた。

尤も小文には旦那があつた、はじめの旦那は兜町の加東徳三、あとの旦那は銀行家の池田謙三、どつちにしても明治中期以後の東京財界に利《き》けものと立てられた人だが、これが、どうしたものか、小文と栄三郎の仲を見て見ぬふりどころか、金がなくては困るだらうと、二人の逢瀬のためにどん〳〵つぎこんでやつたといふ。

だから、小文の帯の間にはいつもいつも三百円ぐらゐの折目もつかぬ紙幣が、はだかのままではさんであつた。

その時分の芝居者と来たら、一にも金、二にも金で、楽屋口から入つても芝居茶屋から入つても一旦楽屋へ役者を訪ねるとなれば、弟子に、男衆に、楽屋番に、奈落番にと、御祝儀にしろ心付けにしろ、まきちらす散り銭の物入りが並大抵でなかつた、小文にはいつもうしろに金筥《かねばこ》がついてゐたので、何の不自由もなく、栄三郎小文の仲を羨やまぬ人もなかつたし、これほど似合の夫婦は日本中にあるまいと噂されてゐたのだが、さて、どうしたことか、栄三郎はほんの僅かの間に、小文をきらひはじめ、口実を設けては逢はぬ算段をしはじめた。

栄三郎には外に女が出来たのだ、柳橋芸者君子がそれで、これは後に本当の女房に迎へたほどの仲である。

栄三郎の身辺の人々も、小文の友だちも、あら方知つて了つたほどの深い仲であつたのだが、小文の真実思ひ込んだ様子があはれさに誰れ一人すつぱぬくものもない、小文は只実意の限りを尽して、栄三郎を追ひまはしつづけた揚句が病気になつて了つた。

小文の家は新橋に近い土橋の際《きは》にあつた、そこの一室にうつら〳〵と寝ながら、栄三郎さんに逢ひたい逢ひたいをいひつづけた、旦那の加東も小文の心持を知つてゐるので、いろ〳〵に手をまはして逢はせようとしつづけた、加東が株に失敗して小文から手を引いたあと、縁あつて小文の世話をするやうになつた池田謙三もそれとなく、栄三郎を引よせる手筈をつけてやらうとした、当時、東京で指折の顔役といはれた石定親分も一肌ぬいで栄三郎を引ぱつて来ようとし、魚河岸の旦那の山庄も骨を折つた、とりわけ、栄三郎の養父の五代目菊五郎にいたつては、小文を嫁にする事について一生懸命だつたので、安心しなせえ、今度こそ栄の奴をひつぱつて来るからをくりかへしたが、今度こそがいつもいつも今度こそにならず、栄三郎はどうしても姿を見せず、小文はその頃の名医橋本綱常博士の口から肺結核を宣告され赤十字病院へ入院した。

小文の仲よしは同じ新橋の芸者お鯉だつた、後に総理大臣桂太郎と共に日露戦争の焼打の時に九死一生の苦しみをしたお鯉で、その頃は市村家橘《かきつ》（先年故人になつた市村羽左衛門）の妻女になつてゐた。

同じ役者同士なので、お鯉は、小文がかうなるまでにある時は家橘を通して、ある時は五代目菊五郎を通して、栄三郎をひつぱり出さうとしたが、栄三郎は逃げ通しに逃げたものだ。

「あと二三日の寿命といふところまで来ました、今の中に、本人の望むことを何なりと聞いてやつて、心残りのないやうにさせるがよい」

これが橋本博士の引導であつた。

橋本博士の言葉について、小文の心をききとる役は、仲よしのお鯉がつとめることになり、それとなく病人に伝へると病人は存外元気の好い声で、旦那のおかげやあなた方の親切で、これほど手厚い介抱を受けてゐるのだから、何一つ心残りはないと云ひはしたものの、併し、どこかに云ひ足らぬものがあるらしい、お鯉がさまざまに聞きなほすと、小文は苦しさうに口ごもりほろ〳〵と涙を見せた。

「でも、旦那に済まないから」

せつなさうな言葉である。

「旦那も橋本先生のお言葉をお聞きになり、どんなことでも好いからかなへてやつてくれ、必らず私に気がねをしないやうにと、仰やつたんですから」

お鯉がおし切つて云つたら、

「晩まで考へて見るわ」とだけ云つた。晩になつて小文が出した望みは、

「あひたい人にみんなお目にかかれたけど、たつた一人——」

新富町のとだけで声をかすめてゐる、栄三郎の住居は新富町であつた、お鯉はすぐに魚河岸の山庄に電話をかける、山庄からの電話が音羽屋へ通じると、五代目菊五郎がさし引の車で赤十字病院へとんで来た、

「小文さん、しつかりしろよ、栄もすぐに来るからな、さあ、お前の大好きなものを持つて来てやつたよ」

風呂敷をとく〳〵持出したのは御所の五郎蔵の舞台衣裳だ、白地の羽二重に谷文晁が墨絵でかいた富士こしの龍、これは音羽屋の家宝であり、日本の芝居道でも名物となつてゐた品物だ、小文はこの衣裳が好きで何遍か音羽屋へ見に行つたことが

ある、それをひらりとひろげ、やがて小文の毛布の上へふわりとかけてやつた。

わびしく陰々とした病室が、目ざましくもはれぐとした。

「小文、五代目さんが、こんなに結構なものを持つて来て下すつたんだ、しつかりしろ、よくお礼をいひなよ」

小文の父親が威勢をつけると、小文はにつこり笑つた。

待ちに待つた栄三郎が今にも来さうだつたが、やつぱり来ない。小文の容態がだんだん悪くなり、早、何十分か何分かとなつた時、栄三郎は家橘に手を引かれてしぶくやつて来たが、病室のドアの外まで来て、中へは入らない。

だれが何と云つても入らず、せめては声をかけてやれと皆がせき立てるので、ドアの外から、不精無精にたつた一声

「小文」

「あなた」

響の音に応ずるが如く小文の返事が人々を驚ろかしたが、而も、それはこの美人の末期の声であつた。

「一体どうして、あれほどの美人に惚れられながら逃げまはつたんです」

あとでお鯉が栄三郎に聞いたら、

「あんまり規帳面すぎて、小文の前にゐるとまるで鋳型にはめられたやうで、窮屈でたまらない」

その気持はお鯉にも判つた、小文の規帳面さは新橋でも有名だつた、日常に着る着物さへ身体の寸法に合はして裁たせ、髪の結ひ方が思ふやうでないと、何遍でも結ひなほさせそれでも悪ければ人にも逢はぬといふ風だつた。

「でも、それは今更はじまつた事ではないから」

問ひなほすと、栄三郎はもう黙つて了つた。肺病が怖かつたのではないか、それが新橋や芝居道に云ひ残された想像であるが、何しろ、小文の怨霊は栄三郎に後々までつきまとつたらしい。

小文の死後、間もなく、栄三郎は柳橋の君子を正妻に入れることにした、婚礼の夜、君子の花よめ姿を見た栄三郎は真青になつた。花よめのしめてゐる帯、それは曾て小文がしめてゐた帯なのだ。

小文は父の仕込みもあり自分の好みもやかましくて、帯には特別工夫をこらすくせがあつた、呉服屋の品物では気に入らず、日本橋仲通りの骨董屋道明へ行つてはいつも能衣裳のほごしたものや名物裂《ぎ》れ、古代裂れを手に入れて仕立てさせるのだつた、それほどの品ゆゑに、小文が死んだあと、帯一筋だけを道明へ買ひもどしてもらつたのだが、選りに選つて君子がそれを知らずに買ひとつて、嫁入り衣裳にしめてゐたのである。

因縁のまはりあはせはそればかりでない、五代目菊五郎の死後、栄三郎は五代目の俳号梅幸をつぎ、丑之助が六代目菊五郎を名乗つたが、つづいて、梅幸自身の長男に栄三郎を名乗らせ、これが美くしく情味のある女形に生ひ立つてゆくにつれ、踏影会といふ会をまとめてやつたり、世間の人気も日ましに栄三郎へ向つて集まるので、末をたのしみに女房君子と共に手の中の玉と悦んでゐる矢先に栄三郎は三十の声も聞かぬ中に死んで了つた。

次男の泰次郎には栄三郎ほどの天稟はなかつたが、併し、親の威光で、帝劇の舞台に随分無理な役をつけてもらひ、大事にかけて育てられもしたが、大きくなるにつれて妙なくせがあつた、朝から晩まで鼻の穴へコカインを吹込むくせである。

尤も、それはその頃のはやりものでもあつた、長唄うたひでも清元語りでも、若手の役者でも、絶えずスポイトを携へて、人前も憚らず自慢さうにスポリ〳〵と鼻の穴をつつく事をしなければ一人前の芸人ではないといふ風な道楽だつた、中に、泰次郎はコカイン注射の元締ともいふ風だつたが、到頭、この道楽のためにスポリと死んで了つた。

「小文の祟りだ、近親のものを順々とり殺して最後に梅幸さんが冥土へ引きよせられるんだらう」

芝居の人たちも新橋柳橋の人たちも、よるとさはるとこの事を怪談として語つた。

やがて梅幸もまだまだ初老をすぎたばかりで小文のそばへ引きよせられた。

東京人

高はし

明治三十六年の早春、五代目菊五郎が先づ没し、つづいて九代目団十郎、少し遅れて市川左団次が故人になつた、これで団菊左と並べられた劇界の大ものはむかし話しの人たちになり、明治東京も大正東京となつたのだが、劇界も幸四郎、羽左衛門、梅幸の時代が来た、そして、幸四郎が九代目団十郎の芸風を受け羽左衛門が五代目菊五郎のそれを偲ばせつつ、東京人に悦ばれる中に、左団次の遺子二代目左団次だけは丁度、父左団次が団菊両人の舞台から離れて格別の道をあるき通した通りに江戸歌舞伎の芸から離れて強いて名をつけるならば新歌舞伎の芸風を持ち通しつつ、丁度父左団次が苦しんだ通りのいばらの道を切りひらきつづけて、一方の旗頭となつてゐた。

小山内薫と結んで自由劇場を打立て、岡本綺堂と結んで左団次十種の狂言を演じ、時としては野外劇場の新手を打ち、時としてはロシヤへ渡つて日本の芝居の分野をひろげようとしたり、イプセンやゴルキーの作品を日本風に展開したりしたものだ、当時の東京つ子は此人のことを左団次といはず殊更にその本姓によつて高橋君とも高橋とも愛称した、高橋自身も進んで知識人の間に交はりを求めたり、江戸風を離れて東京風の生活をしたり、とりわけ浮世絵の蒐集家としても、随一と呼ばれ、当代一の写楽通とさへいはれたりしたものだ、正に大正時代の新智識人高橋君は大正東京の人気者であつたらう、父以来、歌舞伎役者の畑に育ちながら、父と共に歌舞伎畑の変り種であつたし、別格の存在でもあつた。

元来、父左団次は大阪生れであり、団菊の間にはさまつて東京歌舞伎に名を成すまでにはなみなみならぬ苦難を味はつてゐる。芸の上では、立廻り役者として舞台を仕上げるまでの苦労、河竹黙阿弥といふ作者に見出されて左団次物といはれるほどの独自の舞台を築き上げるまでの苦労、明治座の孤城に立てこもつて立派に高島屋一門を芝居道に認めさせるまでの辛抱等々、なみなみならぬいばらの道を踏んだものだが、二代目左団次も、別の道ながら、父そのままの難行苦行をつづけたのだつた。

父左団次のそばについて、市川ぼたんと名乗つてゐる間は只いたいけな子役ではあつたが、莚升《えんしょう》となつた青年時代にはあたまから大根役者といふ仇名を大向ふからも桟敷の客たちからもつけられて、兎《と》もすると役者をやめろとまでいはれたくらゐ。父が死に、二代目をついで、どうにか役がつきはじめた頃から、世間は何か知ら、高橋に変つた味を見つけ始めた、第一にそれを見つけたのは花柳界の女たちであつた。

芸者の目は高い。

大正年間に尤も人気をとつた読物の「大菩薩峠」だつて、芝居の人たちや、出版界の人たちや、映画人たちが見つける前に、既に芸者たちはこの小説の面白さを知つてゐた。

「大菩薩峠」ははじめ、その作者の中里介山が通勤してゐた都新聞に連載されたので、中里介山の都新聞退社後、続稿が東京日日新聞に出はじめ、今更ながら芝居人や映画人や出版界の人たちが、これに目をつけて、むしかへしたり、出なほしたりした揚句、菊池寛が事新らしく文壇的に推奨しようとしたら、介山は超然としてはねかへしたものだ。

今更「大菩薩峠」でもあるまい、都新聞連載中から大衆は古今の読みものだと云つてくれてゐるんだ。たしか、さういふ言葉であつた、二代目左団次の真価もそれに似たものがある。

新橋、下谷、柳橋、浅草等々の芸者たちが随分前から高島屋さん高島屋さんと騒いだ、手をかへ、品をかへて、高島屋さんを座敷へ招待しようとした、その頃の芝居小屋は緞帳でなく引幕時代であり、木戸前には大幟小幟が、ひいきひいきの客先から役者たちへ贈られて、さながら林のやうに立ちならぶ時代だつたので、さうした贈りものも、頻々と高島屋さんへ贈られた。

幟、引幕などの贈りものと共に、総見といふ名で多人数打そろつての見物があり、総見の度毎に役者を中心にしての宴会など催ほされる例《ためし》であつたが、高島屋さんだけはどうしても芸者からの招待宴には出て下さらないといふ評判が立ちつづけてゐた。

たまに顔を見せて下さつても、芸者と盃をとりかはすといふことは絶対に受けつけないとも評判された。

よせつけないとなると、意地にもとりまいて見たくなる意地の張りが、まだまだその頃の芸者たちにはあつたので、ある芸者などは興行毎に引幕を贈り、着物、羽織、持物など心をこめて高橋さんへと贈りつづけ、これでもか、これでもかと好意の限りを尽したが、いつもいつも望みが達せられない、丁重な挨拶と、ゆきとどいた使者の口上とで、好意を受ける礼儀だけはあつたが、到頭、高橋と一座することは勿論、高橋に顔を見せてもらふことさへ出来なかつた。

到頭たまりかねて、芝居の楽屋へおしかけ、ぜひとも只一度でよいからお招きする場所へ来ていただきたいと膝詰談判をすると、高橋は静かに礼をいひ、あとで御返事を申し上げますと答へたが、折かへして使ひの者に大荷物を宰領させ、件《くだん》の芸者の宅へ届けさせた、折角のお招きですが残念ながら、差つかへがあつて伺がへません、重ね重ねの御好意に背くことがあまりにも心苦しいので、申しわけのために、この品々をどうぞお手許へお納め下さいとの口上つきで、送りとどけられた大荷物は、約一年来、その芸者から左団次へ贈つた心づくしの品々で、どれもどれも、もとの包みのまま、そつくり包んであつたといふ、左団次の物堅さは、むしろ頑固とも片意地ともいふほどのものであつた。

別に、一例がある。

名もない丸抱への芸者であつた。

先輩の芸者たちが、左団次へ引幕を贈つたり、大幟を贈つたりするのを見聞くにつけ、自分も早くさうした身分になり、せめて左団次の手づから思ひ差しの盃一杯でも受けたいと思つた、さうするには先以て、自分が一本立ちにならねばと、以来、わき目もふらずお座敷のつとめを励んだ、やがて、一人前の芸者になり、抱への児の一人も置けるところまで来ると、其日から貯金をしはじめた、引幕一張りの代金、その頃、七八十円もあればよかつたので、付け祝儀を添えて、金一百円を、約《およ》そ一年近くもかかつてためることが出来た、いよいよそれが貯ると、うつかり希望のほどを朋輩に洩らした。

だめよ、高島屋さんに限つては、引幕ぐらゐのことでお座敷へなんぞ、来て下さりはしないわよときめつけられたので、さらばと自重して、つづけさまに引幕を三張りも贈る覚悟をし、又ぞろ、貯金の仕なほしをした、到頭、自重に自重をかさねて、貯金は二千円まで上つたさうだが、丁度、その矢先に、前に掲げた出来ごとを聞き込むと、すつかり考へ込み、芸者といふ稼業をしてゐればこそ、高島屋さんは相手になさらないのだ、立派な見世を持つて、女ながらも一家の主人となれば必らず、相手にして下さるに相違なしと、二のかへしの出なほしをし一万に近い預金を積み上げるまで隠忍すると共に芸者をやめて待合を開業したが、さて待合の女将となつて見ると、年もとつたんですわね、すつかり左団次熱がさめちやつて、何だかバカバカしくなつてる矢先に、左団次さんには、おかみさんが出来て了つたんです、と笑ひ消して思ひ止まつたといふ女もある。

それほど堅い噂の左団次が、どうした風の吹きまはしか、女房にしたのは下谷芸者の三州家栄である。

ゑはがき美人として全国的に評判された赤坂の万龍についで、三州家《さんしうや》栄の名も相当ひろまつてゐたのだが、栄が左団次に近づいたわけは少しも世間に噂されてゐない、それほど突然のことであつた。両方が見得坊で、どうせ手を結ぶのなら有名人をと互ひに望んだのが合致したのだとか、相当の金をつみ上げて二人の間を結び合つた人があるのだとか、人のかげ口はいろ〳〵にあつたが、どれもこれもまことらしくはなかつた。兎に角、栄が高橋夫人となつて後の左団次の家庭は、まるで山の手の旧家の家憲の下に出来上つたかと思ふほど、重々しく固くるしく行儀正しい家庭であつた。

左団次の番頭といはれ、高島屋一家の内外は此人なしに一日も過ごせないといはれた市川左升でさへ、左団次夫婦の居間へ入ることはゆるされず、敷居ごしに手をついて、恐る恐る差図を受けるといふ風であつたとか、あれほどの知識人で、あれほど役者仲間の旧慣を排撃する高橋が、と、誰れもかれも目をそばだてたが、こればかりはどうにもならなかつた。

左団次といふ人は、さすがに知識人といはれただけに、まづ何よりもおのれの柄を知つてゐたらしい、青年時代に、大向ふから大根役者のきはめをつけられた時、既に、おのれのゆく道を考へたと見る。

先以て、小山内薫といふ新人と相結んだ、小山内薫は後に新劇の人たちを養成して、築地小劇場を創設したほどの新人であり、小山内薫自身、文壇に於ける立ち場が劇界に於ける高橋に似通つてゐたので、同気相求め、同病相あはれんだ心の結びつきは相当のものであつたらう。

さんざんの試みと、さんざんのやりなほし出なほしのあと、小山内と別れ、自由劇場を捨て、翻訳劇に遠ざかり、野外劇をもあきらめて、もとの歌舞伎の世界に戻つた時、それまでの苦難は悉く酬いられた。

艶麗花のやうな名女優市川松蔦《しょうてう》、朴訥そのままの姿で引立て役をしてくれる上に南京豆の愛称を以て大向ふに親しまれた市川荒次郎、左団次と対照して相応の二枚目をつとめてくれる市川寿美蔵、更にふけ役として市川左升など、なくてならぬ両腕が、さながら一身一体のやうに左団次に結びついてくれたこと、及び、左団次でなければ見られぬといふ舞台ぶりが美事に完成したことなどが、苦難のたまものであつた。

斯様《かやう》にして、東京人高橋君は、全国の人気を博し、ぶつきら棒で、一本調子で、ドスぶとい口跡さへも、誰れにだつて真似られやすいが故に、日本全国、芝居を知らぬ人にさへ高橋の声色はゆき渡つて真似られたものであつた、大正昭和の二代にわたつて、高橋君はたしかに異色ある人気役者であつた。

田甫の太夫

故人市村羽左衛門もだが、その前に故人になつた沢村源之助ほど東京つ子に親しまれた役者はあるまい、田圃の太夫と愛称して、この人の出る芝居は大向ふの掛声からしてちがつてゐた、もし、源之助の出幕に大向ふの見物がよびかけた掛声を記録しておつたら、正に江戸趣味東京言葉の見本帳が出来たであらう。

それほど江戸前な田圃の太夫が、大歌舞伎出演をはばかられたのが、当時はじめて日本へ渡つて来た活動写真、今の言葉でいふ映画に出演したといふお先走りゆゑだつたとは、思ひも及ばぬことであらう。

大歌舞伎へ出なくなつたために一層東京つ子に大事がられる機会がめぐまれたともいへる、いや、その前に、花井お梅にかかりあつたのが、評判を立てられる因でもあつたか、いや、まだまだそれに前から東京つ子は源ちやん源ちやんと云つて此人をうれしがつてゐたのだ。

その時分、源之助に惚れ込んだのが花井お梅であり、源之助の方からせつせと通つてゐたのは柳橋の喜代次であつた、喜代次はその後新橋に変り後に金持ちの大姐さんと立てられるほどになつたがまだまだ若くて柳橋に出たばかりの頃は到つて内気なおとなしい一方の人だつた、花井お梅はといへば、秀吉と名乗つた生れつきの勝気に、かてて加へて銀行家の旦那がうしろ楯についてゐるので、一層羽振がよく存分に新橋村をあばれまはつてゐる矢先だつた。

喜代次にあひたがる源之助を、秀吉が先まはりをしてはつかまへるので、喜代次も悩み源之助もなやみ、それにつれて秀吉自身もひどく焦《じ》れた揚句、到頭秀吉は旦那をしくじりさうになるところまで我儘なあばれ方をした。

後に、五代目菊五郎が芝居に仕組んだり、加賀太夫たちの新内にも語られたりして有名になつた浜町の水月といふ料理屋が銀行家の出資で出来、秀吉を新橋から引かせて水月の女将に据ゑるといふところで一応落ちつきさうになつた。

もう源之助さんを思ひ切ります、水月の女将でおとなしく行状を慎しみますと、さすがの秀吉も一応は旦那の前であやまらせられたのだつた、事がここまで来るには一中ぶしの師匠の取なしもあり、辛抱強く万事に鷹揚な旦那の分別もあり、源之助が素直だつた故もあるが、一番骨を折つて八方に波風を立たせぬ取つくろひをしたのが、以前三味線箱かつぎ、今は水月の帳場にすわつた峰吉であつた。

これが後に自分の骨折をいくらか鼻にかける気味もあつて、事毎にお梅を監督し、口小言めいた意見立てをする。勝気のお梅には我慢の出来ないなりゆきだつた、而《しか》も、お梅も峰吉も酒好きで、どつちも酒の上のよくないくせがあつたから、お梅が峰吉を殺すまでには、幾度、小ぜりあひがあつたか知れない。

「おかみさんは、今後一切、水月の敷居をまたがないで下さい、あつしに得心のいくまでは旦那にも逢はせません」とまで、峰吉はお梅をきめつけて了つた。お梅はしをしをと引下り同じ浜町に世帯を持つてゐる実の兄の家のかかり人になるより仕方がない。

とはいふものの、かうなると、峰吉さへ居なければと、身のおき場もないほどいら立つて来る、その日は花曇りのむし暑い日だつたさうだ、たかが相手は雇人で私は水月の女将なんだ、峰吉風情にしめ出しを食ふ手はない、今夜こそ遮二無二おしかけ、旦那の前で峰吉が無理か、私が道理か、聞いて頂かうと兄の家を出た、腰をするゑてねぢ込むには、たばこぐらゐ充分に用意しておかうと人形町通りのたばこやの見世へ立つと、莨屋の店の柱に柱鏡がさがつて居り、鏡の中にきらきらと光つて映つたものがあるといふ、向ふ側の刃物屋の店にならべた刃物の光りである。

曾《かつ》ては源之助をいろにするほどのお梅だから、ここで芝居心がむらむらと起つた、すぐにくるりと向直つて出刃包丁一本買ひ、刃先を新らしい手拭でくるくるとまいて帯にはさんだ。

正に卵塔場《らんたふば》のかげにかくれて蝙蝠安《かうもりやす》を待受ける切られお富の舞台姿を其儘の風情であつたらう。ヨウ、田圃の太夫そつくりとどこからか声がかかる気持が、恐らく仕たかも知れない、
水月の裏門は浜町河岸に向つて居り、そこには車井戸があつて柳の木があり、お誂《あつ》らへ向《むき》にしとしと雨が降つて来た。お梅は柳のかげから水月のお帳場の様子をぢつと伺がつてゐる。時も時、峰吉がくはへ楊枝でのそりと出て来た。やりすごしていきなり水月へ入らうと思ひ思ひお梅が身を引くのを峰吉は目早く見とがめて、

「おかみさんぢやござんせんか、お前さん、又、そんなところでうろうろしてゐるんですかい――」

いつもの調子でがみがみやつつけ片手でお梅を押しのけようとした。お梅はもうカツとなつて先づ帯の間の出刃包丁に手がかかり、ぐいと突出しざま、刃先をまわすと新らしい手拭だからばらりととれた。

「ヘン、そんな小供だましでおどかさうたつて、おぢけるやうな峰吉ぢやねえや」

片手に水月と書いた番傘を持つてゐたせいであらう、峰吉は全身の力でお梅にぶつかつた。トタンにお梅が出刃包丁を突出した、これがもののはづみである。男の脇腹へ美事に突刺さつて大の男は井戸端に横たふしになりウーンと一声のた打つた。丁度その時通りかかつたのが近所の車宿の亭主だつた、ものの倒れる音と、うなり声と、そして女の立ち姿、ぞつとしながら目をするゑると、

「おやおかみさん」

かねて見知り越しではあり事情のもつれも知つてゐるので声をかけた、そこで又一声はげしいうなり声だ、そして溢れ出る血汐。

すぐに抱起さうとすると、

「打棄《うつちや》つてお置きよ、大袈裟な真似をするのはその男のくせだよ」

お梅は平気で柳の木にもたれてゐたといふ、出刃包丁に手ごたへがあつたのさへ感じてゐない。

車宿から二人乗りの人力車が来、車宿の亭主は峰吉を抱《か》かへるやうにして車に乗せた時、はじめて血塗れ姿を見てびつくりしたくらゐであつた。

合乗車を曳子が曳いて木原病院さして蠣浜橋を渡りかけた時、峰吉は此世の息を引とつたとか、後に、新橋の金春《こんぱる》新道で高砂といふ小料理屋を出したのがその時の

車宿の亭主である。

かうしたなりゆきで市ケ谷監獄に十年あまりの苦役をつとめたお梅がいよいよ出獄といふ時、もの見高い東京中は監獄の門前へ黒山のやうにおしかけ、浜町の兄の家にも人だかりがする騒ぎだつたので、監獄でも気を利かして前夜の中にこつそりと獄舎の裏門からお梅を出獄させた。

お梅出獄の時、源之助は日本橋中洲にあつた真砂座に出演してたしか清水清玄の芝居をやつてゐた。例によつて大向ふは、お梅さんのいろ男だの、女たらしだのとはやし立て、逗《さす》がにこの時ばかりは真面《まとも》の芝居が出来ないくらゐだつたが、而《しか》も田圃の太夫の人気は益々盛んなものとなり、この人をとりまいて幾十人の芸者がしのぎを削つてゐるかとさへ評判されたものだが、実際のところは真面目すぎるほどの人柄で、女たらしなどいはれるところは微塵もなかつた。

大正もぐつと初めの頃、日本ではじめてのカフエが浅草の雷門に出来た、よか楼といふ名前で、所謂文化人といふ立場で吉井勇さんだの、故人瀬戸英一だの文人雅人がしきりに通つてアブサンを飲んでは世間を驚ろかし、つゞいて銀座うらに出来た画家松山省三のカフエ、プランタン、日本語に翻訳すると、春の家といふ名になりますなど、名づけ親の小山内薫が得意の鼻をうごめかして時代の尖端を行かうとしたそのカフエ、プランタンよりは一歩も二歩も前に尖端ぶりを見せてゐたのだが、どうした心境の変化か、浅草の田圃の住人沢村源之助が、曳く手あまたの芸者たちを尻目にかけてよか楼一番の客になつた。

当座の場あたりじみた活動写真など相手にするものかと、すべての歌舞伎役者が軽蔑した活動写真へ、敢然としてとびこみ世間をあツといはせた源之助だから、これがよか楼通ひをしたつて何の不思議もないといへばいへる、が、それにはいぢらしいわけがあつた。

お梅に別れ、喜代次にも別れ、その後何人かの相手を経て切つても切れぬ仲になつた浅草芸者のおとみと、苦労しとげて、やつとの思ひで夫婦になると間もなく、おとみの身辺に邪魔が出来、あきもあかれもせぬ中を割かれておとみは神戸へとんで了ひ、二度の棲をとることになつた。

つがひはなれし片羽鳥といふわけだ。やる瀬ない心のうさをはらすために源之助は、わざと花柳界をよけて相手をよか楼に求めたらしい、尤も、失恋のつらさなどといふ年ではなく、田圃の太夫も既に六十の坂を越しかけてゐた。好い年をしてなどいふ言葉は役者と芸者にだけは通用しない其頃の習慣だつた。

間もなく源之助と好い仲になつたのは、よか楼第一の美人で、やつと二十をこしたかこさぬくらゐ、源之助の年にくらべたら、正にお祖父ちゃんとお孫さんといふくらゐであつた。

源之助はどこまでも大真面目で正式に結婚をしたいといひ出した、女の親は大神楽の名人で海老一鉄五郎といひ、色物席の名物男だつた。

源之助が人気役者か知らねえが、おれだつて海老一の鉄五郎だ、老先の長い娘をそんな老いぼれの茶のみ友達にやれるかやれねえか出雲の神さまに聞いて来るが好いやとばかりえらい見幕である。

何といはれても源之助は、只々、御承諾をねがひますと飽くまで下から出るいぢらしさに、たつた一人同情したのが、「マダム貞奴白粉」といふ化粧品の本舗田中花王堂の主人田中松声老人、これは寅派歌沢の家元寅右衛門の旦那である。

まづ相手の花よめに心持を聞いて見るとどうぞよろしくお願ひ申しますと顔をあからめる。それならばと松声老人は海老一にぶつかつた。

「年がちがひすぎるために、娘さんが若後家になるといふのが心配なら、ゆく末の安心が出来るやうに保険をつけさせませう」

松声老人は苦労人だつた、老人は老人同士、鉄五郎の心の急所へ一本つつ込んだ。

保険と云つても、保険会社へ引受けさせようといふのではない、結婚と共に源之助の給金の中から毎月一割づつを積立てておくといふのだ、さうしておけば花聟たる沢村源之助の寿命がつづけばつづくだけ安心の度が増すし、早々と参つて了へば、それはそれで若後家の若い中に身の始末がつけ易い道理を説いて納得させると鉄五郎は一も二もなく結婚を承諾したさうだ。

早速六十歳の花聟に二十歳の花嫁は大まじめに結婚披露をし、又しても東京中に羨やまれる果報が来て何ケ月がすぎた。田中老人ははじめに口を利いた責任上、保険金が滞りなく積立ててあるかどうかを花嫁に尋ねると、花嫁はポツと顔を染めて、はじめの一ケ月はすぐに積立てていただきましたと云つた。

それからあとはと押しかへすと、それつきりですと答へる。

「そいつはいけない、太夫に催促してやらう」

老人が云つたら「好いんですよ、お父さんだつて悦んでゐますから、第一夫婦の中で積金なんぞしちや水臭いつてお父さんが云つてますもの」

花嫁は勿論、鉄五郎老人の方が今では花聟に惚れぬいてゐたさうだ。

おいらの事を女たらしだつて世間ぢやいふけれど、此年になるまで女に惚れられたことは一度もありやしねえ、第一おいらなんぞ、女に惚れられる筋がねえんだから、と源さんはいふ、だつて何しろ田圃の太夫だからといひかへせば、御冗談でせう、田圃なんて空名前に惚れる女があるもんですか、此節の女はみんなお金に惚れるんだから、源さんは手もなく笑ひ消してゐた。

　早い話が、東西わからぬがきの時から舞台を踏んでても給金らしい給金をもらつたことはねえ、十二の時だつたか、助高家高助（今の宗十郎の父）がお家の狂言の苅萱道心《かるかやだうしん》をやるといふので石童丸に雇はれて越後まで行つた時など古今未曾有の不入りさ、見物が来なくて芝居の木戸があけられないなんてことが度重なつたので、日残りなどどうでも好いから引取つてくれといふ事になり、一座は名古屋へゆく、あつし一人東京へかへされるんだが、送つてゆく人なんぞあるわけはなく、越後三条の飛脚屋へあづけられ荷物扱ひにして東京まで荷鞍の上へ乗せられて差立てられたことがある。

　そんな風で若い時から苦労のしづめだから、女を惚れさせるやうな金は生憎持合せたことがねえ、など、源之助自身の口で他愛もなく笑ひ消したこともある。

　併し、何をいふにも東京つ子にあれほど好かれた源之助だから、一人や半分の色ざんげがありさうなものと責め立てると、太夫、につこり笑つて、たつた一度、女に惚れられましたといふ。こればかりは、未だ曾て誰れにも話したことがなく世間の噂にもならなかつたとつときの話だと前おきをして太夫自身のざんげ話である。

吉原さかんなりし頃で、中にも名物の吉原仁和加が東京の評判になつてゐる頃の話、仲の町の引手茶屋に金半といふのがあり、そこに里子といふ芸者がゐた。ちよいちよいお座敷で逢つてゐる中、とりわけ源之助をなつかしがる、源之助の方でもうれしく思ひはじめた。ある晩、二人きりでひどく話がもてた揚句、女の方から、太夫とならー苦労しても好いわと来た、うれしいね、何とか都合がつくかと切りかへせば、角海老のうしろに小さな待合がある、あそこなら隠れあそびが出来ますから人目に立たないやうにして来て下さいましと云つた。

何しろ、相手が吉原芸者である、廓内に於てかくし事絶対相ならずといふ掟できびしくいましめられてゐるのが、ここまで乗出したのだから、源之助は天にも上る心持だつたさうだ。

出会場所はきまつた、日と時間もきめたが源之助の住居は新富町だつた、新富町から吉原まで人力車でとばせるほどの身分ではなかつたので、てくてくとあるいて吉原へついたのがひけすぎに近い時間、女にいはれた通り角海老の地尻をまはると、なるほど小さな待合がある、あたりを見まはしつつこつそり入ると、かねて話があつたものか、女中が心得て一間へ通してくれた。

顔なじみはなし、話のつぎ穂も尽きて了《しま》つてもじもじするほどになつても、里子は来ない、何かさはりが出来たんでせう、もう少し御辛抱なすつてと女将は天ぷらそばなどとつてくれた。

それをゆつくりゆつくり食べて了つてもたよりさへない。夜はしんしんと更けてもう大びけの時が鳴る、よくよく人目を憎がつてゐるのだらうと、冷え冷えと雪もよひの夜更けにこつそり逢ひに来る女の気持など思ひやつたりして、到頭二時になつた。

いくら何でも二時すぎではと、女将がそろそろ邪魔にしはじめる、源之助も居づらくなつてすごすごと其家を出て仲の町を大門の方へ辿りつつ、それでも未練で、金半の前を通つたら、物干の上で寒げいこをしてゐる三味線の音がビンビン聞えた、何気なしに見上げると寒げいこのぬしこそ待ちこがれた里子だつた。

吉原には仁和加いろといふいたづらがあつた、仁和加興行の間だけいろになつて、あとはさつぱり他人に戻るといふ一種の洒《しや》れたあそびだつたが、源之助ほどのいろ男が、このあそびの逆手にひつかかつたのだ。

新富町まで夜つぴてあるく勇気もなく、知合の島屋といふ引手茶屋を叩き起して、こごえ切つた手足を温ためさせてもらひましたがどうせ、あつしの色ごとなんざ、たかがこんなもんですよと、自ら語るほど、まア、洒れた叔父さんではあつた。

新派劇起る

池上のあけぼの楼になごりの花を眺めながら人待ち顔の客があつた。葉ざくらの梢を通して東京湾を見はらすやうに出来た小座敷の障子をあけて見たり、しめて見たり立ちつ居つしてゐる姿はよし町で貞奴と呼ばれた売れつ子の芸者である、お茶とお菓子をちやぶ台の上に睨みつけたままかれこれ小一時間もひとりぼつちだつた。

「一本つけてくれ」

突然、となりの座敷で男の声が聞こえた。びつくりするほど頑固な声なので貞奴はびつくりした。

「少し酌をしてくれたまへ」

女中にいひつけてゐるらしい。

「何かお料理を持つてまゐりませう」

如何にも気の荒さうな客なので女中は逃げにかかつた。

聞いたやうな声だと貞奴は思つた。其中《そのうち》、隣室の客が二本目のお銚子を呼ぶと、貞奴もたまりかねて一本つけてもらふ事にした。こつちは女一人、となりは男ひとり、相当いける口なのでどうせ飲む酒なら一緒になりませうよと女の方から云つた。間仕切りをとりはらふと、どつちも知らぬ顔ではなかつた。男は当時有名になりかけた壮士俳優の川上音二郎である。

「なアんだ君か」

「えらいところを見つかつてお気の毒さま」

「君だつて同じくだらう」

二人はどつと笑つた。貞奴の待つ相手は歌舞伎座の立女形《たておやま》中村福助、後に歌右衛門となつた人で、川上を待ちぼけさせたのは同じよし町の芸者であることを貞奴はかねて知つてゐた。

待ちぼけ同士ではあり、酒の飲みつぷりも双方水際立つてゐるので、忽ちの間に二人とも酔つて了ひ、人を待つてることなどけろりと忘れ、好い心持に寝そべつて了つた。

「あたしたちを訪ねて来る人があつても、もうかへりましたと云つて頂戴」

貞奴はあとで女中に云ひつけたが、まるで申しあはせたやうに二人の待ち人はたうとう来なかつた。

「今度はいつ逢はう」

一寝入りしてさめた川上が女に聞くと、

「いつでもあなたの御都合で」

女は不用意に答へて了つた。

あとで貞奴は考へたさうである。新駒屋さん（その頃日本中の人は中村福助のことを父の成駒屋芝翫《なりこまやしかん》と区別するために新駒屋と呼んでゐた）に逢ふためのあけぼの楼で、川上さんに逢つて了つた、一体私は何てダラシがないだらう。

一方は名女形中村富十郎が若くして死んだあと、相手にする女形に困つてゐた九代目団十郎に見出されて身分以上の大役を背負はされるために日の出の勢ひで昇進する新駒屋であり、一方は出来ぼしの壮士俳優であり書生役者といはれて床屋の見世先か銭湯などで至極安直にあつかはれる川上である。

日本一の美男といはれて歌舞伎座の楽屋口にその楽屋入りを拝ましてもらふほどの勢ひで毎日雲の如く女たちをむらがり立たせる福助と、つい先日までは寄席めぐりをしてオツペケペー、ペツポウポウと出たら目唄をうたつてゐた川上とでは天地雲泥の相違がある。

とりかへしのつかない事をしちやつた。

さう思ひつつも貞奴は相手の熱にひかされて二度が三度と逢瀬をかさねた。而《しか》も、福助の熱のないこと、あけぼの楼に待ちぼけを食はせた以後、ぷつつり音沙汰がない、のみならず、ほかに増す花が出来たといふ噂さへ耳に入るのだ。

首尾よく逢ひつづけて行くとしても、新駒屋さんのやうな優男はどうせ若死するにちがひない。そこへゆくと頑丈づくりの川上だからと、まるで世話女房が台所道具でも買ふやうな了見でした。あつさり川上さんに身を任せる気になつたんですがと、晩年に貞奴はその時の気持を人に語つたさうだ。

(判らないもんです、あんなに丈夫さうな川上が脆くて、見るから弱々しい福助さんが長命であらうとは皮肉な話ですね)とも云つた。

兎に角、かうして馴れそめた貞奴は間もなく川上貞奴と名乗つて同じ舞台を踏んだことさへあり、川上と貞奴を二人ならべて東京中にいろいろの噂の種を蒔いたのは明治二十二三年頃から十年以上もの間だつた。その間、川上音二郎の活躍ぶりが花やかだつた故なのだ。

はじめは自由党の壮士から出発し、政府攻撃の運動にあばれまはつた揚句、オツペケペーの唄を日本中におしひろめ、やがて書生芝居とも壮士芝居とも変形していつともなしに本ものの役者になつた川上音二郎ではあるが、さうなつてからの川上の芝居改革運動は物凄いものだつた。伊井蓉峰も、河合武雄も、藤沢浅次郎も、高田実も、小織も秋月も児島文衛も、山口定雄もみんな川上の熱に引きずられないものはなかつた。とうとう新派演劇といふ劇風をものの美事に打立て、一時は歌舞伎芝居の人気をさへおしのけるところまで行つたのだ。今にして思へば、これは日本に於ける立派な新劇創設であり演劇改良運動であつた。大正中期に入つて起つた築地小劇場や、有楽座の新劇運動が其後三四十年間何の変転もなく一つところをウロウロしておぼつかなげに西洋すきうつしをやつたり、徒らに議論ばかりならべたてゝゐるのと思ひくらべたら、苦労の程度だけでも真剣勝負と子供の棒きれあそびほどの相違がある。

当時の人にしても、今の人にしても、川上の事を山カンと云ひたがるが、よしんば山カンにしたところで、川上のやつた事は悉く命がけであつたらしい。その中で一番大袈裟なのは一隻のボートでアメリカへ渡らうとした時のことであらう。福島中佐が馬上で西比利亜《シベリア》横断をやつたり、郡司大尉がボートで千島列島へ出かけたりしたことが日本中の大評判になつて居た頃のことだ。川上の新劇運動が、打つ手も打つ手も失敗に了つて万策尽きるところまで行つた時、やけくそまぎれにボート一隻でアメリカへ押し渡り世界中をアッと云はせて活路をひらいてやらうと大野心を実行にうつしたのだとも思はれた。事実、今でも其の時の出来事を知つてゐる人は、さういう風に信じてゐるのだが、いくら川上が山師でもそんなに薄つぺらな世間さわがせをやる筈がない。失敗つづきで身動きもならないほどの借金をいくらかでも支払ひ、更に再起の道を計るために、東海道のある地点に住むなにがし（浜松の人とも伝へられる）へ相談に出かけようためのボート出発だつたらしい。

何しろ、其時の川上の窮乏も計画も川上だけしか知らないことで、貞奴は身も心も任せ切つた態度で思ふ男について行つたのだ。川上と貞奴はそれほどつきつめた愛情の夫婦だつた。

横浜を出発したボートは観音岬までも行かぬ中にあらしを食つて幾日か海上にたよつた揚句、横須賀の尉《じょう》が島の岸に流れついた。

「岩の多いところです、ぶつかつてボートが壊れなかつたのは夫婦の運の強さだつたんでせう」

岸に乗り上げたまま傾いてゐるボートを第一に発見した少年の言葉である、この少年こそ後に大正の上景気時代に五反田の花柳界を創設し、五反田がすつかり出来上つた頃、ほんの些細のゆきちがひから仲間のものにピストルで殺された岡部なにがしである。

「あの時私は十八歳でした、横須賀鎮守府のボーイをつとめてゐて、望楼勤務をしてゐたので、夜分の見まはりをする時、望楼の窓からかすかなあかりで漂流ボートを見つけたんです」

すぐに係長へ話をし、係長とたつた二人でボートを引よせ、中を改めると男と女が毛布にくるまつた儘《まま》倒れてゐる。はじめは死骸だと思つたさうだ。いくらか温味があるので室内へ入れて介抱し、やつと元気をとりもどすまでざつと一昼夜もかかつたさうだ。

係長は荒木といふ海軍大尉で活達な人だつた。川上夫婦の立場と覚悟に同情し、身体を充分養生させた上、海軍の船で二人の目的地まで送りとどけてやつた。

「食糧だつてほんの五日分ぐらゐしか積み込んでなかつたし、あらしで揺られてゐる間にそれは食べつくしもしない中に浸水のために廃物になり、二人が只抱き合つて寒さを凌ぎつつ、運を天に任せてボートの底に転がつたまま気絶したんださうです、アメリカへ渡る計画は浜松とかの後援者の力を得た上でのことで、決してボート一隻で渡米しようなんて無謀な考へではなかつたやうです、世間の噂なんて大概出たらめなものです」

岡部は後にさう云つてゐた。

目的地へ送られた後にも川上の活路は容易にひらけなかつた。

浜松の後援者は更に東京にある友人への助力を求める。それが中々進行せぬ中に、古い借金が四方八方から川上を責めたてる。あと一日経つても道がひらけなかつたら、自分一人のわざわひは後援者にまでも及ぼすといふほど切端つまつたところまで行つた。

「死なうと決心したのは其時です、貞奴も一緒に死ぬと云ひますので、どうせ死ぬのなら劇薬や刃物ではいやだ、夫婦《めうと》心中なんだから二人の体内に持つた全生活力を一緒にしぼり出して、夫婦の愛情の努力を息の根のとまるまで味はひ尽さうといふ決心でね、全く古今東西に類例のない心中の実行にとりかかつたんです」

これは川上自身が後年、伊原青々園に一場の笑ひ話にして語つた言葉である、それほどの苦境におち込んでも、川上は川上らしい死に方を選ぶ男だつた。

「二人がふとんにくるまつて夜もなく昼もなく夢うつつの境まで行きました、お天道さまが黄いろく見えるなんてことをいひますが、本当に薄濁つて黄いろいお天道さまを見るほどの経験をしたのは日本中に私たち二人だけかも知れません」

こんな風に川上は其時の有様を伊原青々園へ事こまかに語つたさうだ。

委細承知、川上夫婦を助けよといふ意味の電信が東京から来て、浜松の後援者が川上夫婦をその旅館の一室に訪ねて来るのが、もう少し遅かつたら二人の昏睡状態は永久に醒めなかつたかも知れない。

何をいはれても、貞奴は只ハイハイと返事をして薄眼をあきながら川上の方へ手をのばし、川上も貞奴の手が自分にさはるので、ウンウンとだけ答へるにすぎなかつたさうだ。

「おかげで川上音二郎も一人前の男になれました、ありがたうございます、美事に、新派の芝居を盛り立てて御覧に入れます」

漸く我れにかへつてとび立つ思ひで立上らうとしたが、いひ甲斐もなく腰はへなへなと砕けて了つた。

かうして再起した川上音二郎が東京の大劇場と数へられてゐた明治座を借りて、恐らく日本最初と云つても好いセクスピヤ演劇で旗上げをし、新派俳優を大合同し自分はその座長としてオセロの役をつとめた時など、たしかに東京中の大小劇場を尻目にかけるほどの勢ひだつた。

きのふがきのふまで川上を苦しめた債鬼たちは手のうらをかへすやうに川上の前にあたまを下げたし、川上自身も、きのふまでの悪戦苦闘の古蹟たる神田三崎町の川上座といふ小芝居が、其後もがきにもがいて改良座といふ小屋になり、近所にある女役者の本城たる三崎座や、曾て貞奴の恋人だつた中村福助が芝翫を襲名しその頃の市川高麗蔵、後の松本幸四郎を相手の無人芝居の一座をつくつての手芝居で立てこもらうとした新築劇場の東京座などに押されて、あるかなきかの姿になつてゐるのなど見向きもせぬ勢ひだつた。

セクスピヤのオセロ、川上のオセロ、明治座へ明治座へと東京中の人が評判した、あの時が、川上音二郎個人としては得意の絶頂だつたかも知れない、目的どほり亜米利加へ渡つて楠公桜井駅や児島高徳などで得意顔をしたこともあつたが、その時はもう苦しまぎれの悪あがきにしか過ぎない、川上音二郎は只それだけの壮士役者だつた。併し川上音二郎一代の悪戦苦闘の連続こそ、歌舞伎芝居一点ばりの日本に新派劇をつくりあげる基礎工事でもあり棟上げでもあり、柱立の役目から、造作まで仕上げたといつて好いのだ、もし川上の悪戦苦闘がなかつたら、高田実が如何に名演技をやつても、藤沢浅次郎がどんなに努力しても、伊井喜多村河合の三人が如何に東京中の人気を背負ふにしても、三百年引つづいた根城を持つてゐる歌舞伎芝居と肩をならべるところまで人気をおし上げる事は出来なかつたらう。

それは、川上のオセロが浜町河岸を大幟でかざり立ててゐるのに圧倒されて、女形一点張りの中村芝翫が、山門五三桐《さんもんごさんのきり》を出して石川五右衛門をやったり、たうという新派の出し物にまで手を出して菊池幽芳作「己が罪」を上演し歌舞伎俳優最初の束髪かつらをあたまにいただいたりしたことでも察せられよう。

芝居から劇場へ

お芝居といふ言葉は三百年来、江戸つ子をたのしませ、江戸の風俗をつくり上げ、江戸を繁昌させつつ、その中で役者自身も育つたものだが、明治が大正となる頃から、東京人との縁が切れかかつた。お芝居といふ名が演劇となり、芝居小屋が劇場となり、役者は俳優となり、芸人は芸能人になつて了つた、ものの呼び方がかはると、中味も自然かはつてゆく、これはどうにもならないものらしい。

明治中期まで生きてゐた江戸つ子の画家、柴田是真《ぜしん》といふ人は一生涯座蒲団を敷かなかつたさうだ。他家へ客になつて座蒲団をすすめられても、それには及びませんといひ、無理にすすめると、とんでもない、あつしや職人でござんす、職人のくせに座蒲団を敷くと、腕がさがりますと云つたさうだ。

どこまでも職人の気がまへで身をへりくだつても立派な芸術を後世に残した是真や、是真の作品を大事に守り通した明治期の庶民たちが、大正になると同時に一挙にして芸術鑑賞家になつて了つたので、鑑賞される側でも大に芸術家がらねばならない。

お濠端に帝国劇場が出来たことは丁度芝居が演劇に化けるきつかけであつたらしい。大阪から松竹合名社といふ芝居師が上京して、東京の芝居小屋を片はしから占領し、東京の役者たちを一手に買ひ占めた頃、東京名物の芝居茶屋を消滅させたのが、芝居から劇場への前奏曲であつたともいへる。

それまでは江戸時代の猿若三座がいくらか残つてゐた。新富町にあつた守田勘彌の新富座、下谷二長町の市村羽左衛門座からなごりをとどめた市村座、九代目団十郎の余命をつたへた木挽町の歌舞伎座などがそれで、その外、浜町に市川左団次親子や伊井蓉峰が苦労のあとを残した明治座にしろ、新派役者たちの籠城した本郷春木町の本郷座にしろ、故人歌右衛門が演劇委員長に経のぼるまでむづかしい世渡りの階段だつた神田三崎町の東京座にしろ、芝居道由緒のやぐら紋が屋の棟になり、軒にはなつかしい絵かんばんが上り、木戸前には色とりどりの幟が立つて役者の名があばれのしの模様にとりまかれつつ、何某丈へと勘亭流に染め上げられて花々しくも芝居月の月末月はじめを彩つたものだ。

芝居小屋をとりまいて花のれんと花提灯をかけつらねた芝居茶屋の見世がかりや

ら、そこからお芝居へ流れこむ客の姿の和やかな福ざうり姿、さては東西の桟敷にかけた緋毛氈、殊に、初春ともなれば、東京中の芸者たちが、白衿黒紋つきの江戸褄姿で、一月一杯の桟敷を、けふは柳橋あしたは芳町そのあとは新橋御連中とか、よし原御連中とか、入れかはり立ちかはつた買切りの芝居見物をした派手派手しさと、和やかな風景は、正にそれがそのまま東京人情ともなつてゐたのだ。

まづ大阪勢力が東京の芝居を買ひつぶすと共に、芝居茶屋は本家茶屋といふ名にかはり裁付袴《たつつけばかま》を穿いてお客の世話をしてゐた出方《でかた》は女出方にかはつて了つた。間もなく本家茶屋が直営案内所となつた時は女の出方がエプロン装の女給さんにかはつた。

それでもまだその頃までは桟敷にも土間もお客は坐つて見物し、一家族の物見遊山らしくお弁当を食べたり、莨《たばこ》をのんだり酒を酌みかはしたりして一日一夜のお芝居見物をたのしんでゐた。お芝居の方でも、場代の中に菓子と弁当とおすしをカベスと称して盛込みにした食事の提供をしたものだ。冬ともなれば、見物席の一間一間へあんかを入れてくれたりした。

帝国劇場が出来ると共に、俄然、座席は椅子席にかはり、絵かんばんはとりのけられ、幟もなくなつて花環といふ飾りものになり、場内に於て喫烟も飲食も一切御断わり申候ということになり、役者のよび方も伎芸委員とむつかしい肩書がついた。

「芝居へ入つてたばこも喫めねえなんて、べらぼうな奴があるものか、おらあ帝国劇場にや行つてやらねえよ」

ひどく憤慨した東京つ子もあつたが、此人たちの憤慨が弐年もつづかぬ中、やがて歌舞伎座も新富座も本郷座もという風に帝劇同様の劇場になつて了つたものだ。二長町の市村座を除いて浅草公園の小芝居までが、椅子になつて了つた。開演中は電燈を消した真暗な中を、案内ガールに手をひかれて自分の席へつれられるのは、お景物《けいぶつ》だよなど、うれしがる見物さへあるやうになつた。

あれあれという間にくづされてゆく東京風俗になごりを惜しむ東京つ子が、如何にぢたばたしても、どうにもならなかつた。

ぶちこはされるにはぶちこはされる理由があり、新規のものが入れかはるには入れかはるだけの都合のよさがあつた。

東京の芝居が江戸時代から伝はる間に、興行師は金方といふ金貸に食ひつぶされ、役者は奥役といふ策師にしぼり上げられ、見物はお義理と見得とにもみつぶされつづけたのだつた。その中へ割込んで来た大阪組は、万事お手軽といふ餌を投げこんで芝居道をひつかきまはし、地元に盛上つた帝劇は、表も裏もあけつ放しといふ風呂敷をひろげた。そして、斯くの如くお芝居は劇場となりかはつた。云はばお芝居道の革命である。

それがさうなるまでには、ほんの僅かながら血が流れた。大正の震災前に起つた市村座の奥役殺しといふのがそれである。悲壮な破壊事件もあつた。三崎町の東京座が居ぬきのまま氷庫になつたのがそれであらう。

ものが古くなれば情実もからみ、面倒も殖える。思へば、東京の芝居が大阪方に占領されるまでには、相当の無理があつた。江戸のむかしは芝居の木戸に絵かんばんが上れば千両の金が町内にばらまかれたも同然の景気が立つといはれたのだが、町内に千両ばらまくために芝居師は火の車をまはさねばならなかつた。

役者を奪ひつこすること、見物の人気を引よせること、裏方の仕込みをすること、どれもどれも先立つものは金である、小屋を持つてゐる座元、役者をつかまへてゐる太夫元、それぞれに策戦をこらし世界定めをするまでにはいくら用意しても金が足りない。そこを見て高利の金の貸付けをしようとする金方があり、金方と座元をつなぎあはせる芝居師があり、芝居小屋と芝居小屋、役者と役者の間をぬつてあるいてこぼれ銭を拾つたり、かすめたりする奥役や役者の手代があるといふ風で、十両の金に百両の利を絞られるやうな暗闘がひつきりなしに行はれた。

京橋采女町に大震災前後まで残つてゐた甲子屋といふ芝居師の家の古い帳簿一冊を見ても、さうした苦戦ぶりがありありと覗かれる。

ある一つの芝居がやつと盛上つた。このフタをあけさへすれば大入り疑がひなしといふ見込まで立つたが、太夫元へ打つ手金の用意がない。絶体絶命となつた時、甲子屋では独り娘を吉原へつれてゆき女郎に売りとばして金をつくらうとした。

切端つまつた苦しみを知りぬいてゐる女郎屋では、

「よろしうござんす、芝居の初日が開くまではお嬢さんを客分としておあづかり申します。初日があいて其日のはね太鼓が鳴り納めるまでを期限とさだめ、太鼓がなり納めても金が来なかつたら、残念ながらお嬢さんは張見せへつき出します」

どうぞお含みおき下さいましと、女郎屋の主人は云つたさうだ。手許の苦しさに同情してのなさけである。首尾よく初日があき、つめかけた見物の木戸銭をかきあつめて、前借した娘の身の代金を女郎屋の帳場へならべると、客分の座敷からつれ出してかへしてよこされたお嬢さんを中に、金を借りた方も貸した方も手をとりあつて泣いたといふ話は明治三十弐年頃にさへあつたとやら、甲子屋の帳面が記録してゐる。

金方の中で一番大きく長くまで貸付けをしてゐたのは、京橋五郎兵衛町の千葉勝といふ金貸しであらう。

千葉勝の咳ばらひ一つで、歌舞伎座一棟すつとんで了ふとさへいはれてゐた。千葉勝一人の御機嫌がとりにくくて、歌舞伎座の総取締は何人首のすげかへをやつたか知れない。困り切つた揚句に、前総理大臣西園寺侯爵をまで其座にすゑようとしたのは明治四十余年の事であつた。その頃の千葉勝は、二代目で養子だつた。千葉へ養子になる前、千葉県の田舎から東京へ出て来て、天下に名を知られる金持にならうと志ざしたさうだ。

「無一文から天下の金持になるには、どろばうをするか、養子にゆくかの二道しかない」

この若者はさう考へたといふ。

どろばうは割にあはないから差当り金持へ養子にゆく事だと思案し、東京中で一番嫌はれてゐる金持をと望んで千葉勝へ奉公に住み込んだものだ。

それほどの決心をしてゐるにも拘らず、幾度逃げ出さうと考へたほどの苦しみだつたらしい、食ふものも食はずとか寝る眼も寝ずにとかいふ云ひ方はものの数でもない。人間のくるしみといふ苦しみを味はひぬいて、毎日毎日東京中を尻ぱしよりでかけまはる、貸付けた金の日歩をあつめてまはるのだ。

その苦しみを十弐年か辛抱し通して、どうやら、人力車に乗せてもらへる番頭まで つとめ上げ、やがてあと取りといふところまで来た時、先代千葉勝五郎が病気になつた。

ある日浅草へ貸付けの話をつけに行つてゐるところへ、主人危篤の電話があつた、早速差し曳きの人力車を雇ひ、五郎兵衛町へと急がせる道すがら、うきうきするほどうれしくつて独り笑ひの出るのが車の上でとめ切れなかつたといふ。

「今度は死ぬだらう、あの因劫親父が死んだら、あそこの身上はそつくりおれのものだ。占めたぞ占めたぞ、葬式さへすましたら、仕たい放題だ。酒も飲み放題、着物も着放題、栄耀栄華に堪納して贅沢を仕つくしてやるんだ。うれしいなうれしいな」

そんなことをぼそぼそと、独り言にいひつづけた。今日といふ日まで誰れにも出来ぬ辛抱を仕つづけた酬いが、やつと来たのだと思ひつづけた。

丁度浅草瓦町まで来た時、不図見ると瀬戸物屋があり、屋根の上に大きな盃のかんばんが上つてゐた。これは大震災まであつたかんばんで、東京の人にはなじみの深い目じるしである。

「あのくらゐの盃一杯に銘酒を満たして、芸者や太鼓持をあつめ、飲み放題に飲め

だつたさうだ。

と云つたら、どんなにびつくりするだらう」

と、馬鹿々々しいことを考へるのと、「いや待てよ」と思案するのが殆んど同時
「親父が目をつぶれば千葉勝の身上はおれのものになる、おれのものなら、何も、さう急いで使ひすてることはない。ゆつくり使ひませう」

かう思案がきまると共に今までのニヤニヤ笑ひがなくなり、落付いて五郎兵衛町の家へ車のかぢ棒が下りると共に、家の中から線香の匂ひが流れ出るのを感じ、それと同時に先代勝五郎に輪をかけるほど金利の勘定の上手な金貸になつたといふ。それほどのしつかりした分別を持つてゐなければ、東京のお芝居相手に金貸は出来なかつたのだ。

その中を無理に通しぬいた、芝居道を占領した松竹合名社の目のつけどころは、立派でもあり素晴しくもあつたらうが、どつちかといふと占領されるものが占領されたのだともいへる。

松竹がまんまと占領した中から、まづ尾上梅幸をひきぬき、松本幸四郎を引ぬき、つづいて沢村宗十郎、沢村宗之助、守田勘彌をも加へ、尾上松助をそなへ得た帝劇の手際はあざやかだつたが、帝国劇場の建築は物笑ひの種だつた。

「百万円の資本を八十万まで建築につぎこんで流動資金たつた二十万で芝居をやり通さうなんて、下手なやり方をしたものだ」

当時、芝居道随一の策師といはれた市村座の田村成義、一名田村将軍はそんな風に帝劇を批評した。

「俺なら二十万円を建物につかつて、八十万で芝居をつづける、さうしたら、どんどん目先のかはつた芝居が出来、見物を引きよせて見せるのだが」とも云つた。

併し、いよいよ帝劇のフタをあけて見ると八十万の建物が俄然ものをいひはじめた。どうせ大倉喜八郎其他のお金持さんたちのお道楽で出来た劇場だから、芝居通は一人も居ない。劇場は社交場なりといふわけで見物席のうしろに大きな運動場を設けたくらゐだから、客は舞台を見るかはりに運動場で自分たちの着かざつた衣裳を互ひに見せ合ふのがおちだつたし、相前後して出来た三越デパートの大建築と共に、東京人の綺羅の張り場所となつて了ひ、けふは三越あしたは帝劇といふ標語まで日本中にはやらせる事となつた。遉《さす》が田村将軍も、これほどまでに、東京人の趣味好尚が薄つぺらになりかけた事には見当がつかなかつたらしい。

化物やしき

東京も明治期までは化物屋敷がそこら中に残つてゐた、行燈がランプになり、ランプが瓦斯燈になり瓦斯燈が電燈になりして、東京の夜が明るくなるにつれ、江戸なごりの化物もだんだん退却したらしいが、専らランプの光りが東京を照してゐた頃までは東京十五区内化け物屋敷のない区は一つもないといふほどで、夏ともなれば、四里四方、ここかしこ涼み台にさま〲の話題を提供したものだ。

年に一度は必らず火に祟られるといふ家、住む人は家族が順に死に絶えるといふ家、病人の絶え間がないといふ家、必らずくらしむきに不如意がつづいて夜逃げをするといふ家、等々、大概は因縁ばなしの来歴がついた化物物語だつた。

日のくれ方に通りかかると、わけもなしに首をくくりたくなる松の木もあつた。七日目に一人ぐらゐの割で人死にのあるといふ鉄道の踏切もあつた。なにがし屋敷の開かずの間、何町の人喰ひ井戸など、誰が云ひ出すともなく評判が立つと、われもく〳〵と見物人やら見とどけ役の面白がりやら強がりが殺到して、其都度新聞種をつくつた揚句、井上円了博士などいふ化け物研究の大家などがあらはれたりした。

電燈のひかりが東京中を照すやうになつたのは明治も末期のことである。かくて東京の夜景があかるくなるにつけ、そこここの化け物沙汰も日ましに消えていつかしら、因縁ばなしの種は断ち切れて了つたものだが、殆んど打止めの因縁ばなしといふのが一つ残されてゐた。

怪談も化け物屋敷も大概は下町のものときまつてゐたのに、これはまた山の手も山の手、つつじの名所の大久保村の村はづれが牛込区にもて余されて一ケ所となつたといふ牛込余丁町、その頃はまだ大久保余丁町と云つてゐた一角に起つたまま子いぢめの因縁ばなしである。

だだつ広い家の中に母一人娘一人、これがなさぬ中の親子で、朝から晩まで小娘の泣き声が絶えないといふので、誰れもよりつくものがなかつた。

たつた九つになる娘をいびりまはす母親を近所では鬼婆と云つてゐたらしい。ある日いつもの通りに折檻した揚句、娘をしばり上げて長持へ投込み、そのまま忘れて了つた母親が、不図気がついてあけて見た時、もう娘は冷たくなつてゐた。

さすがの鬼婆もびつくりして件《くだん》の小娘を横抱きにひつかかへほんの半丁ほど隔つ

た医者へかつぎ込んだが、もうとりかへしはつかなかつた、娘には三度の食事をさへ惜しんで、金火箸のやうに痩せほうけるのもかまはなかつたが、自分だけは贅沢の三昧をつくし、その時も平絽の単衣を素肌に着てゐたのが、真夏のことなので、細帯一つまきつけるひまもなく、胸も太股もあらはにおしひろげ髪をふり乱して、医者へかけこむ母親の姿を、近所の人は此世からなる夜叉の有様と語りつたへてゐた。

かうした事があつて間もなく、遉《さす》がの鬼婆も我家に居づらくなり、家屋敷を売り捨てに行末をくらました後、娘の祟りがいつまでも家に残つたのか、其後誰れが住んでも家内に揉めごとが起つて住みとほした人はなく、例によつて化け物屋敷といふ名が唄はれはじめた頃、何にも知らずに此家を買ひとり、一通りの手入れをして住んだのが早稲田中学の先生といふよりも時の文豪と立てられてゐた坪内逍遙博士である。

もとより大久保村のおちこぼれといはれるほどの余丁町だから、あたりはワラ屋根ばかりであつた。殊に牛込へ接した部分は、江戸時代に小伝馬町にあつた西の大牢を、明治になつてから市ケ谷監獄といふ名にしてそつくり移転した所謂重罪監獄が何万坪といふ敷地で頑張つてゐるので、見るかげもない小町であつた。家らしい家と云つてはつつじ見物の客をあてこんで造つたが思ふやうにゆかずそのまま銭湯になつて開業した和倉温泉と坪内博士の家とだけであつたので、余丁町にすぎたるものが二つあり坪内博士に和倉温泉といふ歌さへ出来た。

「あんな化物屋敷を買ひ取つて坪内博士に祟りがなければよいが」

はじめの中は、どうかすると、坪内邸の門の中をのぞき込んで通るものもあつたが、それもやがては忘れられる頃、坪内邸の半分は文芸協会として仕切られる事になり、新日本演劇の尖端をゆく人々として自認した青年男女が花々しく往来するやうになつた。

役者には水口薇陽《みなぐちびやう》、土肥春曙《どいしゆんしよ》、東儀鉄笛《とうぎてつてき》、つづいて島村抱月も坪内博士の片腕の役となつたりした。博士の熱心と努力と、そして博士につづく人々の熱意と勉強とは、あのままでゆけば、間もなく歌舞伎芝居も新派の芝居もおしのけるほどの大演劇城が築き上げられさうに見えた。が、よそ眼には花やかでも、協会内のもめ事はどうにも手がつけられず、坪内博士の半生を悩ましつづけて、到頭協会解散の憂き目を見ることになつたのは協会開所以来五年目のことであつた。

「やつぱりまま子殺しの祟りだ」

余丁町では因縁ばなしに結びつけて了つた。

さて母体の文芸協会は解散したが、解散した母体は島村抱月を中心にした松井須磨子の一座として母体よりももつと花やかな劇団が生れ出た。

明治三十六年以来、新演劇完成に全力をそそぎ、心身ともにその事に打込んで努めつくした坪内博士の熱意は、自ら率いた文芸協会にあらはれずして、そこから派生した松井須磨子一座の上に酬いられたのであらう。東京中はおろか、日本国内津々浦々の末までも、松井須磨子の人気はすばらしいものであつた。東京の花柳界でも、松井須磨子のサロメをまねて七色ぎぬの帯ひもをときはなしつつ、ヨカナアンの首を下さいと踊り出すのが流行つた。誰れもかれもが、カチユーシヤ可愛やを唄つて須磨子の復活を評判した。

一にも須磨子、二にも須磨子と人気の絶頂に達した頃、余丁町の人々はこそくと噂した。

「いまに何か祟があるよ、このままでは済まないだらう」

尤も、この一座の出発のそもそもから、島村抱月と松井須磨子の情話があり、島村家の家庭のもつれ話があることを、地許の町内には耳さとく取沙汰されつづけたのだから、強《あな》がち、只の面白がりの噂ばかりでもなかつた。

到頭その時が来た。

さしも花やかだつた須磨子一座の運勢は、島村抱月の病死につづいて、真一文字に恋人のあとを追つて自決した須磨子の死によつて槿花一朝《きんくわいつてう》の夢とばかり、あつけなく消えて了つた。

「やつぱり化けもの屋敷から生れ出た須磨子もまま子いぢめの祟りに祟られたのだ」

余丁町の噂ばなしは、その因縁物語りの結末を満足さうに取沙汰した。沢田正二郎の屋敷を借りて始められた新国劇の一党についても、この屋敷の話は語られずにはゐなかった。沢田正併し文芸協会に蒔かれた種は思ひがけないところに又一つ芽生えて来た。沢田正二郎と其一党である。

松井須磨子が日本中にもてはやされた頃、曾ては須磨子のモンナ、バンナの相手役としてプリンチパルレを演じた沢田正二郎だつたが、いつの間にか京都へ流れ出て、新京極の小芝居に三年あまりも小ぢんまりと立てこもつて、東京からはすつかり忘れられてゐたのだが、ある年、突如として明治座にあらはれ、幕末ものの荒芝居月形半平太なるもので、比類もなき熱演ぶりを見せはじめた。

京都でこそ三年の辛抱に相当のなじみがついてゐたが、東京の見物は誰れ一人ふりむくものもない。

十五日間の明治座初興行中、客の数は毎日五十人か三十人といふみじめなものではあつたが、一座の熱演ぶりと、歌舞伎風でもなし新派風でもなし、勿論新劇風でもない新舞台は、見た人を驚嘆させるものがあつた。

曾て、川上音二郎たちの壮士芝居が、舞台の上で柔道の手を用ひてなぐりつける投げとばす叩きつけるの荒わざをして見物をけむにまいたのと同じやうに、これはまた無二無三に剣をふりまはして斬りあふなぐりあふのあばれまはりで、本ものの血を舞台の上に流しあふほどな猛演だつた。たつた三十人でも五十人でも客は手に汗をにぎりつつ舞台に眼を見張つた。

如何に客が薄くても舞台の人々の熱意は少しも衰へなかつた。一座数十人がそれこそ一塊の火の玉となつた気魄は、古今未曾有とも云へよう。併しながら、土地になじみのない事と宣伝のゆきとどかなかつたことは是非もない、十五日間の興行日数は、所詮がらあきのままで容赦もなく済んで了ひ、松竹本社は何の思ひやりもなく此一座を再び京都へ追ひやらうとしたのだつた。

其時になつて沢田正二郎ははじめて持ち前の負けじ魂を真向からふりかざして大谷竹次郎氏に肉薄したさうだ。

残る半ケ月を、引つづいて明治座に踏みとどまらせてもらひたいといふのだ。東京生れの自分が、東京落ちをして三年あまり関西で隠忍し、殊に新京極の小芝居で、一日三回興行、どうかすると一日五回の興行をさへ黙々としてやりつづけたのは、やがて故郷に飾るだけの錦を、美事、自力で織り上げようと思つたればこそで、今、漸く、其時が来たのにたつた十五日間の不入りが因で、むざ〳〵と京都へ追ひやられる事は如何にも心外千万だと沢田は涙と共に大谷氏に衷情を訴へたさうだ。

「あと半ケ月、兎に角明治座を私にあづけて二の替りを上演させて下さい、もし、二の替りも前半月と同じやうな不入りをくりかへしたら、一切の損害は全部自分が負担をし、その上に云ひつけられるままの賠償を引うけませう。只々長い年月関西で隠忍をしつづけた私の苦労を考へなほして下さい」

一図におし切つて真心をこめた沢田の熱意はたうとう大谷氏を動かした。そして、引つづいて沢田一座の二の替りが明治座を開演した。

初日、二日目、相かはらず不入りだつたが沢田も座員もビクともしなかつた。

彼等の一心は遂に徹つた。五日目六日目となると、一日ましに客が殖えて十五日目には大入満員の盛況であり、その頃になると、二の替りの出しものたる国定忠次の声色や、身ぶりが東京の花柳界を流してまはる声色つかいや、幇間の座敷芸にまで流行るほどになつた。かうして東京の演劇界に沢田正二郎は進出したのだつた。

もはや、余丁町に物語られる因縁ばなしから完全に切りはなされて了つた。

それればかりでなく、浅草にも山の手にも場末にも、沢田式の模造品が雨後の筍のやうにあらはれた。興行師たちは、それをチャンバラ劇と名づけてめい〳〵の金箱にしようとした、東京中の子供たちもそこここの辻々でチャンバラのまねをした。小説を書く人たちも亦、われも〳〵とチャンバラものを書きはじめた。到頭、チャンバラ劇が改称して剣劇と呼ぶことになつた。たしか、浅草公園の金龍館等を一手におさへてゐた木内興行部が名づけ親であつたらしい、何しろ沢田の名声はすばらしいもので、浅草公園の公園劇場を定打小屋《ぢやうゝち》として浅草の人気を独占するところまで行つた。

当時東京芸者の元老とさへいはれた吉原のおなつおさだ二老妓などは、まるで沢正のための守護神ででもあるやうに沢田のゆく先先にあらはれるくらゐだつた。

山の手の化物屋敷を化物屋敷とも知らず、そこに土台を堀立て演劇改良をはかつた坪内博士の半生の努力は松井須磨子のカチユーシヤ劇に化け、たうとう沢田正二郎の新国劇に化けたのではあるが、ここまで来ると、当時沢正独自の力が築き上げた新国劇だといへよう。

四十に満たぬ中に新国劇をつくり上げて若死にした沢田の短かい一生を考へて見ると正に偉人といへる人柄を持つてゐた。

京都新京極の隠忍時代から出発して公園劇場に定打小屋を持つまでの間、一糸乱れず座員を統率した沢正の力は、やがて浅草中の、東京中の、又は日本中の人気を一手に納める力とさへなつたのだ。

大正十二年頃には日本一のさかり場たる浅草公園を繁昌させるもさびれさせるも沢正一人の手の中にあるといふところまで行つたのだが、丁度、その頃、偶々《たまたま》公園劇場の大部屋で賭場を開帳したものがあり、警察がそれを目坪にとつて沢正一座の鼻をとりひしがうといふねらひで大手入れをやつた時など、沢田正二郎は座員にふりかかる難儀は当然座長にも責任がありと称し、自ら進んで、座員と一緒に留置場入りをしたくらゐだつた。倒れるも起きるも座員もろともといふ態度の沢正の心かまへが、かうしたことにもうなづける。

沢田一座留置拘引中に大正の大震災はあつた。そして賭博事件がうやむやになり、留置所を出た沢田は、灰になつた東京中の人が、スイトン腹をかかへてうろくしてゐる最中に日比谷の大公会堂を借りて、真先に演芸復興を目ざし、約《およ》そ、舞台の上で飯を食ふ人たちの誰れもかれもが、到底手のとどかぬものとしてゐた歌舞伎十八番の随一、勧進帳を上演して、その出来栄えのよしあしは兎に角、まづ以て因循な芝居道の伝統を美事に叩きこわして了つた。

これだけでさへ、東京中の人はアッと驚ろいたのに、彼れがつづいて打つた手は公園劇場の焼趾を整理し、これも亦、東京で最初の天幕劇場を打立てたのだつた。

一日も手をゆるめず、如何なる災禍にも弛《たゆ》まず、次から次と人を驚ろかしつづけた沢田の第三回の企ては、歌舞伎役者中筆頭の人気者であり随一の所作事の名人と人もゆるし我れもゆるした六代目尾上菊五郎に向つて申し込まれた。

東京復興と演劇再興の目的のために、日比谷公会堂で共演をすることに同意協力していただきたい、といふ申入れだつた。

これだけなら満更出来ない相談でもなかつたが、申入れの中に一つの条件が含まれてゐた。

大概共演といへば、お互ひに出しものを持出してほんの申しわけにそれぐ゛助けの役をつきあふのが普通になつてゐるが、それでは共演の名ばかりで実が伴はないから予じめお含みを願ひたいのは出しものをまづ「戻り駕《かご》」ときめてもらひたいといふのだ。

「戻り駕」のかむろは誰れでも好いが、かむろを中にして相踊りに踊りぬく浪花治郎作と吾妻与五郎の二役、どちらをおとりになつてもよいから、私と同じ舞台で一緒に踊つていただきたいといふ口上である。

日本一の踊りの名手といはれる六代目菊五郎を向ふにまはして一方は剣劇役者の沢田正二郎である。踊りの上で見劣りがしても当り前、もし立派に踊れたら六代目の格はがたりと落ちねばならない。

これがもし実現したら、それからあとの沢田正二郎のゆく道はどんな事になつてゐたか知らないが、残念ながらその事は申し入れだけで実現はしなかつた。

沢田正二郎はそんな男であつた。

狭斜の月

安房と上総の墨絵の中で
月に打込む四間網

お妻とぽん太

市村羽左衛門がまだ家橘《かきつ》と名乗つて売出しの人気をうたひはやされた頃、浮名の相手になつたのは、洗ひ髪のお妻だつた。お妻自身も亦おえんやぽんたを合せてその頃の東京の花と立てられてゐた。

嬌艶牡丹花の如きお妻、清楚白菊のやうなぽんた、まづ以て此の両女は明治の花柳風景を東京に打ち立てて大正度へ送りこみ、やがては昭和にまたがつた東京芸者の風格を、いはず語らずの中に完成さしてゐる。新橋の照葉、赤坂の萬龍、その外花子、千代龍、千代駒、徳子、五郎、鹿の子、小初、小奴、玉蝶、お鯉、等々、次々にあらはれる名妓美妓をかぞへ上げるにつけ、いろとりぐ〵に花は咲けども、所詮はお妻型とぽんた型の二つにはめられやう。

文明開化はまず道路からとあつて、銀座通りの歩道を煉瓦の道にして了つた、上海か香港に手づるをつくつて無制限に持ち込んだ煉瓦がうんと余つたので、浅草観音前に仲見世長屋をつくり、それでも余つたので神田川に沿うて柳原河岸の古着屋長屋を建て、それでもまだ〳〵余つた煉瓦の数々をば浅草瓢箪池のほとりに積上げること十二層、どうです、文明開化の有難さは、煉瓦をこんなに積上げてもこわれませんよといはぬばかりに、凌雲閣と名づけたが、不格好に持上つてるばかりで何につかつてものにならず、積上つたのは煉瓦ばかりで、殆んど立ぐされになりかけた苦しまぎれ、十二層の窓々へ日本全国から美人の写真を募集し、日本百美人投票といふ催ほしをやつた。

これがあとにも先にも凌雲閣の催ほしもの中たつた一度の大当り、それは兎《と》に角《かく》、其時百美人の随一として当選したのが新橋芸者のお妻だつた。

お妻その時芸者の仲間に入りはしたものの髪かざりをととのへる金もなく、火の車のまはる最中だつたといふ。

百美人とあるからはつくりかざりをせぬむき出しの生地を見ていただきませう、私はこれで沢山ですとばかり、洗ひ髪のままのあたまをさらりと櫛でさばいてうつしてもらつた写真が、案外にも衆花を圧倒する紅一点、以来、洗ひ髪のお妻と嬌名をうたはるることになつたといふ、これがお妻の世に出たはじめである。

かうしたきをひにひきかへぽんたの方はどこまでも地味におとなしく静かな道を

あゆみつづけたところを玄鹿館《げんろくかん》の鹿島清兵衛大尽に見出された。

百美人が写真をつかつてゐるやうに鹿島の玄鹿館も写真屋さんである。写真などといふ西洋魔術でおのれの姿をうつしたら、写すたびに寿命が三年づつちぢまるなどといふ人の多かつた時分に、おしきつて写真機械を銀座の真中におしすゑた鹿島さんは、けだし当時第一の新時代人であつたらう。上は大臣宰相、下はいはゆる河原乞食の名残りの名におふ役者芸人にいたるまで、八方に手をひろげて、けふは見立ての会、あすは遊食会、中にも向島で大がかりに催した百物語の怪談会は森鷗外さんの筆にくわしく書残されてゐるのだが、かうした鹿島大尽の派手な全盛ぶりの表かんばんのやうにふりかざされたぽんたではあつたが、どこまでもおのれの地味なおとなしさを失はずに、一方が日本一でおしきつてゐるのに、こちらは鹿島のぽんたで満足した態度だつた。

さればこそ、さかりの花がしぼみ切つた時も、お妻は木挽町に寒菊といふ待合を出して、出入りの芸者一同に大姐さんとも、おかあさんとも立てられつづけるのに、ぽんたは鹿島大尽が一代の栄華のゆめ、あとかたもなくさめて本郷の片ほとりに、おぼえ込んだ写真技術を其日其日の身すぎのしろにささやかなアトリエを持つたのに昔の栄耀はきれいさつぱりと思ひ捨て貞女の鑑とさへ噂されたくらゐだつた。

かうして貧しい中にも安らかに良人を見送つたあとは、わすれがたみの娘一人を大事に育て上げるために、よしんば昔の名のぽんたは名乗つても飽くまでつつましやかな踊のお師匠さんとして余命を送つたのだつたが、一方、寒菊の女将お妻さんの最後は相当派手な大往生だつたといふ。

「客は客でも、夜あかしで花を引く客の多い待合でしてね、随分派手な人ばかりあつまつて大きな勝負をやつてましたよ、無論、お妻さんも仲間に入ることは入りましたが、実は極々内緒で逢ひたい人があつたんです、お妻さんも世間に知れた顔だし、相手の男も相当、人に顔を見知られた芝居道の人なので、下手なところへ出かけると、世間のかげ口がうるさく、と云つて寒菊では、女中たちの手前どうにもならず、困つた揚句の智慧が、お花仲間をよびあつめ、皆が勝負に魂を打込んでゐる隙を見込んで、眼と眼の合図でこつそり一間へ引下るといふだんどりでしたがね、はじめの中は誰れも気がつきません、何しろ男も女も古強者ですからね、恐らくあの出来ごとがなかつたら、しまひまで人には知れずに済んだかも知れなかつた、併《しか》し、よくしたものです、ある晩のあの出来事で――」

其場に居あはせた人が、こつそり語るある晩の出来ごとといふのは、二人きりになつた途端に、お妻さんが大往生をとげたのだとある。

お妻らしい死に方かも知れない。

そもく／＼ふりだしの洗髪物語からして花花しい、百美人当選で世間をアッといはせたことはいはせたが、それで引つづき名実ともにとはいかず、相かはらず手許は不如意つづきだつた。

そこへ、お妻の旦那になつたのが、頭山満《とうやまみつる》翁なのだから、ここにもお妻らしさが光つてゐる。

博多から上京した頭山満翁がまづ新橋駅に下りて床屋へ入つた、床屋が頭山翁を姿見の前へかけさせた時、となりの椅子の客が仕上つて、ヘイお待ちどほさまで立上り、料金を渡して見世を出ようとしたはづみ、客の姿が頭山翁の姿見にうつつた。

「ちよつと待て」

翁のあたまには既にバリカンが一流れ流れてゐたさうだ。

「今、出て行つた美人は一体何者ぢや」

翁がまじめに聞いたので、床屋は、

「あれがあらひ髪のお妻さんと申しまして」

「芸者か」

「はい芸者です」

「何といふ家へ行つたら買へるか」

床屋はもとより新橋の様子を知つてゐたらしい、聞かれるままに知つてゐるだけを答へたといふのだが、聞いた人はすぐにそのまま聞いたとほりを実行にうつして、いや応なしにお妻を呼び、

「お前の世話は私がしてやる、安心するが好い」

と、只これだけだつたさうだ。

「何分よろしくお願ひ申します」

女も只それだけで此機縁何年つづいたことか、お妻が名実ともに新橋一のお妻になつたのも其れをきつかけであつた。

羽左衛門の家橘《かきつ》とあひはじめたのは其れからずつとあとの事である。

男も女も派手な人たちだから、世間の弥次馬は総立ちになつてさはいだ。中にも新聞のゴシップ氏は当時つや種となづけて、おもしろさうに書立てるのが大はやりの時だつた。

噂がどんなに立てられようと、家橘は平気だつた。頭山翁は尚更平気だつたが、そこまで来るとさすがお妻はしほらしい女の本性がぢつとしてゐられなかつたらしい、ある日頭山家へこつそり訪れたとある。

これから梅雨にかからうといふ季節で、新緑の色みづ〳〵しく初松魚《かつを》の売り声そこここに聞こえる時だつたさうな。

頭山翁は縁先に端居《はしゐ》して刀の手入れをしてゐたといふ。

「先生」

女はうしろから声をかけたが、翁は向ふむきのままで熱心に愛刀へ打粉をかけてゐた。

「世間のうわさが高いので、御めいわくをおかけします」

女はいくらかおど〳〵しながら云つた。

「ふむ」

翁は常にもの数をいはぬ人であつた、一言の「ふむ」でさへ女には聞こえなかつた。

「相すみません」

さう云つて一膝すすめ、

「わたしの心は」

言葉を区切つて翁の横うしろから片手に持つてさし出したのは、もとどり近くぷつつり切つて紙に載せた緑の黒髪だつたが、折も折、翁の手の中の刀は手入れが仕上つて、奉書の一なで、ふわりと拭いた刀身が横一文字にさつとつき出された。

お妻は其時切髪を畳にとんと置き、一膝さがつて平伏したといふ。

だしぬけに自分の前に女が平太張《へたば》つてゐるので、翁の方が目を丸くして驚いた。

「世間の噂はどつちでも好い、可愛い女ぢやつたが、あの時から、おれのところに来んごつなつた」

これは翁の口づから聞いた其日の情景である。

其場に居合せた人もあつて、其通りにちがひなかつたとあるが、其れからあと、世間ででつち上げた第一の噂は、——

それへなほれ、手打にいたすと頭山翁が刀を片手に立つ、お妻はわるびれもせず合掌して首をさしのべる、途端にふりひらめかされた一刀の冴え、女の黒髪がもとどりからぷつりと切られたといふ、——これが一つ。更に噂は噂を生んで、も一つ出来た噂は、——

お妻がひそかに家橘と出逢つてゐる現場へ翁がとび込んで一刀をさしつけた事になつてゐる。

ひろがつたままの噂を老後の翁に伝へたら涼しい眼にしづかな笑ひを見せて、只一言

「さうか」

とだけであつた。

しばらくして翁はその結末を語つた。

「いつまでもお辞儀をしとるから、その髪、持つてかへれと云つたら、丁寧にふところへしまつて、行儀よくかへつて行つたよ」

行儀よくかへつて行つたの一言、ただこの一言にお妻の人柄がありくとのぞかれる。

清香と花香

ぽんたやお妻と入れかはつて、新橋に嬌名をうたはれたのは清香と花香である、花香には岩井粂三郎がついて居り、清香には新派の伊井蓉峰がついてゐた、伊井は明治時代の通人北庭筑波の倅でお坊ちやんといはれたほどの内気な青年であり、粂三郎は名人岩井半四郎の孫でありながら、九歳の折に父に死なれて源之助にあづけられたり、名人秀調《しうてう》の家のかかり人になつたりした不遇さだつたのを、清香にしろ花香にしろ、天晴れ我が手で名優に仕立てて見せるつもりで力瘤を入れたものだ。

きをひともいひ、俠とも云つて、よしや女の細腕でも、惚れた男のためなら火水の中でもとび込まう、浮世の荒波を美事乗切つて見せようといふ意気地とたて引の芸者気質《かたぎ》は、泉鏡花の筆にもしばく〳〵書かれてゐる、それがその頃の気腑《きつぷ》でありはやりでもあつた。

伊井蓉峰といふ名は当時の碩学依田学海《よだがつかい》翁の命名ださうだ。

「親父が北庭筑波だから、倅は西に富士が峯と云ひたいところだ、富士山の別名を芙蓉峰といふし、天晴れ美男子だから、伊井蓉峰と呼ぶがよい」

即ち「伊井蓉峰」は「好い容貌」に通じるといふ当時はやりものの洒落が呼び名になつた。

俳人高浜虚子が清といふ一字名を虚子と訓みなほしたり、河東碧梧桐《へきごとう》の本名が秉《へい》五郎《ごろう》の呼びかへであつたりして売出したのと同じに、さうした悠長な好みの時代でもあつた。

役者にも税金といふものがかけられ、一等二等の等級で定められた税額を、さしづめ役者の格式と考へて伊井蓉峰は団十郎菊五郎に負けないつもりで、新派俳優中只一人の一等俳優として、高い税金を貧乏なくらしの中から納めとほして行かうとする負けぬ気が、清香には格別うれしかつたらしい、山気を出して、柄にもなく久松町の明治座を伊井が経営するといへば、身の皮を剝いでもと、清香は自分の力のとどく限り花柳界を総動員して積樽もした、幟りや引幕で舞台をかざりもした、中州の真砂座にたて籠つて伊井河合の夫婦芝居を興行し、セクスピヤものを演じたり、近松ものに手をつけたりすると、殆んど毎日のやうに楽屋へおしかけて、女房役をつとめぬいたものだ。

花香の方は清香よりも、もつと勝気だつた、尤も粂三郎がどこまでも引込み思案でおとなしかつたせいもあつたらう、六代目菊五郎や吉右衛門、坂東三津五郎と守田勘彌の兄弟が若々しい力で由緒ある市村座にたてこもつて団菊左三名優没後の歌舞伎世界を開拓しようとする時、粂三郎は菊次郎と二人で立女形を争ふ立ち場になつたのを、花香は一生懸命後援してどんなにか粂三郎の人気を引立てようとしたことか、身をもみ心をあせつても、兎角弱々しい粂三郎がいつも〱菊次郎に負け気味なのをくやしがり、花香は到頭、芸者をやめて鶴見に花香園といふ出会茶屋をつくつたりして粂三郎後援の財源を見つけようとした。

気の弱い粂三郎、素人ばなれのしない伊井、立ち場はちがつても、ゆく道は同じ世わたりのたど〱しい相手を相手とした花香と清香の勝気な達引《たてひき》ぶりは、所詮、同じところへ落ちつくのであらう、清香も、後に花香と同じやうに向島で清香園といふ出会茶屋をつくつた。

どんなに勝気でも女は女である、たとひ芸者といふ稼業をふりすててまで男のためにカ瘤を入れても、所詮、女のねらふ的ははづれるらしい、伊井にしても粂三郎にしても、役者としての位置と人気は、本人独自の力だけしか伸びなかつた、清香の心持では伊井を日本一の伊井にしたかつたらう、花香の意気組では粂三郎を日本一の女形にしたかつたらう、併し、二人とも、それ〴〵漕付けた芝居道の位づけは自分自分の力一杯のものであり、清香花香が全身を抛げうつてかかつた努力は、其場其場で景気づけた水の泡のやうな空人気でしかなかつた。

清香にしろ、花香にしろ、併しながら、その点に少しも打算的の思ひ方はなく、好いた男にあらゆるものをささげつくしただけで満足した態度が見えてゐる、これもあの頃の芸者気質《かたぎ》であり、女心であつたのだ。

花香は花やかさの衰ろへぬ中に死んだ、花香が病気にかかつて、今にも此世の息を引とるかと見えた時、それまで幾日もの間、夜の眼も寝ずに介抱をつづけた粂三郎の手をとり、ありがたう、私はお先にゆきます、あなたが長いきして立派な女形さんになるのを、あの世から守つてあげますといふと、粂三郎は女の耳に口をよせて云つた。

「そんな事を云はないで丈夫になつておくれ、お前に、もしもの事があつたら、私は一生涯私のそばに女をよせつけない」

花香は粂三郎の言葉を聞いてにつこり笑つたさうだ、併しすぐにおしかへして云つた。

「役者ぢやありませんか、女をよせつけないやうでは、身体に色気がなくなります、たとひ私が死んでも浮気は浮気、せい〴〵色気はなくさないやうにして下さい」

粂三郎がも一つおしかへして
「せめて七年だけは私に色気を捨てさせておくれ」

花香はもうそれ以上云はなかつた、二人の手と手がしつかりとりかはされてゐる間に、女の眼はやすく〳〵と閉ぢたさうだ。

以来満七年間、粂三郎は断然女人を身辺から遠ざけた。三十幾つの若いさかりから四十歳こすまでの七年間には、そこここの芸者が粂三郎の身辺にあらはれたのだが、たうとう粂三郎は死んだ人への操を守りとほした。

伊井と清香の間にも、似た話がある、伊井の方は妻女が病気になつたのだつた、妻女の病気を見まもる伊井の介抱ぶりも亦、粂三郎が花香に対するのと同じ態度であつたらしい、曾ては日本一の美男子といはれた伊井蓉峰にそれほどの手厚さで見送られた伊井の妻女は何一つ思ひのこすこともなく安らかなねむりについたが、さて、伊井には清香がついてゐる、伊井の妻女とてもそれを知らないではない、恐らくは、私が目をつむつたら、清香さんがあとがまにすわるだらうと、口にこそ出さないが心ではゆるしてゐたほどの間柄であつたのだが、伊井はそれをしなかつた。

恋人は恋人、女房は女房、内と外のけぢめをなくしたら、それこそ人間の道がくづれますといひ切つて、伊井はあらゆる不自由を忍びつつも、清香を外の女であつかひとほした、清香の清香園は伊井の住居ととなり同士であつた、どつちも広い邸ではあつたが、垣根一つ小溝一つをへだてて、呼べば答へられるほどのとなり同士だつたのだが、伊井は決して垣根に通用門をさへつけなかつた、朝をも夜をも清香園ですごしながら出入りはさながら女房存生中と少しもかはらず、清香園の表門から「今日は」と云つて通ひつづけたのであり、清香も亦、それを当然のことにして伊井を迎へたとある。

芸者に好きな人が出来れば、それをいろといひ、もし好きな人が客ならば客いろといふ、いろとよび客いろとよばれる間柄は、双方の逢瀬につかふ金のいり用を、双方の間で五分と五分か、七分三分に出しあふものとして江戸時代から誰れがきめたとなくきめられてゐた、まぶとなればさうはいかない、一から十まで女のふところまかせになつてゐるのがまぶの立て前であり、男に一銭たりともつかはせるやうでは、あの人をまぶにしてゐますとはいへない事になつてゐる、伊井と清香、粂三郎と花香の仲は、恐らくまぶに近いいろであつたらしい、少くとも女の方からいはすれば、清香も花香も、相手をまぶとしてあつかつてゐたらしいが、粂三郎も伊井も、芸者のまぶになるにはあまりに旦那じみてゐた、惚れすぎた弱味と持ち前のかち気から、花香も清香も、自分自分の相手を、どうかすると心のままにあつかはうとし、間さへあれば楽屋へ乗り込んで、ひいきひいきへの応待から、芝居のうらにもおもてにも、番頭がはりの役まで引うけようとするのだが、伊井は糟糠の妻たる女房へ、粂三郎は自分を生んでくれた母親へ、一応のうかがひを立てない事には、何ごともきめさせず、誰れのいふ事も聞かなかつた、清香や花香の気性からいへば、どんなにそれがじれつたくもあり、歯がゆくもあつたであらうが、不思議にも両人一致して、清香は伊井の妻女を飽くまでも目上の人として尊敬し、花香は粂三郎の母親へ粂三郎がする以上の孝行をつくしたものだ。

今の世の人に云はすれば、封建といふ言葉でかろしめられるか知れないが、其頃の人たちはこれを美談として褒めそやしてゐた、清香花香の両人は、自ら女のつつしみとしてこの謙虚さをよくまもりとほしてゐた、その頃の人情でもあつたのだが、伊井なり粂三郎の人柄が、そのまま相手にうつつたのであらう。

粂三郎の人柄のよさはいふまでもないが、伊井の晩年にこんな話がある。

伊井の借金は可なり有名なものだつた、大概、銀行で借りた金であつたらしいが、どんな場合でも自分のとり引のある銀行の前を通る時は、自動車の中でつつましやかにお辞儀をして通つた。

「銀行は貸付けるのが商売だから、それほど恩に被《き》なくてもよからう」

ある人が伊井に云つたら、伊井は面を正しうして云つた。

「向ふさまは商売でも、借りる方は、おかげを蒙つてをります、貸していただいたお金で身を立ててゐるのですから、御恩は御恩です」

伊井のこの態度は、何事にもつきまとつてゐた、人を訪問するのに、其人の家の門を、約そ半丁ぐらゐ隔つたところで自分の車をとめ、たとひ雨が降つても、半丁の間はつつしんであるいて門際へゆき、鄭重に自ら案内を請うたものだ、この事についても、ある人が、さうまでしなくてもよいでせうと云つたら、

「わざ〳〵人をお訪ねするのですから、頼み事か、相談ごとのためです、ものを他人に頼むか相談するといふのは相手の人格を重んじてのみ出来ることです、だから、先方にお眼にかかる前に、まづ自分自身の心につつしみを持つのは当然でせう」

伊井は死ぬまでさうした態度を持ちとほした、此の点、粂三郎も同じである。昭和二十年空襲がはげしくなつた頃、粂三郎は板橋に住み筆者は四谷に住んでゐた、ある日、粂三郎はわざ〳〵使ひをよこして、

「二階をきれいに片付けて、二世帯ぐらゐはいつでも住めるやうになつて居ります、どうぞ御承知おきを願ひます、四谷から板橋までの道筋をあらかじめ研究しておい

て下さいまし」といふことだつた。

四谷はいつ空襲で焼けるか知れません、もし焼けたら私のうちへ来て下さいといふ意味なのだが、かりそめにも、人さまの家が焼けるなど云ふのはあるまじき事だといふ粂三郎式のつつしみなのだ、間もなく私は四谷で焼けたが粂三郎の言葉がよく判らなかつたので板橋へはゆかず高円寺に仮寓を得ることになつた、粂三郎が私のゆくへを探してゐる間に私は又、高円寺で焼けた、而《しか》も同じ日に粂三郎の板橋の家も焼けた上に、粂三郎自身も負傷して五月二十六日の夜がほのぐ\と明ける頃六十四年のつつましやかな一生の幕を閉ぢた事だつた。

「長い間、お世話をかけました、私は満足して死にます」の一語を妻女へ残し、妻女の手をしつかとにぎつて死んだ、妻女といふのは花香を見送つて九年目に泉州堺から、私がすすめて輿入れさせた婦人でもとは堺龍神の芸者本名たつえである。

萬龍と照葉

ぽんたが鹿島清兵衛の写真宣伝で成功したやうに、関西では神戸の光村の写真宣伝の波に乗つて豆千代が大阪南地の人気ものになつた。

さて豆千代の仕込みによつて富田屋の八千代があらはれ明治四十年頃には富田屋の八千代こそ日本一の芸者といはれるほどにまでなつたものだ。

何につけても新橋風として、日本中の花柳界は新橋ならでは夜のあけぬほどの新橋さへややもすれば大阪南地に押されさうな勢ひに見えたのも富田屋に八千代があつたゆゑではあつたがさりとて、東京が大阪に繁華を奪はれたゆゑではない、大阪東京間の交通が頻繁になる一方、政治中心の東京が経済中心の大阪とむすびついたせゐであつたらう。

従がつて、江戸なごりの気負ひばかりで、芸を売る芸者道にも財力のうしろ楯が多分にものをいひはじめたゆゑともいへる。

何しろ、ぽんたお妻がさかりをすぎた時分の花柳界は、一時、大阪の八千代へ中心を持つてゆかれた気味だつたが、それほどの八千代だつて、花のさかりは短かい、やがて大年増の数に入りかかると、自然は第二世八千代の出現を誰れいふとなく待ちかまへる気持になつた、無論八千代自身の手許にも其用意はあり名を千代葉と呼ばれてゐた。

年は若し、器量はよし、姐さん八千代の尻押はあり、音峰さんといふ立派な旦那があつて天晴れ二代目八千代の資格は充分に備へてゐたのだが、同時に手強い競争者もあつた。それは後に台湾銀行一つをぶつつぶしたほどの神戸の鈴木商店の若旦那を旦那に持つてゐた神戸の美人光駒である。

神戸と大阪、目と鼻の間にあつて、光駒と千代葉の人気争ひは相当はげしかつたが、両人の間で千代葉がまづ目ざましい事をやつてのけ、大阪の花柳界をアッといはせることになつた。

千代葉の旦那の音峰さんがお茶屋さん同士の不図した張あひゆゑに、千代葉から引はなれさうになつたので、勝気の千代葉は小指を切つておのれの心中立を見せ、小指のきれつぱしを音峰さんへ小包郵便で送つたことである。音峰さんも驚ろいたらしいが、それよりも一層驚ろいたのは千代葉を子飼いから仕込んだ姐さんの八千代だつた。

たつた十七や十八の若さで、男の心を小指一本でつなぎとめようとする千代葉の気性のはげしさを八千代は憎んだのだ。

八千代は聡明な好人物だつたし、あくまでも女らしい情合のやさしい人柄だつた、

「これからは東京の大阪のと隔てて考へる時代ではないと思ひます、東と西をつなぐ汽車かていづれは電車にならな可かんでせうし、そしたら、夜の東京のお芝居を見に、大阪から朝の電車に乗つて、翌日はちやんと大阪の事務所で仕事をしてはるといふ風になりまつしやろやないか、そしたら大阪のお料理が東京の町でいただけて、東京のお料理が道頓堀でいただけるのも、長い先のことではおまへん」

八千代がさういふ風に見とほしてゐたのは明治四十一二年のことであつた、それから間もなく後進の道をひらいて引く手あまたの財界人たちをいさぎよくふりきつて菅楯彦画伯のために晩年をささげつくしたほどの八千代である、千代葉の血なまぐさい仕方に眉をひそめたのも無理はない。

「あんたのお世話はもう出来まへん」

きつぱり縁を切つて音峰さんより先に千代葉を捨てて了つた。

大阪の花柳界があつけにとられてゐる時、いち早く手をさしのべて千代葉を迎へ

とつたのは新橋の清香である。間もなく、照葉といふ名で千代葉が新橋芸者となり、東京の風流人たちは一斉に照葉へ〳〵と引つけられる事になつた。

その頃の東京は既に新柳二橋の時代が下火になり、海軍さんたちの手で盛り立てられた赤坂の新興勢力が日一日とうたはれる時であつたし、とりわけ春本の萬龍の美くしさは正に東京中の花柳界を背負つて立つほどだつたので、日本一の新橋たるもの、何とかしなければならない矢先にあつたのだ。

萬龍とても、只美くしいだけで売り出した名ではなかつた。

明治四十二年の大洪水で箱根の山がくづれた時、水におし流された美人が九死に一生の瀬戸際を、眉目俊秀の大学生がいのちにかけて救ひ上げたといふ小説のやうな出来ごとがあつた、そしてこの秀才と佳人は、はしなくも恋におちて世にも花やかな浮名を全国にうたはれた事であつたが、その佳人こそ赤坂春本の萬龍であり、秀才こそは工学士恒川陽一郎なりとして、萬龍の名はいやが上にも光りはじめたのである。

一方は男の心を食ひとめるために小指を切つた女、一方は意中の人に苦難を救はれた女、どつちも明治時代の小説の中で、ありすぎるほどある筋立てのなりゆきだが、ひきつけられる人の心はどつちにも向くらしい、大正の時代になるまでも、赤坂の萬龍、新橋の照葉は美事東京の人気を負ひとほした。絵はがきには萬龍、雑誌の口絵には照葉と誰が眼にもなじんだ年が何年つづいた事だらう、いつまでも萬龍照葉の時代がつづきさうに見えた時、照葉の新橋にも、萬龍の赤坂にも思ひがけないわざはひが起つた、新橋のわざはひは伊藤博文の横死であり、赤坂のわざはひは金剛艦事件の大疑獄である。

前にもいふ通り、赤坂の花柳界は海軍さんの手で隆盛になつたのであり、新橋の花柳界は明治初年に政界人たちの寄合所だつた横浜富貴楼うつしの寄合所としてつくりあげられたのだから明治政府の総元締ともいはれる伊藤博文の急逝が新橋にひびかぬわけはなく、海軍さんの失脚が赤坂をひつそりさせぬわけはない、やがて萬龍にもひき汐時が来た、照葉にも悲運が向いて来た。

さて、おとなしい人柄らしく世に出た萬龍は、さすがにおとなしく身を引いて恒川さんとの縁は薄かつたとはいへ、同じ流れの岡田工学士夫人として天晴れ立派な奥様になつたが、はげしい気性で立上つた照葉は照葉らしい波瀾が次々に起つた。

程よいところで新橋から身を引いてカフエをやつた事もあつた、何事かを目ろんでアメリカへ渡つた事もあつたらしいが、何事にも持ち前の勝気が邪魔をして失敗に終つた。

「一体わたしはどうしたらよいのでせう」最後に身をもだえるやうに相談をかけたのは放送局の小野賢一郎へであつた。

あたまをまるめて、伎芸の神さまにでも残る半生をささげるが好いといふ言葉が、小野さんの口から出たか、照葉自身の思案に出たか、恐らく双方の思案がそこへ落ちたのかも知れない。

照葉が尼さんになるといふ噂が東京中にひびくと、第一に目を見張つて驚ろいたのは、曾ての千代葉時代に競争相手であつた神戸の光駒であつた。

光駒は千代葉が東京の人になつて新橋の照葉といはれる頃、これも鈴木さんのおひまを自分からもらつて東京の人となり、若柳吉三郎の妻女となり、良人の手助けをしつつ柳橋芸者へ踊りの稽古をつける人となつてゐたのだつたが、近しいつきあひはしなかつたとはいへ、ひとごとならぬ思ひ出の相手の身の上の納まりどころを知らぬ顔は出来なかつた、即ち柳橋中に手をつくして照葉比丘尼の草庵建立のために、浄財の喜捨を勧請した。

芸者芸者ともてはやされても、一日一日とくれゆく月日はとめられず、一年一年と加はる年の瀬をどうすることも出来ない、いづれはどこかに落ちつきどころを求めねばならないことを観じるにつけ、聞く人毎に空耳に聞流す女たちはなかつたらしい、われも〳〵と浄財はあつまつて柳橋からだけでも何千円の巨額に上つたさうだ、まして地元の新橋からも相当の同情者はあつたらう。

照葉自身も師匠を求めて歌を詠みならひ、俳句を勉強し、色紙短冊の揮毫をしつつ、京の四条の橋のほとりに立つて自らの手で売つた、さすがに勝気ではあり、八千代の仕込もあつて歌にも俳句にも相当の才分を示し、美事な筆蹟を見せた。

庵室の本尊伎芸天女は小野賢一郎氏がどこからか勧請してやつたので、程なく照葉の美くしい尼僧姿は洛北嵯峨野のほとりに一名物を添えることとなつた。

元より関西は巣立ちの場所である、照葉が尼になつて京都へ来たといふ噂がひろまるにつけ、京大阪神戸の紳士紳商たちは、われも〳〵と参詣して嵐山の花見客にも劣らぬ雑踏をきはめた。

姥ざくらの色香は少しも減つてゐない。随分幼少から島田かもじにひつつめられて、女人にはありがちの脳天の禿げさへ、照葉には指先ほどのあとも残さず、水々としてかたちよく剃りこぼつたあたまの光りに一点の濁りもなく、紫の法衣、水晶の数珠、さながら絵にかいたやうな美くしさを、どんなに人々はめでいつくしんだであらう、照葉尼の心にも芸者心が、さうやす〳〵とぬけきれるものではなかつた。

あの様子では本当の三日坊主に終つて、もとの新橋に舞ひもどるか、それとも僧形のままで好い旦那が出来るかも知れないなど、よしない取沙汰が、小野さんの耳にも伝へられた。

一体本当の尼になる気か、尼になるふりをして世をあざむく気かと小野さんは膝

つめで照葉に談じこんだ時、照葉の決心ははじめてゆるぎなくきまつたさうだ。

その頃からは誰れが逢ひに来ても逢はず、庵室にとじこめて看経怠りなく、行ひ

すましたまま、既に二十年前後の年月が清く〳〵照葉の比丘尼の身辺に流れてゐる。

今では、ともすれば世に忘れられる事もあらうが、それにしても一しきりはこの庵

室に投げ入れられる賽銭だけでも一日百円に上つたことがあるといふ。

今は小野賢一郎氏も故人になつた、育てあげた八千代も世を早うした、照葉の尼

僧姿もすつかり似つかはしいものになつたであらうが、まだ〳〵老尼とはいひにく

い、嵯峨野のあたりのおぼろ月、どんな色で尼僧の庵室を照してゐることか。

伊藤の御前

日本国の政治は新橋の待合で行はれるといふ時代があつた、伊藤博文、井上馨、山県有朋などいふ人たちが日本の中心人物とされてゐる頃のことである。

山県有朋といふ人は三人の中尤も長命であり、三行や五行では書き切れぬ肩書を背負ひこみそれへ、一つ一つ、恩給やら年金やらがついてゐるので、好い加減に死ねば可い、山県の背負つてゐる年金や恩給で立派な大学が建つだらうとまで憎まれぬいた人だつたが、なか〳〵死ななかつた。山県も相当花柳界ではわがままであり、口やかましく待合の女将や芸者たちを困らしたさうで、この点、井上馨と好一対といはれてゐる、只、ちがつてゐるのは、井上の方はかみなり御前といふ仇名をつけられてゐたやうに、あと先のわきまへもなくどなり立てるだけで、どなつたあとはさらりと拭いてとつたやうに御きげんがなほつたさうだが、山県はどならぬかはりに、いつまでも〳〵根に持つて、時折、満座の中で赤恥《はぢ》をかかせるやうな意地わるだつたさうな。

皮肉でもあり、通がりでもあり、ある時、地方へ出張して急に帰京することになつた時、おちつく先の待合へ、何日何時にかへる、やまとにしきをとりよせておけと電信を打つたといふ、大和錦とは大和家のにしきといふ芸者を呼びよせておけといふことなのだ。自分の前へあらはれた芸者の髪のゆひぶりにまず第一目をつけ、お前、また不精をしたな、それとも髪結銭が惜しいかなど、ねちくと非難をする、その頃、新橋に有名な髪結ひがゐて、芸者たちはわれもくと結ひに行つたが、あまりに繁昌するので、この人に結つてもらふには三日がかりとさへ云はれてゐた、通がつた口小言をいふだけに山県は此女の結つた髪を一目で見ぬいたさうだ。

長州の大御所とさへ言はれただけに、長州なまりが強く、自分ではそれが余程気にかかつたらしいが随分聞きぐるしい言葉なまりであつたさうな。お国なまりをかくすために、日常花柳界に入つての言葉づかひを気にして、たとへば俳優のことを必らずお役者さんと敬称をつけて云つた。ところが、どうつくろつて云つてもなまりはかくせない、お役者さんと当人はいふつもりでも、聞く人の耳には、お百姓さんときこえるので、人のわるい芸者など、殊更に、お百姓さんですかと問ひかへして、いやがらせたとか。

井上のかみなり御前、山県のお百姓御前にくらべると、伊藤の御前はまるで人柄がちがつてゐた、女たちのアラさがしをせず、いつもにこ〳〵と思ひやりがあり、膳の上のたべものにしても決してわる口を云つたりはしなかつた。

伊藤博文がハルピン駅頭の露と消えたのは明治四十二年十月のこと、いよ〳〵ハルピンへ出発の日は、公私の所用が一通り片づくと、築地の新喜楽へおちつき、かねて、尤も親しくしてゐる年増芸者数人へ立ちぶるまひをしてやり、やがて自分は新喜楽の女将を相手に奥の一間へ引下つた。

今夜はゆつくり寝かしてもらひたいと注文し、特に白粥に奈良漬だけを膳につけてもらひ、あつさり食事をしつつこんなことを云つた。おかみの手際で旨く食べさせてくれる白粥もこれが一生の箸納めかも知れない、と。

おかみがいやなことを仰やるもんぢやありませんと云つたら、まじめに、併し笑ひ顔をして人間の寿命なんて判るもんぢやないよと口を結んださうだ。

伊藤博文は、自分の死期を知つてゐたかも知れない。

これを裏づける逸話がある。

明治四十二年の初秋の頃、埼玉県大宮氷川神社の神官修多羅といふ人が、社務所から廻廊づたひに拝殿へゆかうとすると、社前の玉砂利の上へ、一人の老人が土下坐をして拝んでゐる。奇特な人だと思つただけで拝殿の用をすまし、再び廻廊へさしかかると、老人はまだ土下坐のままであつた、小雨そぼふる中を、ぬれるのもいとはず、ぴつたり額を玉砂利につけたままなのだ、修多羅神官は気づかれぬやうに立ちつくした、やがて立ち上つて烏打帽子をかぶつた粗朴な羽織袴の老人をよく〳〵見ると伊藤博文であつた、神官はびつくりして屋敷へ通すと、見つかつたかとだけ云つて、神社の客となつた。

一体どれほどの大事な御所願ですと根問ひしたら、伊藤は声をひそめ、誰れにも云はないでくれといふ条件つきで、実は、明治さまの御気分がこのほどから一向おすぐれにならない、何遍もおたづねしたら、皇太子の寿命がわしよりも早くまゐるのではないかと、それが心配でといふことだつた。

明治さまばかりでなく、当時の側近の人は皆気づかつてゐたことなので、大層迷信じみた話だが、おれの寿命がお役に立つなら、どうぞ召上げて殿下へおゆずりさせて下さいとお願ひしてゐたところだつたといひ、必らずだれにも云はんでくれとくりかへして云つたさうだが、それから丁度丸一年目がハルピン駅頭の露なのである。

もう一つ裏づける話がある、これは私が厳島神社へ参詣した時に聞いた話で、この山の参道は非常に険しく、曾て福島正則がここの領主であつた頃、馬上で山を踏破しようとしたらどうにも馬がすすまず、正則は山上を睨みつけて、おれは領主だ、おれの領内の神でありながら領主の馬をはばむかと叱りつけたといふくらゐの山道であつた、私を案内した車夫が、それほどの険しい道を、かうしてどうやら登れるやうにして下さつたのは伊藤博文さんでありますと、前おきして云つた。

ハルピンへ行かれる時のこと、故郷に近い神さまなので伊藤さんも厳島へ渡られ、知事の案内で登山をなさいました。山を登りながら、これほどの神さまで、これほどの風景だのに、も少し登りやすくしたいものだと伊藤さんがいふと、知事は知事らしく何分予算がありませんのでと答へた。その時は黙つて聞流したが、伊藤さんはいよいよ厳島を立ち去る時、わしもこれから先は金が要らんと思ふから、持合せだけ山の道ぶしんのたしに寄附しておかうと、たしか四万八千円といふ半端がついてゐたとか。知事は大よろこびで、ありがたうございます、この金をもとにして道ぶしんを急速に捗らせますから、ロシヤからのおかへりがけ、閣下に山びらきをしていただきたいものでとお世辞を云つた。時に、博文につこり笑つて、運よく命があつたらねと答へたさうだ。

何しろ、伊藤博文といふ人は、世間で伝へられてゐる人柄とは大分ちがふ。思ひやりの深さと信実さとでは、明治大正を通じて、此人ほどの政治家は一人もないと云つてよからう。

伊藤博文が日本の政界に立ちはじめた頃は明治十年戦争のあと、自由民権思想のもち上つた頃で、天下の人心は悉く殺気立つて、短刀、爆弾、出刃包丁までとび出した頃だつた。

「さういふ無分別な怖ろしい奴をよけるのには気心を知り合つた花柳界にもぐつてゐるに限る、美くしい女たちにとりまかれてさへゐたら、どんな乱暴ものでも一応心持が和らぐものだ、お互ひの心に、少しでも和らぎが出れば、さうムヤミに刀や鉄砲はふりまはせるものでない」

これが伊藤博文のテロ防衛策だつた、このやうにして新橋、柳橋、芳町を我家のやうにしてゐた伊藤博文だけに、おざしき一通りでない特別かかりあひの芸者はいふまでもなく随分あつたらしい、一番聞こえてゐるのは褒姒西施《ほうじせいし》とならび称せられた支那の古美人の名をそのままに褒姒と名乗つてゐた芸者と玉蝶といふ美人である。

褒姒と伊藤博文のつながりは相当長かつたさうだが、大磯の別荘へ身近に引よせたのは玉蝶であつたといふ、それにはわけがある。

玉蝶は生理的に欠陥があつて、男と一緒に一夜をあかすと粗相をする事が多かつたさうだ、その事を伊藤博文は知つてゐたと見えて玉蝶を必らず大磯へつれてゆき、二人きりになつてどんな粗相でも他人に知られぬやうに庇つてやる気持があつた。

それは二人の別荘生活の仕方で判る、伊藤自身が時間を計つて置き厠通ひの近い女をさそつて部屋を出ると不用な時に消してある電燈を、一つ、一つ、自分でつけてやり、厠の用を自分がすましたあとも厠の前で女を待つてゐてやり、女が出て来ると自分は女のうしろにつき添ひ、通りすぎた電燈を一つ一つ消しつつ元の部屋へもどるといふ風だつた。好きな芸者だから特別の親切を尽すのではない、誰れに対しても、何ごとにもかうした思ひやりがあり、信実があつたのであらう。新橋では、伊藤の御前とはいはず、よろしいの御前と仇名してゐた、芸者や女将たちが伊藤にねだりごとをしたり、無理を云つたりする時、伊藤がよろしいと一言云つたら必らず叶へてもらへるとなつてゐた、よろしいと押へつけて請合ふ言葉尻に特長があつたので、山県のお百姓さんと共に、新橋の通り言葉になつてゐた、よろしいの御前さま、なにがしよりなど書いた女将の手紙や、御存じよろしいより、なにがしどのと署名した古手紙を、星ケ岡茶寮の中村竹白氏は今も珍蔵してゐる。

画家と骨董屋

伊藤博文がなくなつた時、新橋花柳界のさびれ方といふものはひどかつた、火の消えたやうなといふ言葉が、そつくり当時の新橋にあてはまるし、生前には、よろしいの御前とか、ほくろの御前（伊藤博文は、高頬に大きなほくろがあつた）とか、いろ〳〵の愛称をつけて狎れ親しんだ女たちが、さながら大事な伯父さんに先立たれでもしたやうに、云ひ出しては泣き、思ひ出しては泣くといふ風だつた。

通がりでも皮肉やの山県が居り、やかましやでも井上馨が頑ばる中に、伊藤博文の人情家が流としてゐる間は、新橋芸者の間にも、流とした芸者気質《かたぎ》があつたが、伊藤没後の新橋芸者は急激に変化して行つた、只わたくしは日本一の新橋芸者でございますを鼻の先にぶらさげて、取りすましたまま、客のお酌をさへそつくりかへつて爛徳利をさしむけるやうな気風が日一日と増して行つた。

芸者の気風が乱れるにつけ、客の気風が下落するのは当然で、此の点、客と芸者は持ちつもたれつである、気品は高ぶりにかはり、意気は見てくれがしとなり、気合ひで動いてゐた心意気は金づくでゆすぶられるといふ風にうつりかはつて行つた。その頃のはなし新橋一流と立てられた年増芸者の一人が到頭やりきれなくなり、金ゆゑに客をとらねばならなくなつた。

籠あんどん一つともした座敷（電燈はもうゆき渡つてゐたが、特にかうした特別の座敷にはわざとあんどんを使ふ風もあつた）へ入り、自分の座敷着を始末して、長襦袢一つの上にはおつた羽織をぬいで、行燈へふわりとかけ顔をそむけつつ、いざ寝床へと近づいた時、既に床へ入つてゐた客はごそりと起き、はばかりへゆく、君は寝てゐたまへ。

それだけで客はいつまでも戻つて来ない。

「新橋で一流といはれるほどの芸者のくせにつぎはぎだらけの長襦袢を着てゐるなんて、あれぢや三年の恋もさめて了つた」

男がさういふ毒口を利いて、夜ふけにもかかはらず、女を寝こかしにしてどんどん帰つて了つたのだといふことを、当人が聞いたのは小一時間も経つてからの事であつた。

「美くしい長襦袢を抱きたいのなら呉服屋の見世先にふとんを敷いてもらへば好

い」

女も云ひかへして男が置いて行つた金には眼もくれなかつた。

役者は芝居の桟敷で見るべし、芸者は明るいお座敷で逢ふべしとあるお客心得なども、其頃から乱れはじめてゐたのだが、尤も此時の客は客自身が生もの知りの半可通であつた。

其時女が着てゐたつぎはぎの長襦袢といふのはお座敷着にかけた半えりの何本かを、それぐ〵生地をそろへ色あひのとりあはせと、柄ゆきの調和の上にも、工夫をこらして立派な長襦袢に仕立上げたもので、決してない中を工面したつぎはぎではなく、いはばありすぎるものを活かした物ずきの長襦袢だつた、たしかかうした好みはその頃新橋に多くなりかけた名古屋女の持ちこんだ流行だつたらう、この年増芸者も名古屋女であつた。

さて、それは新橋だけが花柳気分うつりかはりの時ではなく世間一般の不景気で中にも旧幕大名のお手許が手づまりの筆頭といはれる頃だつた。

某侯爵家宝売立といふやうなことが次々と新聞記事を賑はしはじめるに及んで、不思議にも新橋の花柳界は見る見る中に活気づいて来た。

こはれかかつた茶入れ一つが四万円で落札したとか、啓書記の古画が十万円と値ぶみされたとか巷の話題が騒々しくなる一方、上野の山の美術展覧会が同じやうに取沙汰されるに及んで、新画の花は上野山下の数寄屋町と同朋町の花柳界に咲きほこり、古美術の花は新橋を沾《うる》ほしたのである。

寺崎広業、邨田丹陵《むらたたんりよう》、川端玉章などの画伯を踊らせる書画屋たちが不忍池の畔と忍川の伊豫紋を根城にしたり、下谷のおいね婆さんが六十越した老妓ぶりで、おしゆんお八重などいふ大年増と共に新画の通をふりまはしたりするかとおもへば、京都、大阪、奈良の古美術画が中橋通りの骨董屋と新橋築地に隠見して新橋美人におそろひの座敷着を着かざらせたり、きのふの不景気を美事忘れさせて了ふところまで来た。

歌舞伎座を一日買切つて将棋の競技場にしたのも其頃の話だつた。

それは某家の売立品中、とりわけ皆の目つぼに置かれた大ものが、はからずも東京の骨董商と大阪の骨董商と同じ値の入札で落ちた時のことで、どちらの手にそれを落すかのとりきめを将棋一手の勝負に賭けることになり、買切つた歌舞伎座の土間一杯がさしづめ将棋の盤面と定められた、将棋の駒は新橋芸者の花形からこれを選び、金は小判ぢらしの模様、銀は二朱銀一朱銀の小紋、飛車はとび梅に御所車、桂馬は放れ駒など、いづれも将棋の駒にちなんだ座敷着を染めさせ、歩にはお酌の数をそろへてそつくりおそろひの着物だつた、平土間の一桝一桝に駒の役をつとめる芸者とお酌は双方に対陣し、東西の桟敷に競技の両人は控へ、三の歩一コマ前へ、金将一コマ横へといふ風に桟敷から見下して号令をかけると、呼ばれた芸者もお酌を言下に行動するといふ仕掛であり其他の骨董商一同や客人たちあるいは某家の家扶家令たちも正面桟敷と両側の桟敷あるいは平土間のうしろなり舞台の上から見物しての大勝負だつたさうな。

勝負の結果、西が勝つたか東が勝つたか、聞きもらしたが、いづれ目あての入札品受け渡しとなると、花月の大広間あたりで、かかりあひ一同幾日つづきかの大ぶるまひがあつたにちがひない。

新画は新画らしい花やかさ、古美術品は古美術品らしいものものしさで、下谷も新橋もよみがへつたやうな繁昌ぶりだつた。

新画の連中での中心人物は何と云つても寺崎広業だつたらう、尊大ぶらず慾ばらず、気が向いたら千金にもかへられる絵を名も知らぬ芸者にくれてやつたりするので、広業先生の名は下谷中にもてはやされた。

さうした他愛もなく愛嬌だらけの時代でも東京らしい理窟屋はあつて日本婦人の服装はどうも非文明でいけないなど議論をはじめた。もつと優美で軽快な新服装を考案して日本婦人の生活をも改めよなど、かまびすしくも議論せられる一方、男子の服装だつてしまりがなくて活潑でなくムダが多いから、いつその事洋服にして了へなど埒もなく議論されはじめると、だれがいひ出したのか新画の連中たち一様にいひあはせて、われ〱は日本の伝統によつて日本の土地に生きるのだ、日本独特の風俗の中に一番好いものを選び、画家の立ち場で日本男子の服装の先駆けとなつて見せるとばかり、幾度か考案を練つた末に定められたのは鎌倉時代の武士の風俗だつたよろひ下といふ狩衣だつた。

これならば見た目が優美で、胴長足短かの日本人に誰れが着てもよく似合ふし、色どりにも模様にも変化が多く、袖と裾のかがり紐をきゆうと引きしめさへすれば、立ちどころに甲斐々々しい身づくろひにもなる、それにしてもこれほどの調宝な風俗を何として今日まですたらせたことかといふので、早速六着を仕立てさせて六人の画家が常住不断に着てあるく事にした。

「まるで曾我の十郎五郎が迷児になつた見たいですね」

おいね婆さんが第一に目を見張つたのを耳にも入れず

「なあに、われ〱が着はじめたら半年経たぬ中に日本中の男どもが真似をするにちがひないよ」

寺崎広業は勢ひづいて差しづめ上野の山へおし出し、本郷通りから神田へかけてあるいて見たが、一向真似をするものもなく、第一六人そろつてあるく時には多人数の勢ひで押しまはすのだが一人二人の時はやつぱり気がさして普通の羽織袴に着かへるといふ不自由さだつた、それでもここが辛抱とばかり、二三ケ月は辛抱をしたらう。

ある日雑司ケ谷とかへ六人揃つての所用があり狩衣のおそろひで出かけると子供がぞろぞろついて来て追へどもはらへども退かない、

「こら、つくなく〵、なぜついて来るのだ」六人の一人鳥居清忠がどなつたら、子供の中の餓鬼大将曰く、

「神主さんのおともらひでせう、お饅頭を下さい」

六人一言ものがいへず、その日から古風俗復活運動を思ひとまつたといふ。

新画連の愛嬌に引かへ、新橋の骨董連は少しアクが強い。

新橋では平岡大尽とも吟舟居士ともいはれた通人が骨董屋さんたちの中心人物だつた。鉄道のお役人をしてゐた人だといふ前半生よりも、晩年に東明《とうめい》ぶしといふものを創案して新橋芸者に教へこんだりひろめさせたお大尽と云つた方が今でも知つてゐる人があらう。

光長の毛彫に、なつをの彫金といふのがとりわけ平岡大尽のこのみに合つたさうで、約《およ》そ芸者の帯どめや時計さげ、あるいは莨《たばこ》入れの金具になつをか光長の彫がちらついてゐなければ新橋に顔出しは出来ないといふくらゐにまでなつた。

事のおこりは平岡大尽所蔵の目ぬきの彫りもので、たつた一寸か一寸五分の刀の目ぬきに蛙が十六匹、殿様行列の画面でコマ〳〵と彫りこんである美事な細工、それが京都の骨董屋に入札され金四十万円なりとかで京都の某家へ持つてゆかれる事になつた。

品物が殿様行列であり、それが江戸から京へ引移るのだから、相当の送別会があつて然るべしと誰れがいひ出したのか忽ち話に花が咲き、新橋の花月で盛大に催ほされる事となつた。

まづ平岡大尽が蛙の京上りの唄をつくつて節付けさせ、地方は一流どこを八人、それに下方が八人、踊り子はお酌を十六人えらんだ、無論、大小十六人の芸者たちは蛙にちなんだ衣裳を染めさせて、客は幾十人全部招待で、それが平岡大尽と京の買ひ手のふところから出た、其費用〆めて二万円とか三万円とか伝《つたへ》られる、米一升二十四五銭頃の話だから、東京中の花柳界にもすばらしい取沙汰だつた、従がつて平岡大尽の名声いよ〳〵高かつたが……これには話のウラがある。

それほど堂々たる送別会の末に京に持つてゆかれた筈の蛙の目ぬきがものの一週間も経たぬ中に人知れず東京へ戻り、誰れも知らぬ東京の買ひ手の秘蔵品となつてゐたさうだ。

京都の買ひ手といふのは全然架空の人物で花やかな評判を立てるための計略で、それほどの逸品を京都へ渡すのは東京の名折れだといふ意地つぱりを起させるためだつた。果して四十万円で京都へ行つた筈の蛙は六十万円とかで東京方の本当の買手に納まり、その利ざやがそつくり大尽のふところへ入つたわけ、而《しか》も此逸品を一番始め大尽が浅草あたりの古道具屋の店先で掘出した時、たつた八十銭だつたとか、無から有を生ずるといふか、八十銭を瞬く中に六十万円まで押し上げる大尽の腕も腕だが人目を洩れて埋もれてゐる天下の逸品を見つけ出す大尽の眼力の鋭さは古今絶無と称せられてゐる。

林家と吉本

全体江戸が東京になつた時、江戸の花柳界もそつくり新規まきなほしになる筈だつたのだが二百年来日本六十余州の諸大名たちに可愛がられた新吉原と文化文政時代から江戸つ子が植ゑつけた深川のはおり芸者のはりと意気地は、さうやす〳〵と消しとんで了ふわけには行かなかつた。

一方に伊藤博文や井上馨や岩崎彌太郎のえら方たちが金と御威勢に任せて勢ひよく横浜で仕上げた富貴楼製の新花柳界を築地新橋へかけて繁昌させ、やがて日本中に新橋風をまねさせるまでになつたとしても、吉原と深川はひるむ気色もなく、吉原が山谷堀から水神《すいじん》へおし出せば深川は柳島を乗りこして柳橋芳町へと江戸前のなごりを匂はせてゐた、かうして西南戦争、日清戦争、日露戦争と戦争ごとに出来る成金たち、いひかへれば新興財閥たちは新柳二橋といふ名で東京の花柳界を完成させるところまで来た、とたんに又別のすばらしい新興財閥が現はれて、またたくまに赤坂の花柳界といふものを出現させ、とぶ鳥落す勢ひの新橋も、根づよい江戸なごりの柳橋をも、あれよあれよといふ中に蹴落して了ふ繁昌を見せはじめた。きのふまで山王さまの鴉のフンにうづもれ溜池の埋立て泥でやぶ蚊の住家のようになつてゐた赤坂田圃が、東京一番の花柳界にならうとは誰れが思はう、それほどの奇蹟を日露戦争後ほんの一二年にして現じさせた「新興成金」とは。

即ち日清日露の両戦争を経て大拡張を実行した日本海軍である。かりそめにも国家の海軍を新興財閥などといふ呼び方で呼んでは申しわけのない話だが、事実のなりゆきはその通りだつた。

当時粋翰長といふ通り名でよばれてゐた内閣書記官長の林田亀太郎など天下晴れてそのことを云つてゐたのだし、それを亦《また》誰れ一人不思議には聞かなかつたのだから。

併《しか》し派手なあそびは長つづきがしないといふ花柳界の云ひ伝への通り、赤坂の花柳界が今一息で新橋を追ひぬくといふ際になつて、金剛艦事件が起つた、時の海軍大臣山本権兵衛が戦艦金剛を丸かぢりしたとかしないとかいふ裁判沙汰で、一年あまりの長い間新聞の上にシーメンス、シユツケルト事件とか、金剛艦疑獄とか、いふ記事がくりかへされ、それとともに赤坂から海軍さんはそつくり手を引いて了つたことだ。

新橋に名妓照葉あり、赤坂に美妓萬龍ありといはれたのはそれからあとの事で、単に新橋赤坂と土地だけをならべても、甲乙のないところまで行つてゐたのは海軍さんの力添でもあつたが海軍さんから手放された時に、赤坂の土地にもしつかりした人がゐて、林家と春本といふ二軒の女人王国をつくり上げてゐたのだつた。

林家も春本も抱へ芸者の多い時には二百人を越したことがあるといふ、少くても百五十人は必らずゐたし、百五十人もの若い女をあつめてゐるのだから、其中には詠み人知らずや、あるいは立派な名士の胤《たね》をやどしておなかをふくらまされてゐる芸者が五人や十人はどんな時でもあるといふので山王さまの杜のかげに林家の寮と、春本の寮が建つてゐて、それがいはず語らず妊産婦収容所になつてゐたくらゐである。何しろ林家と春本の営業ぶりは大変なものであつた。

新橋なり柳橋なり、名妓宣伝制度をとり、それぞれの売れつ子を東京中はおろか、日本中のナンバーワンにしようとつとめるのに対して林家と春本は反対のやり方をとつた。

両家それ〴〵百五十人づつもかかへた芸者の中、特に人目に立つ子は養女といふことにしてあつたので、両家とも養女の数が三十人五十人と数へられ、養女同士がいはず語らず赤坂だけの出場所で売れ高を競ひ、客のあしを赤坂の土地から一歩もほかへは散らすまいといふやり方であつた、さうした中から萬龍一人が春本の萬龍としてあれほどに売れたのだから、考へて見れば萬龍の持つた人気はすばらしい。

芸者一人一人の人気を外へ散らすまいと計画したのは誰れだか知らない、恐らく新橋を追ひぬくだけの格式と実力をまづ自分の土地に植ゑつけようといふ気持が自然そこへ行つたのであらう、客あしを土地へ引つけるためには芸者を出来るだけ外へ出さぬ方法もとらねばならない、そこで赤坂芸者は芝居の総見をいたしませぬといふ内規が励行された、その頃には林家春本以外に清土といふ女人国が新規に出来てゐた、かうして赤坂芸者は赤坂だけの花柳界をしつかりかためあげた。

これほど特殊に出来て異様に結束した赤坂の城を攻め落し、禁制の芝居総見をこれだけは別格として毎月実行させたもの凄い人物がゐる、役者の中でも太物問屋の大旦那かと思はれるほど地味な武骨な市川中車《ちゆうしや》、その頃の名を市川八百蔵と云つた人物である。

八百蔵の妻女は大して名もない芸者であつたが多少のつながりを林家に持つてゐた、ある年の正月、御年賀のつもりで林家へゆき、かへりしなに厠《かはや》を借りた。

「何しろそれが大したはばかりです、次の間つきで全部畳じきになつて居りました、驚きましたね」

八百蔵夫人は目を丸くしてその事をあとで語つたくらゐで、

「――あれぢや、はばかりの中で立派な世帯が持てますよ」とも云つた。

あんまり立派なので面食つたせゐもあらう多少早のみこみのあわてものであつたのでゆつくりまたいで好い心持に下つ腹をゆるませる中に足のうらにあたたかさを感じたさうだ、これはと思つた時にはもう遅かつた、黒うるしで美くしくぬつたフタがかぶせてあつた、その上からおしめりを流して了つたので、結構な畳じきは忽ち床上浸水といふことになつて了つた。

「困つちやいましてね、途中でフタをのけたつてぬれた畳はそのままでせう、はばかりを出るとこつそり下ばたらきの女中さんをよび、掃除のかかりの女中だつて三人や二人ぢやないんですからそれ〴〵耳打をして、どうぞ御内分にとお心づけを渡してかへりはしましたが、そのままぢやすみません」

八百蔵夫人はその晩良人にもいはずひとりで考へたさうだ、さて翌日夜のあけるのを待つて赤坂の三河家へ行つた。

大きな料理屋では八百勘、贅沢な料理屋では三河家と、その頃赤坂の土地ばかりでなく有名だつた、その三河家へ起きぬけに行つた八百蔵夫人は林家の芸者全部を呼んで一緒に朝めしを食べたいからと注文を出して林家へも鄭重なつかひを出したといふ。

丁度その日外泊してゐた芸者や、例の妊婦収容所へ入つてゐるのをのけて、ざつと八十幾人の前にお膳を出し、一献くみながら八百蔵夫人はきのふのしくじりをありのままにさらけ出した、芸者たちはまアと云つて笑ひも得なかつたさうだ。

「なアに自分の恥を自慢たらしく吹聴したくはありませんが、これだけの方があの家に住んでおいでなんですから、私の粗相のあとへ、誰れが入ってどんな御迷惑をなすつたか知れません、それを思ふともうたまらなくなつたので、さし当り皆さんそつくりおわびをしてさへおけば、私の気はすむといふものですから」

といひ添え、あつさり面白く食事をすまして皆に引とつてもらつたといふ、無論、わかれ際に一言

「私だけの粗相なら頬かむりしてもすみますが、かりにも以前は九代目団十郎さんのお相手をしたほどの良人の名が出るとなつては一大事ですから」

この一言を林家では立派にうけとめた、以来、市川八百蔵の東京出演の折だけは赤坂芸者こぞつて総見をつづけたものだ、只林家といふだけでなく赤坂花柳界として。

今一人、赤坂花柳界を動員した役者がゐるこれは大正の名物男沢田正二郎である。いまでは忘れられて了つてゐるが、溜池には演伎座といふ由緒ある芝居小屋があつた、丁度明治初年ごろの浅草宮戸座が大舞台へ引上げられる若手役者の稽古舞台であつたやうに明治中期になつて演伎座は若手役者の出世の足がかりとなつてゐた、その後或変転あつて大正の終りに、たしか粉山半三郎が沢田正二郎のために演伎座を再建してやり、沢田も東京中の人気を溜池にあつめかけた矢先、演伎座は自火を起した。

その時、出し物は森の石松で、舞台は敵役が各々ものかげにかくれて通りかかる石松をやみ打しようとしてゐるところだつた、沢田の石松はいつもの通り片眼をつぶし旅装束をして長脇差を腰に、丁度揚幕で出を待つてゐた、ところへ見物席から火事だの一言、ざわ〳〵といふひしめき、そして舞台上手の幕筥《まくばこ》のかげからめら〳〵めらと焔がひらめいた。忽ち見物席は総立ちになり、舞台のかたき役どもはかげをかくして了つた、その時の沢田正二郎の態度こそ一糸乱れぬ天晴れなものであつた、

森の石松の扮粧のままでつか〳〵と花道へ進み

「大丈夫です、みんなすわつて、あわてると怪我をしますよ」

高らかに呼びつつ脇差の鞘をはらつて横一文字に空を斬つた、あまりにも落ちついた一声に総立ちの見物が半分ぐらゐは座つたといふ。

沢田は抜身を横に大きくはらひ〳〵、しづかに〳〵をいひつづけて花道から舞台へ、舞台ばなを伝つて上手へあゆんだ、その時火は東側の大臣柱のあたりに噴きあげ東桟敷の二つ三つを烟に包みかけてゐたさうだ。沢田はその烟をくぐつて東桟敷の中程へとび上り、ひき戸を二枚ほどあけ放すと共に廊下へ出て廊下のガラス戸を刀の柄がしらで手際よくトン〳〵トンと叩きわつた。

「道はひらきました二人づつならんで手近なところからぬけ出して下さい、三人以上ならんぢやいけません、二人づつ御順に御順に」

桟敷の上から見物席へ叫ぶ言葉が、不断の舞台の調子と少しもかはらなかつたさうだ。

「つい我れ知らず沢正とどなりましたよ」

其場に居あはせた私の友人など、今日でもその夜の沢田を忘れる事が出来ないと云つてゐる。

美事だつた沢田の態度につり込まれて一人の怪我人もなくほんの僅かの時間で場内にうづまく烟と焰を残して安全な退散をした。

最後の一人まで見物を見送つた沢田ははじめて烟の中を楽屋へ突進んだ、楽屋には殆んど人はゐなかつたさうだ、芝居うらの空地にそれでもかたまつてゐたのを沢田はぢろりと見廻して怪我はないかと聞き落伍者はないかと聞いた、どつちもないと返事をうけると共に消防の手がとどいた事も知ると、人を走らせて酒一樽買つて来させた。

すぐに酒樽のかがみをぶちぬき何本かの柄杓を添え、楽屋のものにさしになひさせ、自ら酒樽について溜池田町の要所々々、新町へかけて花柳界を一巡して、「おさわがせして申しわけがございませんせめてはやけぶとりとか申しますから、そのおつもりでお気をおちつけなすつて下さいまし」

一軒一軒へ自分で口上をのべ、自分で柄杓の酒を酌んでわびをしてまはつた、その時も尚ほ森の石松の扮粧のままだつた、尤もつぶした片眼は舞台のけむりをくぐりぬける時に自分でとりはらつたらしい、恐らく、舞台のことはどこまでも舞台顔のままでおし切らうといふ沢田らしい心がまへであつたにちがひない。

この事あつて後、間もなく沢田は帝国劇場の舞台をあけた、同時に赤坂の花柳界へも一言のことわりを云つて、御近所をさわがせた上に又しても近まはりに出演して申しわけがありませんがと相当の招待券を出したらしい、これが赤坂花柳界を動かした第二の総見である、何しろ赤坂花柳界はさうした変つた土地柄である。

それほど手固い赤坂が世につれてくづれはじめたのはいつ頃からか、民政党の町田忠治が仇名のノントウを特にこの土地での愛称に呼ばれ、政党屋たちがこの土地を我がもの顔にあばれはじめた頃からかも知れない。

出會茶屋

東京に電車が通ひはじめたのは明治三十四年、それは今の天子様が御生れになつた年のこと、その時区画整理があつて下ごしらへが出来、それから二三年もすぎてからであつた。

それまでは新橋から日本橋をめぐつて上野浅草をつなぐだけの鉄道馬車が、帝都の大往還へ馬糞を置きならべるだけの交通機関で、花ざかりの上野飛鳥山向島の堤へゆくにも、大久保の里のつつじを見るにも悉く自分の脚にたよるほかなかつたのだが、江戸伝来の年中行事はむかしながらに東京の人士の脚を達者にした。

夜をこめてあるいて入谷の里に朝顔の露をなつかしんでは根岸の笹の雪の豆腐料理で朝めしをしたため、不忍の池をめぐりつつ耳をそばだてて蓮の花のひらく時には音がするとかしないとか真剣になつて争ひながら池の端の蓮玉庵でそばをするなど、その頃の人々に此上もない風流でありたのしみでもあつた。

それ〴〵の花柳界にあそぶ人たちも、家々のたてこんだ中で浅酌低唱する中には、やがて向島の百花園へ行つて見ようといふ事になりかへりは水神《すいじん》でくつろぐ事にしてなどそこにも同じやうな風流のおちつきどころがあつた。

さみだれや、池の真菰に水まして、いづれかあやめかきつばた、さだかにそれと吉原へ、ほど遠からぬ水神の、はなれ座敷の夕ばれに、ちよつと見かはす富士筑波。

かうした端唄が今も尚ほ残つてゐる。水神は即ち向島水神の森にしつらへた料亭八百松で、後には向島の入口小梅の枕橋にも同じ名の見世が出来た。前のを水神といひ、あとのを枕橋とだけいふほどに風流人、花柳人のおちつき場所ともかくれあそびの巣ともなつてゐた。

橋本へ着けるや岸のうかれ舟、すだれかかげて二階から、のぞく田面にむらすずめ。

この唄にうたはれた橋本は柳島の妙見さまの境内にあつた料亭で、亀戸の藤を見たり、萩寺の萩にあそんだりした人たちは、いづれもやがて橋本へおちつきもし、更に気をかへて吉原へくりこもうなどいふことになると、うらの桟橋に屋根舟が着いて、行つてらつしやいましと送り出す女中たちの声をうしろに山谷堀へ乗入れるとここには八百善といふ老舗の料亭があつた。八百屋善四郎といふあるじの名をそのまま当時の人は八百善であそんだとはいはず善四郎で一やすみしたと云ふのが通となつてゐた。この見世は後に大正の頃築地へ移つて家に伝はる家宝九代目市川団十郎の書画茶道具類の数々、本家の市川家にあるものより数が多いとさへいはれて繁昌してゐたことだつた。

隅田堤の上に鐘紡の工場が出来ず、大川の流れにモーター船も動かない時分なので、隅田川の水に油の浮くこともなく川上の綾瀬川には月もおぼろに白魚の、かがりもかすむ春の宵――

とお嬢吉三のせりふの通り白魚舟のかがり火がちらつく夜も多く、先年七十五で死んだ柳橋の老妓平岡家のおきたの言葉によると、

「日清戦争のちよつと前頃は神田川の水だつて澄み切つてゐましてね、あたしたちは朝晩に柳橋の際から川へ下りてみんなで蜆をひろつたもんでさあ、浅いとこをぢやぶく〳〵あるいてると自分の足の指がすきとほるやうに美しく見えました、その頃はもつともつと屋形舟も多くつて、お客さまを送つてゆく猪牙舟《ちよき》が行つたり来たりする中を、屋形の中ではのんびりと芸者たちが三味線を弾いたりして、今から思ふと夢のやうでした」

全く夢のやうな昔がたりではあるが、さてその夢が五十年ぶりで舞ひもどり、終戦後の隅田川で鰯がとれたりぼらがとれたり、大川端でとりたての魚を売るヤミ屋さんが露店を出したりしてゐる光景を、おきた婆さんが見たら何と云ふだらう。

「夏場になると大川は客と芸者を載せた屋形船で一杯になります。夕立でも降り出さうものなら、どの船も〳〵両国橋の下へ八方から漕ぎよせるので、橋の下は船と船が重なるくらゐでした。あんまり船があつまるので、船の中でかくれあそびをしてゐた人たちが、お互ひに顔を見合せて、なアんだ君か、あれあれとんだところを見つかつたなんて大騒ぎがはじまるやら、お互ひにすつぱぬきをやつたり手証をおさへあつたり、全くあの頃はのんきでしたよ」

こんな話も柳橋の老妓たちの口に伝へられてゐる。

総じて隅田川の流れは文人墨客によつて大事がられてもゐたが、遊子粋客にとつては、殊の外珍重がられたあそび場であつた。従つてこの川に添うて桟橋つきの料亭がそこにもここにも庖丁の冴をほこり、鍋の火かげんを自慢にもしてゐたものだ。両国の川長、向両国の井生村《ゐぶむら》楼、柳橋の亀清《かめせい》、川魚料理を自慢にする駒形の前川、山谷へとんで鰻のかば焼は重箱にかぎるなど、通がりたい人たちはてんでにひいき強く脚をはこび、ひいきされる方でも、何しろ御先代さまからのおなじみでなど下にはおかぬもてなしぶりを見せることが定法となつてゐた。

「日清戦争がすむと俄かに世の中の景気がよくなつてお出先さんがどんぐ〳〵殖える、それにつれて芸者の数もめつきり殖えましたね。あんまり殖えるとうかく〳〵してゐられないもんですから今の言葉でいふ宣伝といふわけで、芸者たちは自分の名前入りの手拭をつくりはじめました。橘町の大彦さんだの、丸利だの伊勢由なんて見世にたのんでみんな意気な手拭を染めましたね。誰れがはじめたことか、手拭の名じるしを手がかりに顔なじみをつけて置かうといふわけです」

それもおきたの思ひ出ばなしである。

井生村楼や亀清で問屋さんたちの宴会があつたりすると呼ばれた芸者たちは各々三味線筥《ばこ》の中に手拭を用意しておくのださうだ。

宴会の終る時間に問屋さんたちの小僧さんや手代が提灯をつけて旦那のお迎ひに料理屋の玄関へつめかけ、提灯のしるしを高々とふりかざして、ヘイ伊勢屋のお供でございます、ヘイ三河屋でございなど、中にはよび立てるのもある。さうした小僧の声をたよりに、お客を送り出した芸者は、若い衆さん御苦労さまと愛想を云ひつつ用意した手拭を渡すと、これが小僧さんや手代たちの手から手に見せびらかされて、柳橋のなにがしといふ芸者は美くしいとかあだつぽいとか、銭湯のうわさにもなれば床屋の見世の評判にもなり、時としては道楽世界といふよび売り雑誌の投書にもなつて、そうら出ました新版の道楽世界、と町々にひろめられる、よしにつけあしにつけ人の噂に上るのが商売繁昌のもとと、そこをねらつたものだつた。

芸者屋の入口はエ一格子ときまつて居り、格子の中に大きな丸提灯がぶらさがつて薄墨で定紋を大きくかき、その上へ御神燈と大書して下には家々の姐さん芸者の名を大きく、つづいて抱への芸者たちをずらりと連名にしてあつた。手拭をもらつたお店の若い衆たちは一度でも声をかけられたよしみで、お店の御用で芸者屋町を通りかかつたりすると、わざ〳〵廻り道をしてでも格子外から御神燈の連名をのぞき込んで一々よみ上げてあるいたものだ、意地のわるい警視総監が後にあらはれて罪もない御神燈にあたりちらし、良風美俗を害するとか大袈裟な命令が出て、御神燈に芸者の名を書く事を禁じたのは大正になつてからの事であらう。その時分から、芸を売る芸者も、肌を売る娼妓も十把一からげに売春婦とか醜業婦とかぎこちないよび方で一列一隊ひつくるめての取締をする風俗係などいふのが出来たのだ。同時に売春婦あつかひにされた芸者たちの中にも、御指定の通りつつしんで売春婦になりすますものが多くなり東京芸者の意地も俠もきれいさつぱりと認められなくなつて了つた。世につれて芸者の質がわるくなつたのは金にものをいはせて無理をいふお客が多くなつたからでもなく、むやみに金でころびたがる芸者が多くなつた故でもなく、芸者の芸を認める事を知らぬ警官と、芸者と出先の間の金の出入りをあぶく銭ときめこんでむやみに税金をほじくりまはす税務官吏、以上二つの小役人たちのもの知らずが原因してゐるらしい。

色々と芸名をふりかざしてひだり褄をとつてゐれば、芸者には芸者相応のほこりが備はり、三味線を表芸としてどんな人の前にでも美くしく乗り出す事が出来、やがては富士山と共に日本名物のゲイシヤガールといふ名を異人の耳にまで語りひろめられたのだ。一人一人の名を隠させられ、許可地といふかこひの中におしこめて売春の二字でお女郎なみにあつかはれる段になつては、お座敷のねらひどころも、所謂かげの御祝儀といふものに精を出さなければならなくなる。従つて、お出先さんの座敷の設備も客と客との目ふさぎをしたり、かくしごとの仕やすいやうに一室一室へ便所と湯殿をとりつけるやうに仕かへることになつてゆくのだ。

ここにおきんさんといふ甲斐性ものの女がゐた。どこかの料理屋の女中さんだつたさうだが向島の堤に遊客の脚が流れこむ事の多いのに眼をつけて、言問《こととひ》の渡し場を上つたところで茶見世をつくり、川でとれる蜆《しじみ》一品を売りものにして客の足を休めるやうに日よけののれんをかけ縁台を道ばたへつき出し細々ながら定連を引よせた。

偶然にもそこへ腰をかけたのが時の大臣さまであり、そのむかしは徳川幕府のお旗本で徳川家の軍艦をひつさらつて北海道函館に新政府をおしたてようとした榎本釜次郎、後の名榎本武揚であつた。

「まア旦那さま、しばらくでございました。こんなむさくるしいところへ、ようこそ〳〵」

と、おきんさんは十年もの顔なじみをあつかふやうによびかけて、それお莨盆《たばこ》、お茶一つともてなした。尤もこれはおきんさんの持ち前で、通りがかりも初対面もない、自分の前に足をとめる人には、どこの太郎兵衛であらうとあたりかまはずなれ〳〵しいお世辞をふりまくので、後にはお世辞のおきんさんと東京中に名を売つたことだが、榎本の御前さまほどになると自分だけが親しまれたと思つたらしい。すつかりうれしくなつてひまさへあれば向島のおきんの家に通つて蜆汁の茶屋の定得意になつた。何遍か通ふ中に、おきんさんの茶見世にはお座敷がいくつも出来、お座敷とお座敷をつなぐ廊下が出来、表かかりを小意気に入金《いりきん》といふ看板があがつた。みんな榎本の御前のお力添えでと其後もおきんさんはつつみかくしなくお客様に吹聴したので、明治の末期から大正へかけて、向島の入金は約《およ》そ東京の土地で一杯飲んで三味線の爪弾《つまびき》に親しむほどの人に一人として知らぬもののないほどの出会茶屋となつた。

近まはりの水神《すいじん》にしろ植半《うえはん》にしろ枕橋《まくらばし》にしろ、都心の雑踏をはなれ座敷に都鳥の啼く音を聴かうとなれば相当の顔とおなじみとふところを用意せねばならぬのに、入金ならば人知れずのれんをくぐつて、はじめて逢つても十年ごしの旦那さまとしてもてなされた上に、人目につかず心おきなく遊んだあと、いくらふところが豊かでも、手前どもでは蜆汁一品、ほかに何にも出来ませんといふのだから、いともお手軽の勘定ですむといふのが特長であり、忽ちの中に東京名物の一つとなつたことは当然のなりゆきであつたらう。

これはすばらしい商売の仕方である。それほどのおきんさんゆゑにお婆さんになるまで身に絹布《けんぷ》をまとはず、脂粉をよそほはず、尤もみがいても、みがきばえのせぬ顔かたちであつたが、よく分をわきまへて天晴れかんばんの通り多分の入金を貯へて、可愛い独り娘に稼業をゆづらうとした矢先、親の心子知らず、娘は男をこしらへて行方をくらまして了つたので、さびしく泣きあかした末、あれほど威勢よくお客をひきよせたお世辞もぷつつり云はなくなり、たしか昭和の初期に入金の見世と共に故人となつて了つた。

大概のあそび場が大川に添って繁昌した中に趣をかへて池上の本門寺のほとりにあけぼの楼といふのがあつた。諸事お手軽で出来た出会茶屋の入金が繁昌したのと反対に、ここはすばらしい庭園と数多い大座敷小座敷をそろへて大人数の客にも清遊にも濁遊にも間にあふやうにたとへば大正以後に出来た赤坂の幸楽や目黒の雅叙園を見るやうな趣きに出来てゐた。隅田川の沿岸におしひろげられたいろ〳〵の出会茶屋や、不忍池の中にあつた笑福亭又は雑司ケ谷の鬼子母神を中心にして出来てゐた「しがらき」など、いづれも江戸好みの出会茶屋とちがつて遊園式出会茶屋とでもいへばいへる仕かけのあけぼの楼であつた。これは明治東京の尖端を行つた料亭のたつた一つの形式として目立つたものでもあり、花やかなものとして随分繁昌したらしいが、時代よりも先走つたせいか、客をひきよせるのに交通の便利がわるかつたせいか、恐らく二つを合せた原因のためであらう、明治の年号が終る時分に消滅して了つてゐる。

市中騒動記

明治末期から大正へかけての政治家は人民を躍らせるのが上手だつた、人民も亦、一寸の煽動にのせられて、よく躍つた。日露戦争の媾和談判のやり方がわるいといふので、明治三十八年九月五日に東京市民総立ちになつて内務省を焼打ちしたり、交番をぶちこはしたり、ものすごくあばれまはつたのを手始めに、米騒動を起して米屋を片はしから襲撃したのや、更につづいて護憲運動の名目で、新聞社を攻撃したり、電車を焼打ちしたり、巡査を傷《きづつ》けたり、約十年の間は、とりかへ引かへ賑やかにもものものしい騒乱が東京に記録された。

その度毎に内閣がいれかはるやら、疑獄が起るやら、大臣が殺されるやらのお景《けい》物《ぶつ》が添《そな》はつたものだ、さて詮じつめて見れば、それが大方は政権争奪のための政治屋さんたちのからくりや、それを憤慨しての策謀だつたかと思ふと、今となつては自分の手でつくつた建物や乗物を自分の手でこはすことに調子づいた東京市民たちの駄々子ぶりも愛嬌の一つと云へるかも知れない。

以上いくつかの市中騒動の中、最初の媾和談判終結の折のさわぎの裏に悲痛なる物語がある、騒動の中心人物たる時の総理大臣桂太郎とその愛人新橋芸者照近江お鯉との情話が即ちそれで。

お鯉はその以前、故人市村羽左衛門の妻女になつたことがあり、後には剃髪して妙照尼と称し、江戸名所の一つたる目黒の羅漢寺に住職をして安らかに念珠をつまぐりつつ入滅したのだが、明治三十八年はたしか二十五か六の女盛りでもあり、天晴れ新橋を背負つて立つほどの売れつ妓でもあつた。

お鯉にはお鯉の妹小久江女史によつて書かれた自叙伝お鯉物語があるので、その折の騒擾ぶりもそれによつて知ることが出来る。

お鯉と桂の仲をむすんだのは山県有朋であつたさうだ、日露戦争といふ大事件を背負つた総理大臣の桂が、朝に夕になみなみならぬ苦労に責められて日に日に痩せ衰ろへてゆくのを目近に見るにつけ、山県は心配でたまらなかつた、せめては身辺の世話もし、心のやすまりにもなるやうにとまづお鯉を説きつけたが、お鯉はなかなかウンとはいはなかつた、たとひ総理大臣といふほどの顕官であらうとも、我儘一杯に新橋でとびまはつてゐられる身体を、只一人の男にしばりつけられるのが、お鯉にとつては心外であつたらしい、曾て羽左衛門の妻となつて、さん〴〵窮屈な辛い思ひをしぬいて来たお鯉であり、力士荒岩と恋仲にもなつてゐるお鯉だつた。

「お前はお役者の女房にもなつたことがあるといふから、男一匹の世話をするコツも知つて居るぢやろ、桂のために面倒を見てやらんか」

と山県は幾度もくどいた。山県は長州のお国なまりのせいか、それとも御自身の言葉ぐせゆゑか、役者のことをお役者さんと云つたさうだ、それがお鯉の耳にはお百姓さんと聞こえて、はじめは何を仰やるのかと思ひ、後には只おかしいばかりでいつも受け流してゐたといふ。

一体、昭和以後の大臣はその折々の人民に一々名前をおぼえられもせぬ中に止めたり止めさせられたりするので、どん〳〵安つぽくなつたが、明治年代の大臣といふものは一般に有難がられたもので、地方へなど出かけると、まるで後光がさして見えるほどのものだつたが、新橋といふ花柳界だけは、はじめから大臣などと友だちづきあひするくせがあつた、呼び方こそ、伊藤の御前とか、山県の御前とかいひもするが、一旦この人たちが新橋村へ足を踏み入れたとなると、芸者たちは、御前どうなさいまし、とか、かうしてはいけませんとか、どん〳〵命令じみたいひ方をさへしたものだ。だから、時の総理大臣にとりもつてやらうかと、元老さまの口づから仰やつたとて、お鯉ならずとも、ヘイどうぞとは云はないのが当然のことであつた。併し山県の一言が芸者たちにはあつさり受流されようとも、受流し得ない人たちが、御前仲間の中に沢山ゐる、殊に山県と同郷出身の紳士たちが、我れもくとかつぎ上げて、到頭桂とお鯉をあはせる寄合をつくり桂の口から、お鯉どうだ、おれを嫌つて居るのかとぢか談判に出るところまで来て了つた。

「あなた方は芸者をおもちや扱かひになさるくせがある、それがいやなんです、芸者だつて人間なんですから」

お鯉はそんな風に答へたさうだ、桂太郎といふ人は後にニコポンといふ仇名で売れた人だ。

どんな下つ端な人にでもニツコリ笑ひかけて、背なかをポンと叩くくせがあり、それを食ふと、大概の人がぐにやくとなつて御無理御尤もとなるのださうだ、お鯉の言葉をすぐに成程と聞き、たしかに承知したとうなづいて、ここにお鯉と桂の仲は結ばつた。

尤もお鯉の借金を払つておかこひ者にしておくわけではない、大臣ともなれば、八方から睨まれてゐるので、家一軒建て増しても、新聞で攻撃されたり、議会で詰問されたり、日本中が小姑になつていぢめるのだから、所詮は特別のお客の一人になつて、人目を忍びつつこつそり逢ひに来るくらゐのものだが、お鯉としては新橋でも一筆頭の売れつ子で月三百円は平座敷をわたりあるいただけで、らくらくと稼げるといふのだから、桂さんが稀にやつて来ても、滅多に逢ふことは出来なかつたらしい。そこで、平岡大尽といふその頃の通人が桂さんの気持を察してお鯉の身柄を買切ることにしたといふ、此買切り代が一日一座敷と切つて月につもると百七十幾円ぐらゐだつたとある、薪一束が二三十円もする今の物価は問題外だ、大学を出た初任給が三十円前後といふ時代の百七十円は相当な金高であるとはいへ、野ばなしで稼げば月三百円は楽にかせげるお鯉が、桂さんの知らせを待つ間を瓢家へ詰め切つて朝の九時から夜の九時までおとなしく坐つてばかりゐたといふのだから苦しかつたらう。

瓢家といふのは赤坂の溜池にあつた、山王山一つ背中あはせにして首相官邸とは庭伝ひのやうな位置である、そこへ公務の隙を見て桂さんがぶらりとやつて来る時は大概警部が一人ついて来たさうだ。

何ケ月かはそれで通したが、戦争がはげしくなるにつれ、桂さんの身体はいよいよ忙がしいので、忙がしい中から《ひか》ぬけて来るとなればなか〳〵気安めが気安めにならない、いつそお鯉を落籍させてといふ話が、又元老たちの間にもち上り其時も平岡大尽が斡旋して、やがて赤坂榎坂《えのきざか》町に小ぢんまりとした妾宅に納まることになつた。媾和談判の焼打ちさわぎの時、お鯉は母親たちと一緒にそこに住んでゐたのだつた。

　奉天戦争も終り、日本軍は開原昌図まで前進し、日本中の人は大勝利々々で浮かれ立つてゐる頃のある晩、夜ふけに榎坂のお鯉の家をほと〳〵と叩くものがある、丁度その時、桂さんは夥しい書類を抱へてお鯉の家の二階八畳の間にとぢこもつてゐた、八月の暑さと蚊をよけるために白い蚊帳を吊つて、その中へ机を持込み、蠟燭の灯で書類をしらべるうしろで、お鯉はうちわの風を送つてゐた。

　もう十二時をすぎてゐたので、物騒だからとお鯉自身が門まで行つて見たら、門の外で、おれだ〳〵といふのは伊藤博文だつた。

　早速二階へその事をいふと桂さんはとび立つやうに立上り蚊帳のあるのを忘れてそのまま下へ下りようとしたので、蚊帳はちぎれる蠟燭は倒れる、倒れた蠟燭の火が蚊帳へもえうつる、二階一杯煙に包まれるさわぎに、お鯉は必死になつてもみ消す中、両手にやけどをしたくらゐだつた。

　やつと二階の始末をして下の座敷に下りて見ると、そこには桂さんと伊藤さんが相抱いて泣いてゐたさうだ。

勝つた勝つたといふ戦争も実は力一杯出し尽して此上はどうすることも出来ないところまで行つてゐたので、桂さんはじめ伊藤さんはこの辺で戦争を打切らうとしてゐたが、走りかけた車の輪は烈火の勢ひで、桂さんは八方から攻めつけられ、堪え切れずして一応官邸から引上げたあと伊藤さんが兎《と》も角《かく》もあとをまとめて媾和への道順をつけたことを知らせに来たところだつたとある、それはあとで判つたことなのだが、一国を預かる人たちの苦辛はいつの世でもここまで行くので、この瀬戸一つ越すために桂さんはげつそり痩せ、児玉参謀とても寿命をちぢめたくらゐだつた。

「この蚊帳は媾和の記念蚊帳として来年も吊らう」

あとでやけ残りの蚊帳を見て桂さんはさう云つたさうだ、蚊帳は三尺四方も灰になつてゐた。

媾和反対の運動は一ケ月経つて日本中を騒がせはじめた、九月五日には日比谷公園に国民大会が催ほされ、ここで警察と群衆との衝突があつたのをきつかけに、内務省へおしかけろ、大蔵省へゆけ、首相官邸へ、新聞社へと群集はあばれ出した、真剣にあばれるもの、面白がつてついてゆく弥次馬、見物してゐるついでに石を投げはじめるもの、それもこれもひつくるめてうしろからけしかけるもの、等々、夜に入つてはいよ〳〵はげしくなり、巡査も警部も何の力もなく、到頭軍隊を出動させることとなつた。そこら中に血けむりが立つた、そここに火が燃え出した、中にも永田町の首相官邸と三田小山町の桂邸とへおしかける群集は一番殺気立つてゐた、何しろ時の総理大臣だから桂さんへの風あたりが強いことは当然であつた。

「桂のお鯉をやつつけろ」

無論、さういふ声もそこら中に響いた。

「お鯉、貴様の手で桂を殺せ、桂は国賊だ」などはげしい文句の手紙が、九月一日頃から榎坂へは頻々と舞ひ込み九月四日までには風呂敷一つに包み切れなかつたといふ。

容易ならぬなりゆきなので、お鯉は何人か居る雇人にひまを出し、目の見えぬ養母を新宿の知合へあづけることにした。

「追々危険な状態になりました、到頭警察の力では防ぎきれませんから、一刻も早く立ちのいて下さい」

霊南坂の警察署長が、自身でお鯉の宅へやつて来た時、ひつきりなしに起る喊《とき》の声と、何ケ所かに起つた火の手が、お鯉一家をおびやかした、出入りの植木屋の息子栄次郎といふのが突差に縄梯子をつくつて庭先からくり下した、そこは崖になつて居り、崖下にはもとの鉄道長官井上勝子《まさる》の邸があつた、栄次郎はお鯉を井上家の庭の植込みに避難させようといふのだつた、どうせ殺されるのなら我家で死にますといひ張つてゐるお鯉をせきたて、無理やりに縄ばしごを下りさせた、お鯉のうしろを警戒しつつ続くのは、お針に雇つてゐたおとしといふ青森生れの女だつた、きのふけふ雇はれても御主人は御主人です、好い時だけ雇はれて危急の場合に逃げて了ふやうな薄情な根性はもち合せません、死なばもろともですと、栄次郎もおとしもお鯉をかばつた、其時代にはさうした気性の人がザラにあつた、現代の人たちはそれを只一図に封建的といふ呼び方でせせら笑ふかも知れぬが。

やつと崖下の木立の一角にかすかな手燭の光りをかこんで三人が落ちついた時、家の方ははげしい物音と叫び声がくりかへされた、一鎮まりした時、栄次郎がそつと見に行つたら、お鯉が家をぬけ出すと間もなく、群集がおしかけてそこら中をぶちこはしはじめたのに兵隊が駆けつけて兎も角も追ひちらしたところだつたといふ、怪我人も何人か出たらしい、もし逃げ出さなければお鯉は殺されてゐたかも知れない。

庭の片隅にちよろ〳〵火がともつてゐるのを井上家で見つけ、それがお鯉だといふことが判るとすぐに井上家の一室へかくまはれ大事にあつかはれて一夜をあかした。

　夜が明けて市中には戒厳令が布かれたが何となく殺気立つてゐる、兎も角も我家へかへらうと人力車を呼んで戻るには戻つたが、間もなく榎坂の町内代表といふのが三人でやつて来て、お鯉が此所に住んでゐてはいつ町内を焼きはらはれるか知れないから立ち退いていただきたい、それがいやなら、町内一統へ保険をつけてもらふことにしますといふ申渡しだつた。

「町内に保険をつけるなんてことは出来ませんから、早速立退くことにいたします」

　さういふ返事をしておきすぐに長持一掉、箪笥一本といふやうな道具をまとめて栄次郎が引ぱり出し、門の扉にはお鯉自身の手でかしや札を書いて貼り出した、引越しをした体に見せかけてお鯉一人が戸じまりをした家にたつた一人でかくれてゐようといふのである。

　ところがかうなると世間の心は冷たかつた、栄次郎が引ぱり出した荷物をどこの家でも預かつてくれず三日三晩東京中のゆく先々で断わられ深川の常磐津の師匠の家で、漸く預かつてもらうことが出来たといふ。

　お鯉はかしや札の家で真暗の中に栄次郎が運んでくれるにぎり飯を食べつつ二十

日近くも桂さんと打ち絶えたままとぢこもつた、十八日目に桂さんから使ひが来て、これまでの縁と思つてくれの口上に一万円の金が添はつて来た。

「口上一つで追ぱらはれるのはいやです、せめて桂さん御自身の手紙をいただかして下さい、此金はどうぞお持帰りを願ひます」

これがお鯉の其時の返事であつた。

絃歌の雪

鐘は上野か浅草あたり
雪にとけこむ恋のうた

江戸小唄由来

帝劇が出来て、芝居茶屋がなくなり、裁付《たつつけ》姿の男衆がエプロン姿の案内嬢になると共に東京中の芝居小屋も、順にひきずられ、見物席までが悉く椅子席になつて了つた頃、只一軒、むかしながらの芝居茶屋を持ち、むかしながらの平土間、桟敷、うづらに緋毛氈をかざり、花のれんで客席を和らげてゐたのは下谷二長町の市村座だつた。

江戸から東京へ引ついで、猿若三座軒を並べてゐた芝居町の俤を偲ぶ歴史のなごりとして、明治期生残りの芝居師田村成義が建てておいた市村座である。田村といふ姓に因んで、その頃の芝居道の人たちは田村将軍と云つてゐた。旧幕時代には町与力か町同心であり、明治になつて、今の弁護士の前身たる代言人を開業したのだが、芝居のことにくわしかつたので、時折、芝居師たちに頼まれては訴訟事件などの口利きをしてゐる中、果は自分も芝居興行に手を出し、折から団十郎、菊五郎、左団次と次々に名優が死んで、若手の連中が途方にくれるやうなことがあると、進んで故実を教へたり、表方の整理をし、やがて、自ら市村座の座主ともなつたわけである。

その頃、といふのは帝劇が立つたばかりの大正元年頃のこと、市村座の芝居茶屋の中、万金といふ見世が、大森森ケ崎に別荘をつくつた。森ケ崎といへば東京湾を前に控へて、今では電車やバスの交通で近々となつてゐるがその頃は一日がかりで歩いてゆくやうなわびしい漁村でしかなかつた。それだけに簡素で気のおけぬ保養場であつたし、万金への義理もあつて、市村座の人たちは芝居やすみの日なぞ、魚釣りがてらに泊りがけで出かけたものだ。田村将軍も、ある時、万金の別荘へ逗留した。

毎日することもなく、本も読みあきたりして、漁場をぶらつく中、バツタリ出会つた一人の年増があつた。

櫛巻で、半天がけで、一向とりつくろはぬ風情ではあつたが、もの腰格好、どこやら小意気なところがあり、顔だちの整つた様子を、ハテ見たやうなと思ふ途端、向ふから、おや田村さんぢやありませんかといふ。

「おゝ小照さんか」

どうしてこんなところに来てゐるんだ、随分久しぶりですねと、双方からなつかしさがこみ上げて、まア私のゐるところへ来なさいと万金へつれかへつたのが縁のはじめであつたらう。

「今何をしてゐるんだ」

「何もしないで、くすぶつて居ります、実は東京をくひつめて、何をしようといふアテもなく森ケ崎に親類がありますので、厄介もののやうなお客分のやうな、何しろ、はかないくらしをして居るんですよ」

といふわけで、田村将軍が万金に逗留してゐる間中、小照はあそびに来た。

尤も、小照と田村将軍の間には因縁話があるので……

「人が人にものを預けるといふことは、むつかしい事ですよ、預かつた品が調宝なものだつたら、つい手をつける、手をつけてゐる中にいつか知らん我がもののやうな気がして、やがて、預けた人へ不義理もすれば、預かつた方に憎しみもかかる、揉めごとも仲たがひもその辺から起るもんですよ、まして、預かつたのが品ものでなくて、人間だとなると、更に輪をかけた面倒が起ります」

ずつと以前、田村将軍はさういふ前置をして、私に一つの色ざんげをしたことがある。

親しい友人が田村将軍に折入つて、ある日ものを頼みに来たさうだ。

「実はけふおれは女と出会ひをする約束をしたのだが、突然、急用が出来て、どうしても逢ひにゆくことが出来ない、電話でもあるとそのことを女に伝へて、後日の約束をするのだが、電話はなし、と云つて女に待ちぼけを食はすのも可愛いさうだ、まことに済まないがおれの名代になつて、女に逢つて事情を話してやつてくれないか、君とおれの仲だ、引受けてくれ」

といふのが友人の言葉だつたとある。

よろしい安心したまへ、身代りになつてやらうと引受けた時は、只々軽い気持であり、友人の事情に充分の同情を田村将軍は持つてゐた。出逢の場所は虎の門の金比羅さまのうしろに、たつた一軒あつたあんまり人に知られぬ料理屋だつた。早速友人の名前を名乗つて女の来るのを待つてゐると、間もなく女が来た。

君も知つてる女だと友人が云つた通り、赤坂の芸者だつたが、思ひがけない相手が自分を待ちうけてゐたので、女は無論びつくりしたらしい。

とりあへず事情を話し、食事の注文など通して一杯二杯とかたむけてゐる中、どつちもいける口なので陶然となつて了つた。ことづけさへ通れば、それで用は済む筈の出会ひがつい〱話に興も湧き、酒に心も浮いて来る間に、とんだ身代りまでつとめて了つたといふ。

「ここですよ、うつかり人にものを預けちやいけないといふ事は、あんたなんぞ若いから気をつけなさい」

田村将軍の色ざんげは只それだけのはなしだつたが、一時の行きがかりの身代り出逢ひが、思ひのほかもつれて、大分長い間、つながつてゐたらしい。女一人をはさんで将軍と友人との三角関係が幾月かつづいた揚句、双方一緒に手を引いて、さて何年の後か十幾年もの後なのであらう、森ケ崎でばつたりめぐりあつたのがその時の相手であつたらしい。

田村将軍は江戸小唄が好きだつた。女も江戸小唄に深い興味を持つてゐた。虎の門の身代り出逢ひの時に、二人が深入りしたのも双方のたしなみが同じだつたところに、気持がぴつたりしたゆゑでもあつた。森ケ崎のめぐりあひに焼け木杭がいぶりはじめたのも、江戸小唄に引よせられる縁だつた。

曾ては三角関係を起した友人も、もう故人、となつてゐたので、憚かる筋もなく、女の身柄は田村将軍が世話をすることになり、市村座関係の人々にも顔がひろがつて、その度毎に江戸小唄が唄はれもし、弾かれもするのだつた。

一体、常磐津、長唄、富本、清元、新内などは段ものとして一般に億劫がられて居り、座興のための稽古には端唄とうた沢などが入り易いとしてあつたので、江戸

小唄は、その呼び名の通り、江戸が東京となつてからは殆んど忘れられたやうにな
つて、知つてゐる人さへ少なくよしんば文句を知つてゐても三味線を弾く人がゐな
いままに世に出ることがなく、たまたま昔を恋しがる人や、珍奇をあさる人たちが、
さぐりあひで唄つて見るくらゐのもので数十年の年月がすぎてゐる。
日本橋にたつた一人、藤むらといふ料亭の隠居が、さながら江戸小唄の神さまの
やうにいはれてはゐたが、その頃既に七十を越したお婆さんなので、あとつぎをつ
くる力もなく人に教へる根気もなくなつてゐた。
さうした仲へ、田村将軍と小照の唄ひあはせが出現したので、市村座座中の人々
はわれもわれもと引きよせられ、役者では十三代目守田勘彌など、自ら新作をつく
つて馴染の女たる赤坂の小光に節付をさせては発表するほどになり、表方の三木も
夫婦で稽古して、後には、三木派といふ小唄名を名乗るほどになつた。中村吉右衛
門の俳句と小唄が余技以上の上達をしたのも、田村将軍小照の出会をきつかけとし
たものだ。
赤坂に小唄の家元田村てるが看板をあげ、東京中の芸者が田村なにがしといふ小
唄名を次から次にゆるしてもらふやうになつたのも短かい年月のことで、江戸小唄
の生みの親の田村将軍は故人となつたが、田村の家元は日本中に名取を持つほど繁

昌し、どこの宴席に行つても小唄を唄はねば通人とはいはれぬほどになつて了つた。田村派勃興にひきつづいて、春日派の小唄が浅草にあらはれた。家元の名乗をあげたのは浅草芸者鶴助である。

鶴助は独逸人（墺太利《オーストリア》人ともいふ）を父に持つかはり種で、常磐津と清元にすぐれた腕を持つてゐたのだが、気随気ままの性分から浅草ばかりでなく、東京の一流芸者と立てられながら、身が持てず座敷も持てなかつた。

いつそ待合を出しませうと花々しい開業をしたが、銭勘定がてんで判らぬままに何千円かの借金を背負つて姿を隠して了ふといふ風だつた。

朋輩の浅草芸者だちが多勢集まつて、兎にも角にもあと始末はしてやつたが、肝腎の鶴助は居どころが判らない。心あたりを虱つぶしに探した末、つい手近のアパートにくすぶつてゐたのを訪ねてゆくと、よく来てくれたでもなく、ありがたうでもなく、借金の始末がどうなつたかなどはそつちのけにして、ちよいとお前さんたち、聞いておくれ、好い唄が出来たからと、いきなり三味線を持出して小唄の新曲をうたひはじめたといふ。

これが春日派小唄の発祥である。

いくら小唄の新曲が出来たからつて、アパート住居ではどうにもならないからと、朋輩の連中ものんきだつた。待合の借金整理報告はそのまま棚上げにして、住居をつくつてやると、無論、御苦労さまもいはずに、たつた一つ、こればかりは命とつりかへのつもりで持ちとほした三味線を抱いて、早速小唄の稽古をしてあげるから、みんなさそひあはせていらつしやいといふ有様、その日から、春日家鶴助をやめて、江戸小唄春日派家元とよと名乗りをあげた。

折も折、大正の好況時代が到来し、鉄成金、船成金、自動車成金等々成金続出の波に乗つて、東京を中心に江戸小唄氾濫時代が来た、曰く、堀派、曰く蓼派、曰く何派、何派と家元の数は雨後の筍のやう、うた沢も端唄もものの美事に追ぱらつていくといふ勢ひだつた。

何しろ、久しく埋もれてゐた江戸小唄だけにこの全盛期と、家元続出の中から、相当古いのが浮び出る機会を得るには得たが、ものが短かいだけに一つおぼえればあとの一つをと、教へる人も習ふ人もいそがしい。自然と新唄がそこにもここにも出来、思ひ〳〵に節じりをとぢ合はせて発表すると、芸者も客も新唄自慢で唄ひひろげる。そこで新唄製造供給専門の師匠も出来て来た。吉田草紙庵といふ老人である。団十郎のあととり市川三升、画家伊東深水の両人は江戸小唄歌詞製作を一手に引うけて、即ち草紙庵へ提供する、小唄の泉はこん〳〵として尽きさうにもなかつた。

段ものなら、一段仕上げるにも、三月や半年はかかるのだが、兎角、小唄となれば、三度もさらつてもらへば、一通りは呑込めるといふ調宝さが、かうした流行を招来したのであらう、おぼえたものを酒席の座興で唄ひすてるのが惜しくなつて、勢ひ小唄会が、そこここの演芸場へもち出されるやうになると、自然と振をつけたくなつた。到頭小唄全盛の東京は、小唄振全盛の東京とさへなつた。

富沢町に手広く見世を持つてゐた大岡といふお召問屋がある。よし町の年増芸者五人を選び唐桟柄をお召に染めて襟付の袷衣に仕立てて着せ唐繻子と描更紗の腹あはせ帯、水髪のつぶし島田といふ江戸前の風俗をつくらせ、明治座を舞台にして小唄ぶり大会を催ほさせたのもその頃のことであつた。

はじめは、かうしてお召新柄発売の宣伝にするつもりだつた。併し、唐桟柄の品えらびから仕上げて着せて踊らせるまでに、何ケ月かの日数と、何遍もの会合と、そして引つづいての披露会とが、いつの間にか、五人の芸者の中の一人特別の肩入れとなり、小唄ぶり大会が終ると間もなく、お召問屋は破産し、お召やさんは芸者と共に東京から消滅の椿事をひき起したものだ。

田村将軍と小照が田村小唄を生み出した頃第一番に弟子になつた十三世守田勘彌

にも小唄異変がある。

同じ小唄の流れを汲んでゐた赤坂芸者小光は守田勘彌と仲がよかつた。二人の中に小唄のたのしみが出来るにつけ、聞き役がほしくなつたらしい、小光の口から新橋の朋輩をひき出し小唄の聞き手にもし、唄ひ手にもさそひこんだりしたのだが、ついでに、丁度世間のはやりものになつてゐた麻雀あそびのメンバーにもなつてもらつた、いふまでもなく麻雀は夜ふかしをしがちのものであつたし、勘彌のやうな役者稼業の人が芝居をはねてから集まるとなればついつい夜あかしで牌をにぎることが多くなつた。

小光と新橋の人と勘彌と、麻雀に疲れた身体を仲よく横たへる中、この三人はそのまま為永春水作るところの梅暦を実演する仕誼《しぎ》となり、どつちを米八、どつちを仇吉にしたものかと勘彌の口から冗談が出るやうな間柄となつた。

小光といふ女は竹を割つたやうな気性であり、芸でこり固まつてゐる女だつた。私は随分守田さんと永い間たのしい日をすごしたんだからこの辺で手を引いて、あんたにゆづるわと無造作に引下つた。譲られる方もあつさりと、有難う、では引うけますといひ間もなく正式の夫婦になつたが、果は、その人が勘彌の死水までとることになつたのだ。

高輪の師匠

明治政府の中心人物が横浜にあつまつてゐた頃、おくらさんといふ一女性があり、伊藤井上山県などの顕官たちを手玉にとつて、思ふこと、すること、一つとして叶はぬはなく、逃げ出した色男ひとり追かけるために、真夜半に東京ゆきの特別列車をさへ仕立てさせたとある。其のおくらさんの富貴楼から、後には今の新橋花柳界が生れ出たことは、別項に書いたが、ここに大正昭和へかけての東京の名物男と立てられた清元延寿太夫もはじめはおくらさんの手塩にかけて育てられたのである。

一夕の食事費用に三千円の金を積み、乳くさい芸者一人を一夜妻にするのに、二千円を通り相場となつてゐる今日のすさみ切つた貨幣価値は、どうせいつまでつづくものではないから、それは別として、一升の米が五十銭を上廻つたために、全国に暴動が起つた頃のはなし、延寿太夫をある富豪の家へ招いて一段の清元を聴いたら、聴衆悉く感に堪へ、とてものついでに今一曲所望といふことになつた。

其時延寿太夫、穏やかにお受けをし、お望みとあれば、お聴に達しますが、お約束は一段といふことでしたから今一段の御所望なら、お礼は更に別儀として頂戴いたしますから、前以ておことわりして置きますと云つたさうな、其時の延寿太夫の謝礼は二千円だつたとあるから、清元二段小人数のお座敷で語つて合計四千円を請求したわけである。

さしもの富豪も、驚いたらしい。外には洩れる筈のない極々内輪の催しであつたにも拘らず、花柳界や演芸界で、当時、可なりの取沙汰があつたものだ。

尤も、丁度同じ頃、大阪文楽の竹本土佐太夫が恒例として年に二三度づつ、興行以外の上京をし、岩崎家を宿として岩崎の女御隠居さまに一二段語つてお聴かせすることになつてゐたさうだが、其事のために岩崎家から土佐太夫へ贈られる謝礼は、土佐太夫が文楽座に勤めて松竹合名社から支払はれる給料の一ケ年分より遥かに多かつたといふ一例もあるのだから、一段二千円の清元にしてからが実は多いの少いのといふ筋合のものではない。

併し、世間の口は、この事を素直には聞かなかつた。延寿太夫は横暴だの、思ひ上つてゐるのむさぼり屋だのと、芸の評判が高いにつれ、蔭口も同じ率で高くなつた。

丁度それと前後した頃、延寿太夫への蔭口を更に裏付ける出来事が起つて、世間の耳を驚かした。

延寿太夫の先代以来切つても切れぬ間柄となつてゐた三味線ひきの梅吉が、一門の三味線ひきを従がへて延寿太夫へ縁切りを申し出たことである。

事のおこりは、蓄音器会社が延寿太夫のレコードを取らうとしたことからはじまつたので、梅吉側の申し分は、もともと三味線あつての浄瑠璃であり、とりわけ清元では、延寿太夫と梅吉は双方が父の代からさながら真の夫婦同然に相結んで来たのに、延寿はいつまでも三味線の梅吉を、其場其場の雇人ででもあるやうな扱ひ方をしてゐるといふのだ。

相対とまでは行かずとも相当に、立ててもらひたいとあつた。

たとへば、今度の蓄音器吹込みについて、延寿のふところへは数万円の吹込料が入つてゐるにも拘らず、梅吉へはあてがひ扶持で、ほんの何十円かをレコードの一面一面について捨て飼ひのやうに渡される。

レコードの出しものにしても、一切が命令で申しつけられるのはあまりにも心外であり、あまりにも横暴だといふのであつた。

此上は、末始終、延寿太夫と結びついて居るわけには行かないとあつて、梅吉側は喜久太夫をタテものに仕立てて、飽くまでも三味線を中心に清元流の別派を立て、高輪派とはぷつつり手を切りますとの宣言を都新聞紙上で発表し、着々として別派行動をすすめたのである。

かうなるまでには、梅吉側と延寿側との交渉が幾度かつづいたのだが、梅吉側の結束の固さよりも延寿のてこでも動かぬ態度と、誰れが行つてもびくともせぬ身がまへが、双方の溝をいよ〳〵深めて、以来、幾十年の間、父の代からつながつてゐた延寿梅吉は、たうとう再び膝を並べる機会がめぐつては来なかつた。

延寿太夫は日本中にひいきを持つて居り、梅吉は日本中の花柳界に弟子を持つてゐる。日本中の清元びいきの人々はその頃から、延寿のことを高輪の師匠と呼んで肩を入れ、日本中の芸者たちは梅吉のことを永田町の家元と呼びならはした。

つづいて梅吉はその機を外さず、歌舞伎座を借切り、日本中から清元芸者をよび上げて清元流大会を催したが、延寿太夫は超然として相手にせず、自分の倅に三味線を弾かせ淡々として一代の美声で、羽左衛門、梅幸、菊五郎の名技に錦上の花を添えつつ、只々、高輪の師匠とのみ東京名物として立てられ通したものだ。

次々と噂される蔭口に、高輪の師匠は強慾だとか、頑固だとか、兎角、金銭にからんだ噂を立てられつづけてはゐたのだがそれはそれとして高輪の師匠の人気は少しも衰ろへない、兎もすれば、強慾だの吝嗇だのそれは結局、そねまれる故の悪口で、高輪の師匠に限つてそんな人ではありませんと、頼まれもせぬ弁解に力こぶを入れる人さへ出来た、つまりはかげ口よりも、悪口よりも延寿太夫の芸の上の人気の方が高かつたのだ。

延寿太夫は幼少から他人の手に育ち、苦労の中に人となつたせいか、少年時代には不良とまで云はれるやうな行状の中で苦労を重ねたせいか、延寿太夫らしい人生哲学を持つてゐたらしい。

元来が、金銭については他人にきびしい以上に、肉親の子にも、おのれ自身に対してもきびしかつた。ある時、かういう話がある。

梅吉と縁を切つた後、自分の三味線に仕立てた倅桂次郎をつかふのに梅吉にした以上のきびしさと細かさで、金銭を引しめつづけた。遉《さす》がの桂次郎も、手元の苦しさに辛抱しきれず、すべての芸人たちがするやうに、花会といふのを催ほして、ひいき筋から金をあつめようとした。

芸で身を立てる以上、日常のくらしも派手に派手に振舞ひ、出るには自動車、内に居てもおかいこぐるみであり、弟子や付人を従がへてどこへでも押しまはすことが、当り前のやうになつてゐるので、世間一般の眼からは、羨やまれるほどの花やかさではあるが、実際の実入りは思ひがけなく少ないのが普通だつた。

たとへば、弟子を仕立てる稽古料にして見れば、もと〳〵五十銭か七十銭のものが、好況時代となつて十倍二十倍になつたとしても、高が知れて居り、稽古所の弟子が多ければ、自然舞台を勤める方へ手がまはらず、舞台で重宝がられる時は我家での稽古に手がとどかずといふ風で、両方を立てることはむづかしい。

さて舞台をつとめるにしても、中心は役者にあるので、どこまでも介添の立ち場であつて見れば、三挺三枚といふ顔をそろへて花やかに芝居の舞台の山台にならんだ全員の上へ、酬いられるものは、一幕の浄瑠璃何十円で仕切られるのが小芝居の相場だから、これを大芝居へ置なほしても十倍か二十倍でとまるのが普通であつた。

而《しか》も、毎日のつとめを時間で切りつめられる窮屈さと、相当はげしい労働とは、並大抵のものではない。好きなればこそ、どんな苦しみも笑ひ顔で受け流してゐられるのだが、頼まれたり、金銭づくではなかなかやり通せる仕事ではないのだ。

延寿太夫の倅桂次郎も同じ苦しみに追ひつめられて、花会をやつた。一年二度のおさらひ、又は名びろめ等の花会、さうしたことこそ、芸人たちの息の入れどころであり、生活のくつろぎなのだ。

「親父に相談すると、きつと叱られるから、万事は頬かむりで」

桂次郎はさういふ風にひいきへも弟子たちへも世間へもひろめつつ、まづ〳〵花やかな大ざらひを仕納め、やれ〳〵これでどうにか一息つけますと悦んでゐた。とたんに、伊豆の伊東から電話がかかり、親父の延寿太夫からちよつと来いの命令である。

延寿太夫は、其頃大概、伊東でくらしてゐた。

父の気性を知つてゐるので、多少のお小言を覚悟して桂次郎が出かけると、延寿は存外穏かな声で、

「花会をやつたさうだね」

「ヘイ」

「費用そつくり引いて、いくら残つた」

「ヘイ」

残した高をありのままにいふのがよいか、内輪にいふのがよいか、桂次郎はちよつとの間、迷つたが、結局うそはつけなかつた。

「三千円ほど残りました」

びく〳〵しながら答へた我子の顔をぢつと見つめて、延寿太夫が、きつぱり云ひ渡した言葉は、ひいき先なり、世間さまからいただいた金は一銭残らず皆おかへし申して了へといふのだつた。

「仮初《かりそめ》にも芸で身を立ててゐる身体だ、どんな名目にしても、他人から金銭を只もらつてはいけない、芸には芸に酬いられる給金といふものが、身分に応じて定められてゐるものだ、いはれのない金をもらふことは、其身の芸を腐らすことであり、おのれの肩身を狹める因ともなるのだ。いただいた金銭は全部おかへし申して了ふがよい」

すぐに取計らふやうにと、厳重に云ひ渡されたとある。

桂次郎は途方にくれて、今更そんなことは出来ませんからと詫び入つたが延寿太夫はゆるさなかつた。

「親父に叱られましたからと、わけを話せばどちらさまでも承知して下さる筈だ」の一点張りだつた。

是非なく承知してその通りに計らふより仕方がなかつた。結局折角の花会は無一文の骨折損ときまり、一々、かへされた御祝儀に対して、ひいき筋の人々も、高輪の師匠らしいと、滞りなく納めてもらへることが出来た。

「仰やる通り、すつかりおかへし申しました」

事終つて、桂次郎が苦りきつて父に報告した時、延寿太夫は満足さうに、につこり笑ひ乍ら、かねて用意しておいたらしい金包みを自分の手匣から出して、

「これはお前の小使ひにやるからとつておきな」

中には丁度三千円入つてゐたとも、も少し多かつたとも伝へられる。更に、延寿は我子にいひ添えた。

「この後ともに、お小使がほしかつたら云ひなさい、お前の要るだけは私が出してやらう。必らずともに、人様のふところをアテにするんぢやないぞ。立派に芸で身を立てようと思つたら、金銭の出入りをはつきりして格式を自分からくづすやうなことをしてはならない」

幼少から身につけた苦労が、立派な人生観と処世哲学をつくり上げたともいへよう、芸に対する報酬を金銭で計算してゐるのではないが、世間はその辺を誤解してゐた、少年時代から父の三味線を受けて、高輪の師匠の女房役をつとめつづけた梅吉にも、高輪の師匠の立て前が汲みとれなかつたともいへようが問題の焦点は年齢の相違にある。

明治の中頃までに仕上つた高輪の師匠と、大正期に入つて仕上つた梅吉とでは親と子のちがひがある上に、高輪の師匠から見れば、いつまで経つても今の梅吉を、まだ若い者だからときめつける気味があつたらしく、梅吉の方から見れば、いつまでも子供扱かひされる心外さが気に食はなかつたのだらう、梅吉だつて、金のことばかりで高輪に叛旗を翻へしたのではない筈だが、一旦、云ひ出して自分の意見を通さうとなると、どうでも金銭だけの争ひに落付きやすい、双方の争ひの的は、斯様にして、どうにも折合のつかぬものになつて了つた。

先代梅吉といふ人の三味線の美くしさと、人柄の無邪気さは今も尚ほ記憶してゐる人が多く、今の梅吉にもさうした無邪気さは充分受けつがれてゐるのだ。

清元の名曲として残つてゐる青海波《せいがいは》の歌詞を永井素岳がつくつた時、素岳は歌詞に添えて節付けの上の注意書をつけて渡した、素岳は明治時代の大通といはれた人であり、作詞ばかりでなく、一通り節付けさへ出来るほどの人であつたので、その注意書は相当立派なものであつたさうだ。

ところが、梅吉は烈火の如く怒つたさうだ、べらばうめ、素岳つて奴は利いた風な野郎だ、あいつは文句だけ作れば好いんだ。節付けの注意なんて以ての外の差出口をしやあがると云ひ、注意書の封も切らず、どん〳〵節付けしたあとで、身辺の人が注意書と照りあはせて見たら、要処々々が寸分ちがつてゐなかつたといふ逸話がある、作詞と節付、太夫と三味線、それぞれが、何ともいへぬ和やかさで理窟なしに渾然と解け合つてゐたのが明治時代の芸界人情で、これが大正期となると、何ごとにも理論ぐせがまぎれ込んで事を面倒にする。

先代梅吉が故人になつた時、今の梅吉夫婦は、父から渡された金庫の鍵を持つて金庫の前に座り、

「さあ、けふからおれたち夫婦の世帯になるんだが、まづ何よりも金庫の中を見よう、金庫の中には、たとひ親子でも、おいらの眼玉の黒い中には見ちやいけねえと、親父がいひいひした包みが入つてゐるんだ。一体何が入れてあるのか、二人で見よう」

夫婦とも胸をとどろかしつつ、いよく金庫をあけて見ると、中には一枚の紙幣も入つて居らず、厳重に封をした紙包みが一つあるだけだつた。封を切ると、其内側に又封がしてあり、それをあけると、又封じてあり、何遍か開く中に最後に出て来たのは只一通の手紙だつた。

「お前と夫婦になつたこと実正《じつしやう》なりこの上は決してお互ひに浮気をいたしませぬ、もしそむいたら、新聞ですつぱぬいて、叩かれても、一言の異存は申すまじく候、お蝶どの、梅吉」

と、只それだけ書いてあつたので、夫婦はしばし呆然となつたといふ。先代梅吉といふ人はさういふ人物であつた。そして取りもなほさずそれが明治人情でもあつた。

長唄銘々伝

帝劇が出来て、尾上梅幸、松本幸四郎、沢村宗十郎、沢村宗之助、守田勘彌、尾上松助とそれぞれ特色を以て東京役者の一方の旗頭とされた人たちが、ごつそり引ぬかれた時、芳村伊十郎、杵屋寒玉の両人も一門を引つれて帝劇へ入つた、役者たちにはかはりがあるが歌舞伎芝居の下座をあづかるおはやしにはかけがへないので、さすがの松竹合名社も、これには参るだらうと誰れもかれもが思つた。

伊十郎寒玉とどつしり並んで坐つた長唄の山台は全く当時の長唄連中として較べる相手のないほど貫禄と実力とを備へたものだつた。この両人のコンビに対照するものとしては吉住小三郎と杵屋六四郎の一派があるにはあつたが、これはその以前から長唄は長唄で立つもので歌舞伎芝居のツマではありませんといふ立て前で、長唄研精会の旗じるしを押立て、長唄演奏会一本でおし通してゐる。これから先の歌舞伎座はどうするつもりだらうと誰れも思つたが、案外にも、これは流れる水のせきを切つて長唄の川巾を大きくする因となつたのだ。芳村孝次郎は松永和風となつて進出した。富士田音蔵は六代目菊五郎の推薦する柏伊之助と共に光りはじめた。三味線には杵屋勝太郎があたまを持上げ、杵屋佐吉があらはれ、杵屋栄蔵があらはれ、地味な唄い方で今までは目立たなかつた杵屋伊四郎、松島庄十郎の面々が著しく人気をおさへ、鶴声会が出来る、佐門会が出来る、女流吉住会が出来る、花柳界にもそれぞれ長唄勉強会が出来、中にも芳町芸者のながうた会など料亭岡田を根城にしつつ下方一切を芸者でそろへて而も鼓の名手、笛の名手と立てられる三子、小太郎などの名妓をさへ出したものだつた。窮すればひらくの道理を目のあたりに見て、正に大正のはじめから十年余りの東京は長唄の花一時に開くといふ壮観を呈した。

百年にもあまる長い年月、歌舞伎芝居のはやし部屋にとぢこめられて、役者登場のきつかけに彩りをつける出入りの唄か、舞台の情味を添えるための独吟かメリヤスかで、所詮は縁の下の力持をつとめつづけた長唄連中が、歌舞伎から引はなれてこれほどまでに底力をあらはしたのも此時であり、長唄は長唄で立つべしと宣言した吉住小三郎の大見識が立派な裏づけをされたのも此時であつた。

小三郎の長唄解放は立上る根城を上流社会にとつたのもよかつたが、小三郎を盛立てる協力者がそろつてゐたのは何よりの強みであつたらう。第一は三味線の六四郎という温厚な君子があり、小三蔵といふ参謀があり、中内蝶二といふ穏やかで而も傲岸な文人が研精会のおさへとなりつづけた。皆の心がそろつて吉住小三郎を中心に研精会の名によつて押し出したのだ。

長唄はお芝居のツマではありませんといひはつて、其頃の長唄連中が、我れがちに歌舞伎座専属のタテ唄を目標にもがき立てるのを尻目にかける一方、長唄はまづ上流の紳士の家庭と、練達の知識人から出発するという実際運動を宣伝するためには稽古場の門前に、いつも空の自動車を三四台づつもとまらせてなにがし家のお姫さまや奥様が只今お稽古中と見せかけたとまで世間のかげ口を甘んじて受けたものだ。手をかへ品をかへてレコード吹込みの勧誘に来るレコード会社を始終断わり通したのも逆宣伝の効果を成したともいはれる。併し、誰れがこのやうな噂をしようとも、吉住小三郎自身が自分の声柄を知り、長唄の持つ特長に早く目をつけて、只一本槍に自分を貫きつづけた勇猛心がもとであつたらう。

丁度その頃のこと、ある朝早く、杵屋寒玉が筆者の住居へ訪ねて来て、倅の唄が近頃無やみにくづれて了ひます。どうかすると私の三味線の間をはずしてまで私に反抗します、これは研精会の唄に釣り込まれてゐる故と思ひます、研精会は研精会のねらひどころがあるのでせうが、私の倅がそれに迷ひ込むことは如何にも悲しいことですから、どうぞ倅に意見をして心得ちがひを直していただけませんかと折入つての相談があつた。

研精会には中内蝶二がゐる、中内蝶二は万《よろづ》朝報の記者なので、新聞記者の力の強さを寒玉は過信したのであらう、その頃都新聞の演芸欄をあづかつてゐた私の力が我子の上にも相当の重みを持つものと寒玉は考へたとも思はれる。ほかに原因があつたかも知れない、自分の三味線から一日一日と叛き去らうとする倅六左衛門の将来を案じすごした親心のさびしさ苦しさが顔に溢れて寒玉は涙ぐんでさへ居たことだつた。

御尤もです、お心持はよく判りますが、親のした通りのことを一から十まで子がしたのでは足ぶみをしてゐる人間で、いつまで経つても、ものの進歩は見られないのではありますまいかと筆者は答へた。遉《さす》がに寒玉ほどの名人で、なるほどと言下に答へ、それで私は倅にどんな態度をとつたらよいかと押しかへして来た。六左衛門さんを改めさせる代りに、あなたの三味線をかへて一々先手を打つことは出来ませんかと云つたら、なるほど倅には倅の時代をつくらせてやる事ですねと晴れやかな顔で帰られ、約一ケ月の後にはおかげで、親も子も和やかに長唄を勉強出来るやうになりましたといふ報告を受けた。

これは大正初期に、杵屋寒玉とその子六左衛門との間に湧き起つた小葛藤に過ぎないが、実はその頃の長唄世界に捲起つてゐた大葛藤の縮図であつたのだ。

松永和風を名乗つた芳村孝次郎など、最初の合三味線杵屋勝四郎に死なれて後、杵屋和吉とも結んで見た。杵屋勝太郎を協力者にしても見た。栄蔵をも佐吉をも相棒にしたが、片つぱしからはなれて了ひ、到頭、和風は三味線なしで長唄を唄はうかとまで云ひ出したこともある。何しろ、お役人上りだからねと世間も長唄連中も和風のかげ口を云つた。到頭和風自身も腐つて了つて赤坂の妻女の家業の銭湯の番台にでも坐りかねない勢ひだつたが、併しながら美事きりぬけて清元の延寿太夫同様、東京中の芸者たちに口真似されるほどの和風独特の長唄を完成したものだ。あらゆる芸界人中第一の能書家とされてゐる和風の時代は大正末期から昭和にかけて十年はつづいたらう。

斯様にして植木店（杵屋寒玉の住居）さんと、箔屋町（小三郎の住居）さんの外に、赤坂の師匠（和風の住居）が出来、根岸の師匠寒玉の門に出て一派を成した杵屋五三郎は節付けの名人として次々に新曲を発表し、馬場の師匠で通つた杵屋勝五郎の教へを受けた杵勝一門から別格に傑出した杵屋勝太郎、など、それぞれに全国を競つた。其中にやがて薬研堀《やげんぼり》さんとして異色を見せはじめたのが杵屋佐吉である。

世間は佐吉を新人といふ呼び方で立てた。佐吉の新人ぶりはまづ三味線だけで聞かせる長唄を発表した。市川猿之助と結んで、新舞踊曲を興した、音律の高く強い西洋音楽にも負けないやうにと大三味線を工夫して美事失敗するところまで野心を示した。その間には夫婦相携へて洋行までもしたものだつた。誰れもかれもが洋行する時で、洋行はやりものといふ流行歌まで出来た頃ではあつたが、佐吉夫婦の洋行も長唄仲間では大した評判であつた。

佐吉がロンドンに滞在中、今上さまも、まだ摂政官で、やはり外遊中であつた。ある日摂政官はロンドンに滞留中の日本人名士をお招きになりお茶の会を催ほされたので、佐吉もそのメンバーに加へられた。

明治さま以来、軍人たちからおしつけられた軍服といふ喧嘩の身ごしらへをかなぐりすて、日本国本来の平和な天皇のお姿にかへられた今上さまは、終戦後に、古《こ》靭《うつぼ》太夫の義太夫をお聞きになつたり、文人をお招きになつて雑談をおかはしになつたり、漸く人間の仲間入りを、はじめて遊ばしたやうに世間ではお噂してゐるが、実は三十年も前に、ロンドンで御経験ずみであつたのだ。

お茶会の席上、摂政官は特に佐吉に向つてあなたは莨《たばこ》は何をおのみですかとお聞きになつたさうだ。

「日本では敷島ばかりでしたが、ロンドンへ来ましたらあんまりタバコの種類が多くて迷つて了ひました」

「いろいろのタバコを無料で喫ふ工夫を教へてあげませうか」

　宮さまはまじめに仰やつたので、佐吉がびつくりしてハイとお答へすると、市中を散歩したら、タバコやの見世へお入りなさい、見世先にはいろいろの紙巻きタバコが数をつくしてならべてある、それは皆見本なんだから、手当り次第に一本をとつて喫つて見るが好いと、宮様は笑ひもせずに仰やつたさうだ。

「一本つけて口にくはへて、どうも気に入るのがないといふ風に表情しながら次の見世へ入る、次の見世でも亦それをやる、かうしてタバコやからタバコやと廻つてゐれば、終日一銭もかけずにいろ〳〵のタバコが存分に喫へるぢやありませんか」

　快活にこんな名案を佐吉に授けて下さつたので、ロンドン滞在中、タバコに不自由をしませんでしたと、佐吉は語つてゐた。

「只喫ひつぱなしでは悪いかも知れないが、さういふ風にしてやがて自分の口に合ふタバコが選び出せるでせうと、宮様の御言葉は結論づけて下さつたのですが、私は結論をつけない中に、ロンドンを去りましたからつまりロンドンのタバコを喫ひ逃げしたわけです」

女流の長唄連中にも相当な人があらはれたのは矢張りその頃であつた、手から手に教へる三味線、口から耳へうつす長唄を音譜に記録したり、何十人もの初心者を前にして一斉教授の道をひらいた杵屋彌七などは、長唄の世界をどのくらゐ広くしたかも知れない。彌七には赤星といふ良人があつた、音楽家としての修業を経て来た人だけに、当然彌七の協力者ではあつたが、只の協力者でなく、飽くまでも縁の下の力持の役目を女房のためにつとめ通したことであつた。此夫婦の企てた一斉教授ははじめ白木屋の屋上にある小演芸場から出発した。長唄の一斉教授と音譜製作のために、彌七夫婦は身についたものを片つぱしから売り捨て、しまひには着の身着の儘の貧困にまで陥ちていつた、それでも夫婦気をそろへてやり通し美事に音譜はつくりあげたし、一斉教授の仕方も東京中の花柳界に残したが、彌七は到頭貧窮の中に倒れて了つたのだ。

帝劇が出来て、伊十郎寒玉の両人が帝劇といふ箱の中に納められると共に、全滅かと思はれた東京の長唄は、却つて、それを機会に全盛への門をひらいたのだ。伊十郎の代りに頭角を現はした人に富士田音蔵がある。伊十郎が大兵肥満であり、ものやさしく上品な寒玉と並んだタテ唄ぶりは見るからにたのもしいものであつたが、音蔵に到つては小男の痩せっぽちであつた。あまりのちがひ方に世間はびつくりしたが、あんな小さな身体のどこを押せばと思ふほど立派な堂々たる音量が出たものだ。世間が長唄をおはやしさんといふ芝居のツマではなく、改めて邦楽として見なほすやうになつたのは小男の音蔵があまりにも立派な声量を示したことも、いくらかの役目をしてゐよう。残念ながら此人は相当の財産と芸達者で評判をとつてゐた浅草芸者お舟を未亡人に残して男ざかりの年で死んだ。

さて最後に芳村伊十郎を語らう。

伊十郎と寒玉は九代目団十郎時代からの人である。この二人が歌舞伎座の長唄をあづかつてゐる頃は日本随一の長唄として立てられてゐた。両人が帝劇に入つて間もない頃、日本蓄音器商会即ちコロムビアの会社が出来、川崎に工場を設けてレコード製造をすることになつた。伊十郎の長唄を早速吹込んでもらふことになり、会社の係員は内幸町の事務所から人力車をつらねて工場へ走らせた。

連日の雨が漸々《やうやう》霽《は》れたばかりで、川崎駅から六郷川に添つての道は、向脛までぬかるくらゐの泥道だつた。その中を人力車数台が泥をはねとばしつつ走つてゆく、まだ自動車は非常に少かつたのだ。

車上から不図見ると、泥だらけの道を尻ぱしよりでトボ〳〵あるいてゐる男がある。肩に風呂敷包みを背負ひ、高足駄を泥に吸ひ込まれつつあるいて居たのが、うしろから追ひ越す人力車は無残に泥をはねかした。追ひ越して振りかへつて見るとそれは芳村伊十郎だつた、社員たちはびつくりして車を下り乗せようとしたが、滅相な、私はこれで結構でございますとばかり決して乗らうとはしなかつた。

いよ〳〵工場へ着いたが、何時間も待たされた末、機械の故障で吹込みは明日となると不足もいはず畏こまりましたと、又しても泥の中を尻ぱしよりであるきはじめる。近所に旅館を約束しましたから、泊ることになさいとすすめたら其時、伊十郎は厳然として云つた。

「私風情の声を吹込ましていただくなんて文明がすすんだからのことです、勿体ないとさへ思つて居ります。東京から川崎ぐらゐのところなら、毎日だつても差つかへはありません、長唄といふ芸を身につけたればこそ、皆さんに大事にされますのですから、どうぞおかまひ下さらないで、私の長唄は私が大事に背負つて泥の中でも雪の中でもあるきます」

おはやしさんが長唄さんになり、長唄音楽師になり、やがて芸術家になるまで伊十郎転出からたつた七八年の年月しかすぎてゐないが、伊十郎寒玉の両人は死ぬまで身をへりくだつたお師匠さんで終つた事だつた。

たれぎだ物語

娘義太夫紋清殺しといふ事件があつて、東京中の話題になつたのは明治三十年より前のことであつたらう。竹本紋清といふ若い美くしい娘義太夫に惚れこんだ男が、さんざんつきまとつた揚句、金につまつて無心をいひかけたら、紋清の母親が邪慳につつぱなした。それを恨んで男は紋清の母親を殺すつもりが、あやまつて紋清を殺して了つたのだとかその頃の新聞には伝へられてゐるが、何しろ当時の東京で人気の中心に置かれてゐた娘義太夫が無惨の刃に命を捨てたのだから評判は大したものだつたらしい。そのあとに起つた箱や殺しの花井お梅、その前にあつた旦那殺しの夜あらしお絹を加へて三幅対の大事件であつた。伊原青々園の筆で紋清もの語りはつづられ、都新聞のつづきものになり、つづいて芝居にも仕組まれた。

娘義太夫といふのが東京に人気を呼びはじめたのは、はじめは釆女の原の小屋がけ、つぎには佐竹の原の小屋がけ時代がある。釆女の原は京橋釆女町の空地で、佐竹つ原は佐竹侯の屋敷のひけあと、即ち下谷竹町の空地のことで、どちらも江戸を東京に仕かへる時のすきぎれのやうな空地であつた。

十七八から二十二三の娘に義太夫を仕込み花やかな色どりの肩衣を着せ、白縞小倉の書生袴を穿かせ、銀杏がへしの髪にビラビラつきの花かんざしをさせ、見台の前に控へさせて、トウザイ、ここもとお聴きに入れまするは、艶姿女舞衣《はですがたをんなまひぎぬ》、相つとめまする太夫、竹本なにがし、三味線鶴沢なにがし、まづはいよいよ三勝半七酒屋のだん、とざいとうざいツといふ口上で、デン、デンと太棹の音色につれて語りこむ中に、太夫は威勢よく見台にのび上るやら、扇拍子で調子づくやら、銀杏がへしをふりまはしたはづみに、ビラビラかんざしがふり落され見物席へ落ちたりすると、お客は先を争つて拾つたりしたものだ。義太夫ぶしの上手下手よりも若い美くしい女が、身ぶり沢山で独り芝居かと思ふほど力んだりあばれたり苦しがつたりするのを見せてもらへるのが人気に投じたらしい。やがて間もなく、東京睦席といふ定席が出来た、茅場町薬師寺内の宮松亭、本郷の若竹亭、両国の立花亭、四谷の喜よし、京橋のつる仙、神田の川竹などいふのがそれで、如何に芸がよくても睦席に初看板をあげない以上、まともな芸人とは認められぬほどの権威を持つほどになり睦み各席に芸人の配り合せをするのに、「五厘」といふ親方までが出来た。五厘といふのは席亭毎晩の入場料の中に、入場者一人について五厘づつのあたまをはねるので、さういふ名がついてゐる。

諸式の安い時分だつた。睦み席、即ち、東京市内で立派な寄席と立てられてゐる寄席の入場料は六銭か八銭といふので、特別に大ものがかかつても、十銭かせいぜい十二銭出せば入れるといふ時代が、明治三十年頃から十年以上もつづいたであらう。

娘義太夫はいつの間にか、「たれぎだ」といふ名で呼ばれた。無論、義太夫ぶしの本場は大阪としてあり、千日前には播十といふ大席亭があつて、長広、東広など女ながらも名人と立てられる太夫が、次々と若い娘を仕込んでゐた、仕込まれた娘たちは、それぞれ、大阪初下りといふ肩書がついて東京へ下り、茅場町の宮松で、睦み各席の親方に五厘の親方立会の上で芸の下見があり、睦み各席を半月づつの真打と、三枚目の助け席かけもちでまはりはじめることになつてゐた、無論、電車も自動車もない頃なので、人力車でのかけ持ちである。

紋清以後に、尤も花やかな人気を持つたのが竹本新吉に竹本綾之助であらうか、いづれも十七八歳といふ年頃で、新吉の方はざんぎりあたまで筒袖の着物に肩衣をつけ、さつぱりした男の児になり切つて居り、綾之助は角前髪に大たぶさを紫の打紐でむすびさげた茶筌に結ひ、大振袖に肩衣をつけてゐたさうだ、云ひあはせたわけでなく、一方は明治風の美少年、一方は江戸風の若衆姿、一方はふつくりした愛くるしさ、一方は水もたるやうな美くしさなので、人気は双方同じやうにあつまり、東京中の人は、いよいよ「たれぎだ」に引つけられた。

二人のための定連席が、各席亭にとり仕切られ、定連でない人たちもわれさきにと高座前に陣取つて、思ひ思ひの褒め詞で、そやし立てた。定連席からはひつきりなしに楽屋へのおつかひものが運び込まれる。ひいき連は莨盆に下足札を叩きつけて、ヨウどうするどうすると奇声を発しつつ、高座に延び上る太夫の大きく見張つた目玉や、一杯ひろげた口紅だらけの唇に見とれて、一段を終るまで、サハリにはやさしく、クドキには浮れたち、急所々々に合づちを打つて拍子をとるのだが、さそひこむ太夫とさそひこまれるひいき連の息と息がぴつたり合つて少しも浄瑠璃の邪魔にならぬどころか、浄瑠璃に面白さをさへ添えるくらゐだつた。今のやうにフアンなどといふ言葉はまだなく世間はこの人たちをどうする連と云つてゐた、たれぎだあつてのどうする連であり、どうする連あつてのたれぎだである。

ひいきのたれぎだが次の席亭へかけ持ちをするとなれば、どうする連は総立ちになつて寄席の楽屋口へつつかけ、たれぎだがおかかへの人力車に乗るのを見すまして、一斉に車のあとおしをしつつかけ持の席亭へ送りこむ熱意と親切さは、大正中期からはやりはじめた映画人のスターへむらがり立つサイン攻めのファンたちのやうな軽薄さとはくらべものにならぬものがあつた。

どうする連には書生つぽが多かつた。黒木綿の紋つき羽織、白縞小倉の袴、なべ底帽子といふやうな風俗に朴歯の下駄を穿き、にぎり太のステッキを持つてゐる風采も素朴なものである。

新吉と綾之助のほかに、無論、人気ものは相当にあつた。やせぎすで顔だちの整つたあはれつぽい語り口の竹本友之助、母の三味線であど気なくしをらしく語る竹本京子、現在尚ほ七十余歳の高齢で時折りむかしのひいきたちのためにしつかりした義太夫を聞かせる端麗な竹本小土佐、そのほか、愛子、若之助、三玉、相玉など、皆ひいきに引たふされさうな勢ひだつた。

顔の美くしさと声の若さとを的に唄ふ義太夫といはれる若手のほかに、無論、どつしりした名手の老練な太夫もあつた。竹本小政、竹本小清の両人に竹本素行であり、早く東京から身をひいた東広なども居た。渋いものを専門に語るさながら男のやうな豊竹巴勝といふ名物婆さんも居た。小清と小政の両人が女流義太夫として明治期の義太夫第一人者であつたことは今日でも定評がある。

当時東京で男の太夫としては竹本和国太夫あり、同じく綾瀬太夫があり、更に大阪から後に土佐太夫となつた名人の伊達太夫、三味線の名手豊沢松太郎に仕立てられて美音家としての人気を持つた竹本朝太夫など、それぞれ、たれぎだの花やかさに、うしろ楯の役をつとめつつ、義太夫熱を東京人に植ゑつけたものだが、すべてのたれぎだが大阪出身である中に、素行一人は純粋の東京仕込みであつたため、ともすれば非難されやすい高座の芸を和国太夫によつて鍛えてもらふ中、二人は夫婦のやうな仲になつた。和国素行両人の間に可愛い娘一人、男の子一人が出来た。娘は年頃になつて美人の名高く、代議士日向輝武夫人となつたが、さうした出世よりも、少女時代から蛇好きのくせがあり、始終、蛇をふところに抱いてゐたことで有名であつた日向きん子女史、日向代議士没後は林きん子となつて舞踊の道に精進してゐる風流人で、男の子は曾我の家五郎の一座に名物の女形といはれた秀蝶となつてゐる、素行、老後に瓢と改名し、茶道に親しんだりしたほどの落ちついた真面目一方の婦人であつたが、生れながら身についた一風格は、かうして子供たち二人の生涯に彩どりとなつて芽生えて来たのかも知れない、素行の弟子の中に花やかな人気を持つたのが素雪で、地味に地味にと底力をつけつつ、たれぎだ没落後の女義太夫に重鎮として今日までも太棹党の重鎮となつてゐるのが竹本素女《もとめ》である。

さて、新吉と綾之助の話にもどらう、新吉のざんぎりあたまが、新吉の女つぷりの整ふと共に少しづつ延びて、やう〳〵男まげを結つて高座にあらはれはじめた頃突然消えてなくなり、新橋からひだり褄をとる人となつた。綾之助の方はもつと〳〵東京人を驚ろかした。石井健太といふ愛人と共にたれぎだ仲間を下つて愛の巣をいとなむことになつた。石井健太といふ人はその頃の若人の中でも特に尊敬された慶応大学の学士さんであり眉目秀麗の青年だつた。

紋清殺しの取沙汰が漸く薄れかかつた頃で石井健太と綾之助の恋愛事件は改めて朗らかな話題を冴えかへらせ、それについてたれぎだもいよ〳〵繁昌した。

かうして高座から消えた綾之助と新吉のかはりに二代目綾之助が出た。昇之助昇菊といふ美人の姉妹が出、竹本組幸といふ天才さへもあらはれた。

二代目綾之助は千日前の播重席《はりぢう》ですぐれた伎倆を認められ、東京の睦み席仲間が特に力を入れて二代目を襲名させたのであつた。顔の美くしさよりも、張のある高座ぶりが、どうする連に親しまれた。声のよさよりも語り口の派手さが人を引つけた。昇之助と昇菊は姉の三味線、妹の語りで、力強い高座ぶりだつた。太夫昇之助の男姿、三味線昇菊の美くしさが引きよせる人気は古今無類と思はれた。組幸の名人ぶりにいたつては、持ち前の醜女ぶりをぬり消して了ふほど立派なものであつた。明治三十四五年から数年の東京のたれぎだこそは、恐らく明治大正昭和を通じての最高峰といへよう。

兎に角、明治三十年から大正初年へかけての東京はたれぎだの東京であつた、たれぎだの人気を格付けるための男太夫も、前に掲げた通り、土佐太夫の前身たる竹本伊達太夫をはじめ、今文楽の一員となつてゐる相生太夫の父同名相生太夫もゐた。松太郎の三味線で一層花を咲かせた竹本朝太夫の美音など、東京つ子をどれほど浮きたたせもし、ひきつけもしたことか、其後、切り前の人気者には綴太夫も居た、彌太夫もゐた、柳適太夫もゐた。

其中に組幸が若くして死に、昇菊昇之助が家庭の事情で引退し、二代目綾之助に旦那がついて高座を下つて了つたのをきつかけに、綾瀬太夫の綾翁没し、相生太夫没し、伊達太夫は文楽へ戻り、一方、寄席ばかりで占めてゐた東京の娯楽物の中に、活動写真常設館が割込み、ダンスホールが割込みしたので、世の中はぐらりと変つた、もうたれぎだの時代はすぎかかつてゐるのだ。

たれぎだがすたりかかつたせいもあらう、たれぎだを掻きのけるほどの各種演芸娯楽が次々とあらはれたせいもあらう、併し何よりも、たれぎだ自身が、明治期の人々のやうに、芸一方に全力を尽すのでなく、めいめいが後援者を求める気風に捉はれはじめたことが大きな原因らしい。後援者といふのは所謂旦那である。芸人が旦那あさりに全力を尽すやうでは、芸も何もあつたものではない。兎に角、たれぎだを全盛の昔に引もどさうとする運動がそこここに始められたが、それを専念する人たちは皆たれぎだの旦那たちなのだから、どうにも問題にならなかつた。

　さうした運動者の中に初代綾之助の石井健太もあつた。石井健太は初代綾之助の名で、自分の女房を再起させた。綾之助の弟子たちを幾人か養成して、綾菊、綾春、綾千代などを花々しく高座に並ばせた。竹本越駒も同じやうに力を添えた、更に、竹本朝重、竹本美光、竹本東朝など、すぐれた人たちも出るには出たが、立ちかかつては倒れ、立ちかかつては出なほしをくりかへすままに時はすぎてゆく。

　兎《と》もすれば凋零《てうれい》の風景の中に、はからずも話題を投げたのは竹本朝重であらう、美くしさと高座の芸のよさとに、兎も角も人目に立つ立派さに、世間は少しづつ引きよせられ、殊によつたら、朝重一人の力が、むかしのたれぎだ時代を再現するかと見えた矢先に、突然高座から身をかくし、世間の人々も新聞人も目をそばだてかけた時、猪股といふ美男の学士と共に遠く台湾へ渡つて、天晴れ法学士夫人となつて思ひ切りよく持ち前の芸をふり切つて了つたらしい。これは石井健太夫婦以来のたれぎだ話題であり、恐らくはこれが最後のたれぎだ情話であるかも知れない。

　それやこれやの間に大正の大震災があつた。そして、たれぎだばかりでなく、あらゆる演芸演劇の道場が焼かれて了ひ、一切合切が新規出なほしの機会を与へられることになつた。

竹本東朝がこの時、麻布森元座を根城にして、又は牛込神楽坂会館に女義太夫の名で旗あげをしようとしたが、東朝のうしろには河合徳三郎といふ親分がついてゐるので、河合好みの干渉がむつかしく、結局長くはつづかなかつた。

男の太夫の中で、豊竹巌太夫といふ才人があり、東京中に群立し、又はとぢこもつてゐる女義たちを糾合して女義太夫復興の会を、尤も熱心に世話やきつづけたが、やつぱりどうにもならなかつた。

義太夫節の理解者で文楽座の後援者として有名な杉山茂丸も女義興隆のために尽したが尽し尽して得たものは、名手竹本素女《もとめ》一人を残し得たにすぎない。竹本素女こそは、終始一貫コツコツと芸を磨くことにつとめつづけてゐた。素女の孤軍奮闘に力を添えるために、二代目綾之助も大正震災前後にあらはれた。二代目綾之助が、高座を捨てるのには哀話がある。高座にあつて派手な語り口と、はりのある高座ぶりで人気を占めてゐる最中、綾之助は老いたる母をかかへて苦しい生活をつづけてゐた。それを助けたのが毛利といふ人で、生活も楽にしてやらう、老母も大事にしてやらう、併し、私の愛するお前が多人数の前に顔をさらして見せものになるのが、私には心苦しい、私を捨てるか、義太夫を捨てるか、どちらかにきめてくれぬかといふ申し出であつた。綾之助は苦しんだ。併し、苦境を救はれた恩には負けて到頭芸を捨てて旦那につく事にきめたのが、高座を引く原因であつた。

其後毛利との間に幾人かの子を成したあと病気になつた毛利は、又しても綾之助に注文を出した。私が死んだら、お前はまた義太夫を語るだらう、それが気にかかる、せめて七年間はおれ以外にお前の義太夫を聴かせぬ約束をしてくれといふのだ。綾之助はその申し出も聴き入れることにした。やがて毛利も故人となり、毛利家のあと始末もし、子供たちの身も定まつた時、二十年の年月がすぎてるのだからと、まづ竹本素女のところへゆき、二代目綾之助の名を久しぶりで名乗ることになつたのだといふ。

さて、明治大正昭和三代にわたつて東京のたれぎだ界に浮き沈みはげしかつた人気ものの誰れにも増して、東京人を引きつけた人がゐる。朝日新聞社の隣り数寄屋橋の濠に沿うて建つてゐた有楽座へ、年何回かづつをあらはれ、東京人の人気を一手に引きよせつづけた豊竹呂昇である、この人の声量、この人の美音、この人の癖のない義太夫ぶしは誰れにも好かれた。いろいろの興行ものに、時によつて、潮の満干はあるが、義太夫で豊竹呂昇、奇術で松旭斎天勝、喜劇で曾我の家五郎、以上の三組は、いつ如何なる時、どこへ出しても大入疑がひなしとまで、興行師たちが異口同音に云つてゐる。それほどの豊竹呂昇であつた。天性めぐまれた声量があふれ過ぎてゐることを形容するために、悪口をいふ人たちは、呂昇が高座に上る前に、一応、精力を自らぬく事を習慣としてゐるとさへ云つてゐる。自ら精力をぬくために呂昇のそばにはいつも若きつばめがゐたなどと、そんなことはあるまじき事だが、併し呂昇はさう云はれるほど非凡な天才であつた。

雲右衛門哀史

清元の喜せんの中にちよぼくれと住吉踊りが織り込んである。常磐津の中には紅かんだの粟もちなどがとり入れてある。紅かんは幕末時代の江戸市中の人気もので粟もちやもたしか名古屋あたりから江戸へ流れ込み粟もちの曲づきをして江戸っ子をびつくりさせた大道芸の片われだ。住よし踊りは明治初期にかけあひ万歳ともなり、かけあひ茶番ともなつて梅坊主といふ名人まで出したので、名優九代目団十郎は到頭梅坊主を歌舞伎座へさそひ出し、かつぽれといふ芸に仕立てあげて了つた。どこの宴席だつて芸者がお座つきをつけると、そのあとはお酌たちがずらりと正面へならび、やつこさんだよの一声と共にあねさん、おんじよかへとかつぽれの総踊りをしなければ宴席はひらけないといふほど、日本風宴席の序びらき曲となつたのだし、客も立ち上つて座興のかくし芸を出すので、向ふ鉢まきをし、尻を高々とからげて、沖の、せつせ、くらいのにと、かつぽれのまね事の一つも見せなければ、社交界の人気は保てないといふほどに繁昌したものだ。

さて、その中のちよぼくれは、大道芸の中でも一番いやしいとされてゐた。すたく坊主やちよんがれや、せきぞろと共に、どれもどれも門付けの乞食坊主のものもらひ芸にしかすぎなかつたのだが、それほどいやしいちよぼくれが、やがて法螺貝を吹いて、デロレン〱と吠えて東京はもとより大阪までも、辻々を吠えたてゝあるくやうになり、どうやら出たらめの文句が筋の立つたさいもんぶしになり、デロレンざいもんとも、うかれぶしともいはれるやうになるまでには、ざつと三十年の年数は費されたであらう、そして関西では関西風のうかれぶし、関東には関東風のうかれぶしが出来上つた時にはもう大道芸ではなく兎にも角にも寄席芸とちがつて、場末々々の人気を占めてゐた。その中から桃中軒雲右衛門は生れ出たのである。

今でこそ浪曲といふ名で勿体づけられたり、いつの場合だつてラヂオの放送に日本風の音曲中人気第一と押され、どんなところへ持出してもこれさへ出せば、大衆はをどり上つて喜ぶといふ浪花ぶしではあるが、もとを訂せばものもらひのスタく坊主やせきぞろと同列に、江戸の辻々で湧き出たデロレンざい文のみがき上げられたものだが、それをここまでに仕上げたのは、所詮雲右衛門一人が種を蒔き、雲右衛門がその一生を賭けて生血を吐いてまで花を咲かせたのが、やう〱実になつたのだ。

川上音二郎が一生を抛つてつくり上げた新派演劇は、一日一日と歌舞伎劇におされて、ともするとかげが薄れてゆくのだが、雲右衛門の植ゑつけた浪花ぶしは美事義太夫ぶしまで追越して、如何にも将来性を随処にほのめかしてゐる。大正年間に大政治家といはれさうになつてゐた床次竹二郎といふ人が、はじめて雲右衛門の南部坂を聞いて、これこそ日本無双の芸術だと感心したなどいふ話を、まん更、政治家もの知らずの笑ひ話とばかりは云ひ切れないものがある。

雲右衛門は名古屋出の浪花ぶし語りで色が黒いゆゑに黒繁《くろしげ》といふ仇名で通つてゐた初代吉川繁吉の倅として生れた。

だれに教はつたといふでなく、幼少から父の高座の世話をさせられてゐる中に、見やう見まねで自分も浪花ぶしを語るやうになり、声がよかつたし、おぼえもよかつたし、殊に父の繁吉が病気がちだつたので、代役をつとめたりしていつからとなしに小繁といふ名で名古屋の人たちには認められ十七歳で既に真打の看板をあげたさうだ、父が死んで二代目吉川繁吉をついだが、その頃の勉強気は大したものだつたといふ。

どうかすると夜など高座をつとめたあと、こつそり海岸へぬけ出して松風の音や、波の音を相手に自分の声をきたへてゐたことは常住不断の勉強だつたといふくらゐ、さうした熱心さをまづ認めたのが、其頃やはり名古屋付近で名人といはれた初代春日井文之助、後に松月老人として斯道に立てられた人だつた。

此の師匠にこの弟子、二人の意気はぴつたり合つて以来数年間といふもの、鍛へる方も鍛へられる方も本当に阿吽の意気が合つたらしく、今でも雲右衛門ぶしとして浪曲家たちが踏襲してゐる三段がへしの流しぶしや、修羅場のたたきこみぶしなど、松月老人と小繁の間に案じ出されたものだといふ。

松月老人は斯様に小繁をきたへておいて、やはり名古屋派浪花ぶしの人気もの三河家一の一座《はじめ》に送り込んだ。三河家一といふ人は、ドン〳〵ぶしで後に東京の人気を占めた三河家円車の師匠であり、一時三河家梅車と名乗つてゐた事もある人物で、早くから肺をわづらつてゐた。

三河家一も小繁の天才を認めたが、一よりも一の三味線ひきお浜さんが、一層小繁に力瘤を入れはじめた。お浜さんこそ三味線の名手であつたらしい、高座の相間を見ては小繁に語らせて自ら三味線をひき、緩急自在の音色で小繁を責めつけたので、前には松月から叩き込まれた芸と、風波の音でみがいた声とは面白いほどかはつたふしまはしをつくつてゆき、弾く方も弾かせる方もそれこそ火花を散らしての稽古ぶりが夜の更けるのも夜の明けるのも忘れるくらゐであつたらしい。いつか知ら、年上のお浜さんは小繁を自分の魂と思ひ、年下の小繁はお浜さんを自分自身とさへ思ひ込むやうになつて、二人はなすまじきことまでして了つた。

お浜さんは三河家一の三味線ひきであると共にその女房なのである。

大事な女房は小繁にとられるし、自分の高座は痼疾の肺病のためにだん〳〵人気が落ちる、一の苦悶は小繁の芸が光り輝やくのに正比例して深まつて行つた。

もめてもめてもめぬいた揚句一は到頭神田市場亭の主人奥野仙吉親分に女房への意見をたのんだ。

神田美土代《みとしろ》町の市場亭を神市《かんいち》といひ（後に入道館と改称した）神楽坂演芸場となつた市場亭を山の手市場即ち山市といつて、この二箇所の席亭は明治末期の浪花ぶしの大殿堂と立てられて居り、殊に神市の方はてんじんといふ仇名を持つた男まさりの内儀が内外を切つてまはしたことで、芸人仲間の利けものであつた。（三味線の糸まきを転軫《てんじん》といふ、即ち糸をしめるもゆるめるも転軫一つの加減といふ意味をそつくり浪界に牛耳をとるといふ事にもち込んだもの）

一夫婦は神市の土蔵の二階によびこまれた、お前さんほどの女が一体どうしたといふのだと仙吉親分はまづ口を切つた、その時、お浜さんは座敷のすみにおいてあつた燭台に目をつけた。燭台はこれから高座へ持出すために新規の蠟燭を立てたのと、高座から引いて来たもえ残りの蠟燭を立てたのと二組があつた、黙つて二台の燭台をひきよせたお浜さんは、それを仙吉の前にならべ、旦那、どつちも燭台ですがこの中一つとれと云はれたらどつちになさいますかと云つた。

一の目がぎろりと光つた、一方はもえのこりで一方はこれから光るといふ蠟燭でとお浜さんが云ひつづけた横面へ、一の拳骨がさつととぶ、間髪を容れず、お浜は横つとびにとんで土蔵の梯子をころがり落ちる。はづみに叩き破られた硝子のかけらで血を浴びたままお浜は一散に横浜へ走つた。横浜には小繁がゐたので、そして間もなく二人は沼津までかけおちしたのだ。

この時のことが後に雲右衛門は師匠の女房と駈落ちしたとあやまり伝へられてゐるが、それは当時やまと新聞記者だつた市村俗仏の早耳に原因してゐるのだ。大阪朝日が雲右衛門を宣伝しはじめた時で大阪毎日が例の競争意識から雲の行状をあらひ立てした。

頼まれた俗仏はどんどんぶしの三河家円車に聞きにゆくと円車があの男はおれの師匠の女房をとつた野郎ですと説明した。おれの師匠即ち三河家円車の師匠ではあるが、一は小繁にとつては師匠でも何でもない、市村俗仏の早耳がその点で後世に誤伝のタネを生んだのだ。

何しろお浜は勝気の女であつた。小繁はお浜にひきずられてウカ〳〵と沼津まで逃げ、沼津駅前の弁当屋の二階にごろりと横になりつつ、神市の大親分をないがしろにして東京の土地を売つた以上、最早自分の身を立てるところはどこにもないと思つた。

おれの一生はこれですたつたかと寝ころがつた目に大空が高々とうつり、そこに一片の浮雲を見つけた。

「名をかへよう」

不図思ひつきそして雲右衛門といふ名を考へついたさうだ、女はその時、九州落ちの金の工面をしに知合をたよつて出かけてゐた。元来三州刈屋藩の弓術指南役神谷何某の娘であり、父と共に弓術興行をして金的を射あてることに手練の妙を得て居り、相当この辺では人気をとつたこともあるので、わけを話せば九州落の旅費ぐらゐどこからでも引出せたらしい。間もなく戻つて来たので、

「雲右衛門といふ名はどうだ」と小繁は云つた。

「只雲右衛門ぢやをかしい」

お浜が云つた時、再び小繁の目にとまつたのは、今自分が食べた食事の箸袋にあつた文字である。

「桃中軒雲右衛門さ」

これで吉川小繁更生の目あてはついた。今でも東海道を通る人は沼津駅前に桃中軒といふ汽車弁当屋のあることに気がつくであらう。日本名物の浪曲は斯やうにして沼津の里に生れたのだ。

九州博多に落ちた二人は宮崎滔天のところにわらじをぬいだ。一世の風雲児滔天は忽ち雲の芸に惚れこみ自分も虎右衛門と名乗つて浪花ぶしを語りはじめた。女学校の先生だつた石松夢人も教職を捨てて雲のために台本を書いた。名をかへて更生を志ざした雲は、語りものの取材も安中草三や国定忠次をふり切つて義士伝の中にそれを求めた。

すつかり生れかはつた小繁の雲右衛門を東京へつれ出した滔天はまづ頭山満翁の前へつき出し、大に新浪花ぶし旗揚げの抱負を語つた。

「どんなもんか、やつて見ろ」

頭山翁は云つたさうだ。三味線を用意して来ますと雲が云つても、翁は只やつて見ろとのみくりかへした。三味線なしではやれませんと云つても、やつぱり「やつて見ろ」をくりかへすばかりだつた。滔天はまごつき、雲はいら〱したが、間もなく雲の小びんに癇癪筋があらはれた。

「やります」

「やれ」

はげしい一句一句の後、雲右衛門は坐りなほして南部坂雪の別れを素語りのまま、堂々とやつてのけた。

「どうです」

雲は中《ちゆう》つ腹で翁をにらみつけると、翁は只一語
「やればやれる」

雲はカンくになつてゐた。

「もう一つやりませうか」

「やれ」

都合二段の浪花ぶしを語りも語つたり語らせも語らせたり、そして翁は又云つた。

「やればやれる、やらんからやれない」

此時の翁の言葉は美事に雲右衛門の浪花ぶしを東京の真ん中に押出した。あらゆる迫害もあらゆる悪因縁もなごりなく切りはらつて日本の雲右衛門になつたのは間もなくの事であつた。そして昔のデロレン祭文は一朝にして日本の大衆曲となり、雲右衛門の向ふを張るために、大阪には吉田奈良丸があらはれて奈良丸くづしとい

ふはやり唄を産み出し、名古屋には京山小円が出て義太夫ぶし風浪曲を流行らせ、更に楽燕が、辰丸が虎丸がと、浪花ぶし全盛の東京となつて了つた。

雲右衛門の得意はいふまでもない。その頃東京のすみぐに口まねされてゐた楽遊の小松嵐も粟田口もけしとばされ、水は時々濁るかなれど誰れかつけたか隅田川のどんくぶしも影をひそめて、東京十五区の隅々に、今鳴るはあれあ泉岳寺の朝のつとめの鐘と一気に流れてゆく序破急の三だんがへしを口まねせぬものもなく横丁に御用を聞く小僧までが卯月も去りてさみだれの、をまねぬものはないところまで行つた。

語りものの義士伝に因んで二つ巴の五つ紋つけた羽折に白縞小倉の袴、両肩に長々と切りそろへた黒髪を波打たせつつ、大劇場の大舞台に頭山満翁揮毫のどんすの卓子かけを前に痩身短軀の胸を張つた雲右衛門の身辺には曾て大阪毎日で行状を非難した市村俗仏、大阪朝日で提灯もちをした松崎天民、雲右衛門同様に長髪をのばす樋口罔象等々新聞記者たちがひつそうてとりまいてゐた。

さて、たつた一人、雲右衛門の増上慢を金屏風のかげで泣いてゐたのはお浜である。お浜には以前の良人三河家一に受けた肺病が日一日と募つてゐた。病苦にもだえつつも雲右衛門の昔を忘れた姿をなげいて、ある夜、熱演盛んなる間《ま》で故意に三味線の間《ま》をはづして弾いたさうである。

雲右衛門は無惨にも絶句した、どう立て直しても立て直しが利かず、一段支離滅裂に終つて緞帳を下した時、お浜は雲を睨みつけた。

「むかしの小繁を忘れたか、私のバチ先一つの加減で言句のつまるやうなダラシのなさで雲右衛門などと大きな面が出来るのか、そんなダラシのない、甘つたれた芸には誰れがしたんだ」

喝破したお浜の声は雲右衛門の女房お浜でなく、吉川小繁を血を以て仕込んだ弓術指南金的の名人神谷おはまの声であつた。喝破された雲右衛門は尚更、胸先に五寸釘を打たれるほどこたへるものがあつた。

酒と放埓とに身をもちくづしたばかりでなくお浜の弟子にして仕込んでゐた若い三味線ひきにまで手をつけてお浜の目をかすめてゐたことのそれが、中にも反省のもとであつたらしい。

女房の前に両手をついてしを〳〵と自分の居間へ引下つた雲右衛門が、改めてお浜の病床へあらはれた時、両肩を蔽ふほどに垂れてゐた緑の黒髪はあとかたもなく切りすてられ丸坊主になつてゐた。

これが桃中軒雲右衛門改め雲入道と名乗つた時の真相である。

併し、それほどの反省も、もう遅かつた。間もなくお浜ははげしい喀血をし、相三味線をなくした雲の声もよどみ、つづいておのれも血を吐いて病床の人となつた。あれほどの全盛を見、今ほどに浪曲の位置を高めた雲右衛門が四十歳そこ〴〵にして此世の息を引とつた時、枕辺には数箇の銅貨があつたばかりで、不良とかいふ名をつけられた、たつた一人の息子は其日の塒《ねぐら》にさへまよつてゐるといふ風だつた。

情炎恋火録

三角関係といふ言葉がはやり始めたのは、大正も半ば近い頃だらう、愛の巣をいとなむとか純情をささげるとか理屈づける云ひ方も、たしかイプセンの「人形の家」が舞台に持ちまはられ始めてからのことゆゑ、大正にかけて明治末期からの流行と云つてよい、所詮は男と女のいろ事で派手に燃え上るか、地味にくすぶるか、無理を通して無遠慮に道理をひつこめるだけの話、明治時代なら「情痴」の二字で一様におしかたづけて了ひ、よしんば新聞沙汰になつても所謂三面種で賑やかに汚ならしく片づけられたに過ぎない。

「情痴」時代の中で、尤も惨憺たる事件は野口男三郎同じく曾恵子の邪恋であつた。

邪恋とはいへ、二人は親がゆるした立派な夫婦で、ゆるされる方に悲痛な事情がありり恋仲を割くにも無惨なやるせなさがあつて、結果は怖ろしい血も流れた。醜い人殺しも起つたのだつた。男は外国語学校で高等教育も受けたのだし、女も女学校へ上つてゐる。二人の親なり舅なりに当る野口寧斎といふ人は明治期の漢詩人中、五本の指に数へられた人物であつたのだから、もし、これが十年ほど時代をくり下げて起つた恋仲であつたとしたら、ああは汚ならしく扱かはれもしなからうし、むごたらしい出来ごとにもならないで、正に悲恋とも哀恋とも持ち上げられもつと同情されたか知れない。

それは明治三十七年の暮から三十八年の秋にかけて、即ち日露戦争がそろそろ終局に近づく折である。

野口家は癩の遺伝があり、寧斎は既にそれが起つてゐた。（注）自分一代は是非もないがあとにうれひを残すまいといふので、寧斎とその妻えい子、寧斎の弟文二郎、娘曾恵子一家四人が申しあはせ、互ひに一生不犯の固い誓ひを立てて、淋しく、併し、静かにくらしつづけてゐた。そこへ大阪生れの武林男三郎といふ青年が流れ込みそして曾恵子の心を動かしたのだ。男三郎は当時三十二歳の美男で誰れの心をもひきつけるほど、もの優しかつたさうだ。十九歳の娘ざかりへ一生日かげの花を宣告された曾恵子の心をいためる相手であつたことに少しも無理はない。

引き引かれる心の苦しさを、耐へきれなくなつて恐らくわけもなく肌をゆるしたのであらう。無理な出あひを重ねる中に、女は自分の身の上を打ちあけたらしい。男ももだえ、女も苦しみする間に、二人の仲は寧斎に知れた、詩人である寧斎のなやみこそ、当人たちのそれよりも百倍千倍といへよう。かうなつては仕方がないと、二人の結婚を到頭認めることになつた。河竹默阿弥つくるところの三人吉三の芝居の中に出る因果もの師の畜生腹を更に深めて現実に見せたやうなむごたらしさである。

三人三様の苦悶はついに、男三郎をしてとんだ不了見を起させた、人間の肉汁を飲ませれば癩の病ひは治るといふ迷信をどこかで聞込み、さし当り舅に飲ませて見たくなり、近所の子供の尻の肉を切りとり、曾恵子の手から親父に飲ませ、曾恵子にも飲ませた。

人間の肉が癩のくすりになるかならないかがたしかめられるより、臀肉斬りといふ問題が世間のさわぎになり、当然下手人の男三郎の心は乱れはじめた。

寧斎は男三郎を嫌つて、野口家を追出し、曾恵子から引放された男三郎は、金に困つたのと曾恵子恋しさとでいよく／＼とり乱して、ある夜ひそかに野口家に忍び入つて寧斎を絞め殺したり、小西といふ薬屋さんを代々木に引ぱり出して、これもしめ殺して金をとるといふやうな悪事をはたらいた、で、到頭絞首刑になつた。

癩といふ業病にのろはれた悪因縁に狂はされた男三郎の所業は、人倫を絶した邪悪とはいへ、その頃の人たちの心を、どこやら打つものがあつたらしい。ああ世はゆめかまぼろしか、獄舎にひとり思ひ寝の……と、男三郎死刑以後十年にわたつて演歌師のバイオリンに唄はれ、東京の人々に唄ひつづけられた。

白地かたびらに、黒絽五つ紋の羽織で従容として死刑台に上つた男三郎の顔かたちの美くしさも永い間噂された。

男三郎事件の前に東京人を驚ろかしたのは、ある夜横須賀軍港の望楼下の磯に叩きつけられたボートの中で、一枚の毛布にくるまつて死人のやうになつて発見された川上音二郎と貞奴の恋愛逃避行である。この時の始末は前に書いた。そして、この時の両人は死ぬ気でやつたのでない命をかけての狂言心中であつたらしいが、軍港で助けられてからのあと始末のむつかしさに、川上は本当に心中する気になつたといふ。

どうせ死ぬのなら、今まで誰れもやらなかつた死に方をしようと川上らしい思ひつきで貞奴を引よせ、夜具にくるまつて人目も耻《は》ぢぬ睦言を語りつづけたといふ。丁度昭和十一年に世を驚ろかした阿部お定と其恋人石田吉蔵が尾久の待合でやつたやうな仕方である。只ちがふのはお定吉蔵の場合はたのしみぬくための幾夜さであり、川上と貞奴のははじめから命を的にかけてのたはむれであつたといふ、それほどの土壇場に行つても、川上は貞奴に肌を見せなかつたといふのが川上らしい。あんまり世間には知られてゐないが、川上は背中一面に千匹の鼠をいれ墨して居つたさうな、曾て浅草座の芝居で「又又意外」といふ狂言をやつた時、舞台で肌を脱ぐ仕草をやつたら、このほりものがちらりと見えた。あれはほんものであらうか、書いたのかと浅草の顔役たちが賭けをして、川上を無理に訪問したので、かくし切れず、千匹鼠を顔役たちに見せたといふ。それがたつた一度人に見せた川上の肌であるとか、恐らくオツペケペーであばれる前、自由党壮士の頃の遺物かも知れない。

川上と貞奴の心中以前になると、花井お梅の事件がある。お梅の箱丁殺しはこれも前に書いたが、歌舞伎役者の沢村源之助との中を峰吉のために意地わるくせかれたことのいらだちから峰吉を殺したのであつた。お梅の人柄から云つて、これは一図に源之助恋しさといふのでなく自分がとるにも足らぬ後輩と思つてゐた新橋芸者喜代次に源之助をとられたくやしさの方が勝つてゐる。

松井須磨子の自殺は、それにくらべると、もつと純情であつた。前年に死んだ島村抱月を慕ふ心がどうにもおさへ切れなかつたものと見える。近松風にいへば、当然、跡追ひ心中となるであらうが世間は、そこまではつきりいふほど、男女問題をまだまだ理解してゐなかつた。

そのあとで軽井沢に見つかつた有島武郎と波多野秋子の相対死《あひたいじに》の屍骸、その頃からどうやら、情痴とか、痴情とかいひ捨てるやうな態度をやめはじめ、人と人とが命をかけるほどに思ひ合ふことを、正しく見なほさうとするやうにもなり、勿体らしく理論づけもし、やがては同情深くさへも考へなほすやうになつた。

尤も、葉山の日蔭の茶屋で、突如として起つた伊藤野枝、大杉栄、神近市子、三人の間の刃物三昧は、大きく新聞に唄はれ、東京人の評判にもなつたが、どつちかといへば、噂するさへはばかるやうな扱かひ方ですぎて行つた。伊藤野枝一人がその頃目立つてゐた女文人たちの、（その頃の人たちは新らしい女といふ言葉で呼んでゐた）雑誌「青鞜」の同人であることで、特に注意され、大杉と神近氏とは、只々社会主義とのみ片づけられて了つたためである。その頃の新聞は、極端に社会主義と共産主義を敬遠し、さはらぬ神に祟りなしの態度をとりつづけてゐたので。

日かげの茶屋の夜のあらしが地味に曖昧にくすぶつてゐるあとから、派手に賑やかに東京雀の口にとり沙汰されたのは芳川顕正子爵の令嬢鎌子さんが、乗用の自動車運転手と共に姿をかくし、華族仲間でもとりわけ厳重で気むつかしい父子爵をものともせず、かくれ家を求めて愛の巣をいとなんだことである。愛の巣といふ言葉は、その時、ひやかし半分に新聞記事の上で生れたのであらう。日かげの茶屋でくすぶりながら生れた「三角関係」と芳川鎌子によつて派手に生れた「愛の巣」は、以来何ごとにつけても東京の男女の間の出来ごとにくりかへされた。それと共に、男女の問題を「情痴」の二字でおしかたづけて了ふやうなこともなくなつた。男女問題への理解かも知れない。やがてはどこにでも誰れの身の上にも起りさうに思はれる云ひわけかも知れない。

少しさかのぼつて、後藤猛太郎伯爵と下谷芸者のおしゆんとの美しい恋物語がある。後藤猛太郎伯は明治維新の元勲後藤象次郎のひとり息子で、その昔単身十五代将軍徳川慶喜の御前へ進んで、大政奉還を建言したほどの活達にして率直な父の性格を多分にうけついで、奔放自在にあばれまはり、父をてこずらせて勘当を受け、広い天下にたつた二人の同情者たる井上馨侯を怒らせ、土方久元伯をさへまごつかせた揚句、杉山茂丸の邸におしかけてゆき、おれは当分君のところに居候をするんだと命令したほどの荒武者である。さうした身の上になつてゐても、深なじみの芸者おしゆんの手はしつかりにぎつてゐたといひ、おしゆんも亦、猛太郎の手からははなれなかつた。

かけ込まれた杉山茂丸は、その時大きな邸に、無一文でたつた一人住んでゐたさうだ。

「御覧の通り、私は家を持つて居るが、ひとり住居です、あんたは住居を持つてゐないが女房をつれてゐる、ひとりもののところへ夫婦ものが居候をしては如何にも不つりあひだから、いつそあんた夫婦にこの家を明渡さう、そして私があんた方の居候にならうぢやないか」

それが杉山の提案だつた、一も二もなく、主客転倒して猛太郎夫婦は杉山家を乗取つたとはいへくらしの道は立ちかねるので、ある日猛太郎は土方家へ無心に行つた、無論土方家では居留守をつかつて逢はなかつた。

しをしをと戻つて来るかと思ふとびくともせず、後藤はおしゆんをつれて出なほした。

寒空に羽織もない着流しに手拭の頬かむりをし、おしゆんの手には三味線一挺抱かしてあつた、おしゆんも無論、手拭で顔を包んでゐた。

土方家の門前に立つた二人は、威張つて門を入り、玄関の式台に座りこんで、悠々と三味線の調子を合せた、後藤猛太郎はずつと前から義太夫に凝つてゐた。おしゆんは細棹の芸者ではあつたが、好きな男につれて、どうやら意気を合はせることは出来た。かうして土方伯爵家の大玄関ではあたりはばからぬ門付の義太夫がものものしくも語りはじめられた。玄関内からは御無用、御無用の声が何度もかかつたが、二人はテコでも動きさうになかつた。

玄関番が気色をかへてとび出し、追ぱらはうとして不図見ると、手拭ごしに見えた顔は後藤猛太郎伯である。何にもいへずに引込みひそかに土方伯に伝へると、伯爵はさうかとだけ云つたさうだ。

ややしばらく、語らせておいて、改めて玄関番が出て来た、金一封、盆に乗せて猛太郎伯の前にさし出した。

よろしいと大きく答へ、鷹揚にうけとつて猛太郎は立去つたが、一封の包みには金千円入つてゐたさうだ。白米一升二十四五銭時代の話である。

「やつぱり土方は井上よりえらいぞ」

後藤は杉山に云つた。この千円がとつつきで、一仕事にありついたが、幾日も経たぬ中に元の無一物になり、杉山の住居さへも人手にわたる破目になつた。

さうなるまで、一言の泣言もいはず、男のする通りに従がひ、男のいひつけ通りに動いたおしゆんは始めて口を切つた。

「これから私がかせいで見ませう」

猛太郎伯が素直についてゆくと、おしゆんは下谷の古巣へ戻つた。先輩のおいねに頼み小さな住居をつくつてもらひ、すぐに芸者のひろめをして、丸三年尾羽打ち枯らした伯爵をものの美事に養ひとほした。猛太郎伯の浮き沈みは世を驚ろかすほどはげしく、晩年の窮迫も随分ひどかつたが、おしゆんの情誼は終始一貫少しもかはらず二十年あまりを天晴れ伯爵さまとして立てつくしたといふ。大正も半ばをすぎる頃まで、かうした意気と張とを持つ芸者が、東京にもあるにはあつたのだ。

椿姫といふフランスの小説に、似通つたところがある。その椿姫に打つてつけの役どころと人もゆるし、おのれもゆるした女優岡田嘉子が、同じやうに華族の出である竹内良一といふ絶好の相手役者を得て、いざ撮影となつた前日に、当の相手の竹内と手に手をとつて影をかくしたのは大正十四年頃のことであつた。

丁度その時、岡田嘉子は、以前の愛人山田隆彌をふり切つて間もない折のことである。竹内とこそ添ひとげさうに見えたが、いつまでもはつづかなかつた、手のうらをかへすやうに、不図出逢つた杉本亮吉と又しても出奔した。而も、それは樺太国境での出来ごとである。樺太東海岸の北端、敷香の町の山形屋といふ旅館に泊つて居り、国境警備の兵隊を慰問すると称して果ものなど抱へこみ、何気なしに国境線をうろつく中、さつと身をひるがへして杉本と岡田はソ連領へとび込んだといふ奇異な情熱のもとは何であつたか、岡田嘉子さへも語り得ないであらう。

（注）当時、「癩病」は業病、遺伝病といった誤った認識のもとで過酷な差別にさらされていた。ハンセン病がらい菌によって起こる慢性の感染症であるのは現代では常識となっている。

浅草繁昌記

あさくさの観音さまの仰せには、必らず妻子のある人と、二世の約束ネエ、せぬがよい。

日本中にさのさぶしといふはやり唄がはやつてゐた頃、誰れが唄ひ出したか、明治三十五年頃から此唄がどこの辻でも唄はれてゐた。そして日本中から東京へと上つて来る人たちは、まづ第一に浅草観音へおまゐりをした。東京中に諸国の金銭の多く集るところは浅草観音堂のお賽銭箱でもあつたし、一年三百六十日、たとひ大晦日でも人通りの絶えないのは浅草の仲見世だつた。百円札をふところにしても、たつた五銭ほどの小銭を持つてゐるだけでも、朝から夜にかけてゆつくり遊んでゐられるところは浅草公園だつた。明治三十五六年から大正のはじめにかけて日本中の人気の的は浅草観音さまであつたらう。

田原町から雷門前の広小路と称する大通りには浅草小町と呼ばれた美しい娘のゐるそばや尾張屋があつた。うなぎめしの奴があつた。その向ひの菓子屋も蛸《たこ》松月の通り名で、いつも繁昌してゐた。牛肉のちんやも、いろはからかはつた常磐も、やがて大正となつて神谷バーが出来るまでの左り党をひきよせるさかり場であつたし、駒形へまがると尤も少しの銭で尤も旨いものが食へる駒形のどぜうやがあつたし、その向ひ側の山吹は地方出の人々を手軽にして手厚くもてなす事の出来るのが調宝な見世だつた。新橋や柳橋に倦きた人たちは河岸通りの前川へ遠出をつけた芸者を相手に川魚料理をたのしんでゐた。駒形堂はさびれても首尾の松は枯れても駒形から雷門へかけて、又は更に花川戸から山谷へかけてのかくれあそびは向島への客や、吉原への客の脚をとめるのに充分であつたし、むかしの猿若三座といはれた芝居小屋のなごりは消え果てたとしても金田のとり鍋は向両国の坊主しやもと共にとり鍋党の間に人気を争ふに充分であつた。

明治政府の頃の東京に第二代目の知事となつた由利公正子が、東京名物の火事を根だやしにしたい心願で東京中を石造り煉瓦づくりに改造せよと唱へ、香港あたりへ注文して方図もなく輸入させた煉瓦だつたが、親の心子知らず、煉瓦建築が一向に捗らず、煉瓦は正にもてあましにならうとした時、貸長屋建築が企てられた。まづ神田川に添ふ柳原河岸に煉瓦長屋を建て、つづいて浅草寺地内の諸院諸坊の取はらひあとに仲見世を建て、それでもウンと余つたので銀座通りの舗装がはりに煉瓦通りをつくつたとある、さうした因縁つきの煉瓦長屋を一コマ七円也といふ家賃で貸下げたが一向借り手がなく西郷隆盛まで乗り出してここの地内で催しものに自ら達筆を揮つて人気をさそはうとしたといふ。それは明治初年のことであつた。其時分、観音堂の経営がむづかしく、お水屋の上り銭を質においたり、お賽銭箱を質におき、仲見世の売り上げも抵当になりして、浅草寺の純収入は僅かにおみくじ料だけだといふほどの苦しいふところではありながら而も浅草観音はこの通りの繁昌となつた。

されば仲見世と広小路と駒形通りの雑踏をきらふ人のために、やがて料亭の草津が出来た、一直が出来た、前からあつた大金や松しまなどを合せて五軒の料亭が繁昌しはじめると、橋場や今戸にお邸を持つ明治の顕官をめぐつて、所謂おえら方も物持も粋人も地内へ地内へと足を運び、奥山へ奥山へともぐりこみ、つづいて一般のお客様も吉原入りの時間つぶしに五軒の料亭をねらふやうになつたので、手近の弁天山のうしろあたりにちらほらと巣食ふ芸者の数も殖えて来た。

さうなると五軒の料亭も五つの力を一つにまとめて吉原ゆきの客を食ひとめようといふ気にもなつて来る。第一には芸者たちをふやしもし、庇つてもやらねばならないと云ふので、早速目をつけたのがお百婆さんといふ芸者崩れの大年増であつた。

五軒の料亭はまづお百さんに塒《ねぐら》をつくつてやり、そこをそのまま浅草芸者の見番と定めて芸者たちの収入を整理してやることにした。

かうした来歴がある故に、浅草の花柳界に限つては出先あつての芸者屋として双方の間がしつくりと納まりつづけつつ大正の初年までをすごした。吉原へゆく筈の客が足をとめて其儘居すわるゆゑにここにはどつちかといふと昼あそびの客が多く、出先がつくつた見番であるために、見番の箱屋もお座敷の次の間まで芸者を送り込んだり、客からの心付けをもらつたり、芸者の三味線の調子までも合せ得るほどの心得を持つてゐたりしたのだといふ。

池を隔てた六区の見世物町に第一のよび物は改良剣舞だつた。これは恐らく旧幕生残りの剣客榊原健吉の剣術を見せものにしたのからくづれたのへ、法界ぶしの連中が流れ込んで仕上げたものかも知れない。若い女たちのみどりの黒髪をさばき髪にしたり、茶筌《ちやせん》に束ねたりしたのへ白木綿のうしろ鉢巻、黒の着付に玉だすきをかけさせ、詩吟と法界ぶしをなひまぜにした吟声に陣太鼓を入れ、本身の刀を叩き合せて火花を散すのがよびものであつた。ところへ江川の玉乗りといふのが出来て人気は二つに分れたものだが、いづれにしても若い女が男まさりの振舞をするスリルに若い男の客はひきよせられたものだ。

六区の繁昌を見下すやうに瓢箪池の片隅で凌雲閣はそそり立つてゐた。芝の愛宕山の頂上に東京中を見はらせる気で建てた愛宕の塔のそれにも負けぬ気で十二階もの煉瓦を積み上げた凌雲閣だつたが、あの上へ上つたら、いつ煉瓦がくづれて打倒れるかも知れないと誰れもかれも危ぶんだせいか、一向上つて見ようとする人もなく建ちくされのやうになつてゐる横手の花屋敷は山本福松作の人気役者人形と上野の動物園にも負けぬほど猛獣毒蛇が集めてあるといふので、これまた一方の人気をあつめてゐた。中にも狒々どのは花屋敷中のよびものだつた。

男ばかりの客が狒々の檻の前に立つても無事平穏だつたが、女づれの客が立つたりすると、狒々は忽ちいきりたつてやきもちを焼きつつ檻の中を狂ひまはる、それが面白いといふので、我れも〳〵と若い女をつれてゆく人間共のむれにいつもいつも花屋敷は満員だつた。いつの世にもエロに釣りこまれる男どもだ。

さて、かうした男の群集たちが、浅草寺の鐘暮六つを告げる頃から、ぞろぞろと十二階下に流れこむのだつた。十二階下から猿之助横丁(今の市川猿之助の父、市川段四郎となつて故人になつた猿之助の住居なり借家があつたので猿之助横丁と呼んだ)へかけては、格子の間に小さなのぞき硝子をはめた穴から白粉くさい声で、ちよいとちよいとと呼びかけたり、どうかすると往来の人を引ぱり込んだりする女たちが、それぞれの親分たちにまとめられて吉原遊廓よりも手軽に、手短かに媚を売る見世が軒をならべ、女たちの数正に二千人を数へるとさへいはれたものだ。故人松崎天民などはここの狭斜のあそびを専ら書くことによつて文筆のよすぎの道を立てたともいはれる。

後には十二階下が東へ東へとひろがつて、女たちの装ほひも芸者にまぎらはしいほど発展したので、五軒さまの下で歴然とした格式をもちつつ浅草芸者といはれた人たちから抗議が起つた。それは大正に入つてからのことである。芳町辺にも大正芸者といふ名で浜町に巣喰つてゐたかくれ女たちが、本筋の芸者に反抗しはじめた頃だつた。

十二階下の連中は、とりわけ親分の気が強かつた。浅草芸者の抗議などに負けては居ず強つ気一方でおし切つて、一度は西見番といふのを立てて魔性の女にいくらかの三味線を仕込んで芸者らしく仕立てたり、ある時は到頭浅草芸者と合流させても見たりしたが、大正十二年の大震災が一切を解決した。あの時の大火災が浅草観音だけを残して六区を焼払ひ、名物の十二階を八階目から打倒して了つたと共に、十二階下の所謂魔窟は、根こそぎとりはらはれ、女たちの大部分は玉の井へ、あとは亀戸へと退却して、浅草芸者のみが今以て繁昌してゐる。六区の見世ものも、まづ改良剣舞が退却し、つづいて江川の玉乗りが地方まはりのサーカスに吸ひ込まれ、あとにかはつたのは活動写真とキネオラマと女芝居などであつたが、活動写真を映画とよびかへる頃となれば、赤坂溜池に巣立つたオペラの清水金太郎が金龍館へ乗りこみ、浅草六区は忽ちペラゴロ時代と変転するのだが、それは後日にゆづることにしよう。

浅草には六区のほかに、今一つ由緒のある名物があつた。公園うらに古風な櫓を屋の棟にあげ、東京中の芝居が椅子席になるのを尻目にかけつつ、木戸前にさん然たる幟を立てて見巧者《みがうしや》の客を引寄せてゐた宮戸座といふ芝居小屋があつたことである。

大正昭和にかけて日本の大芝居を背負つて立つた市村羽左衛門も曾ては宮戸座の人気役者であつたのだ。今訥子《とつし》と名乗つてゐる大芝居の役者も沢村伝次郎と称してここの売りものであつた。後に六代目菊五郎の女房役たる尾上多賀之丞の父浅尾工左衛門などは、大阪から来た嵐芳三郎と並んで、浅草の人気を宮戸座にあつめたこともある。

宮戸座の根強い繁昌ぶりを見て美事その株をとつてかはらうと企てたらしく浅草公園内に建つたのが公園劇場であつた。吉原の顔役鉄砲菊といふ親分がその中に首をつつ込んでゐた、宮戸座の人気を奪ふには、まづ以て宮戸座の人気役者を引ぬくべしと考へたらしい。その頃宮戸座の座頭は市川高麗三郎だつた。まともにぶつかつては動きさうもないので、高麗三郎と相思の仲になつてゐる浅草芸者千代駒をくどいて、高麗三郎引よせの手を用ひた。夥しい給金か、さもなくば宮戸座の舞台を荒して高麗三郎を片輪にするか、二つに一つの責め言葉でおどしたらしい。千代駒はふるへ上つて驚ろき、うつかり甘口に乗つて了つたが、かうしたおどかしを聞いても高麗三郎は動かなかつた。

とたんに鉄砲菊が尻をまくつた。双方ゆづらぬせりあひはあつたが、何をいふにも前以て千代駒に入れてある金ぐつわがものをいふので、高麗三郎の進退はきはまつた。

「向ふ一年間芝居を休みます」

到頭高麗三郎側から申し出で

「もしどこの芝居にでも出やあがつたら片輪にするぞ」

鉄砲菊からの言葉で、一応のけりはついたが、そのあとに涙の悲劇がもち上る。

丁度一年経つたある日のこと、都新聞社の演芸がかり伊藤みはるの宅へ、洗ひざらしの浴衣を着た若い男と女が訪ねて来た。それが浅草の人気役者市川高麗三郎と、浅草芸者の中でも五人女の一人といはれてゐた千代駒のおちぶれ果てた姿であらうとは、誰れの目にも見えなからう。伊藤みはるはややしばらく目を見張つた。

「御承知の通りの意気はりで高麗三郎は丸一年芝居を休みました、もとの起りは私の不所存から起つたことですから私も一年間、稼業をやめて謹慎しましたが漸く約束の日限が来ましたので、来月から高麗三郎も舞台を踏むことが出来ますが、それにしても一年間に世の中はすつかり変つて了ひ、今では高麗三郎のコの字もおぼえてゐてくれる世間ではありません。新聞のお力を以てどうぞ内の人をよみがへらせて下さいまし、手みやげと云つてははづかしいのですが、ほんのおしるしまでに、どうぞこれを」

と千代駒がさし出したのは紙袋に入つた塩せんべいであつた。一年の籠城に二人とも着るものさへなくなつてゐた。

「よし、僕が引受た。きつと高麗三郎君を浮び上らして見せる」

かうした順序で、みはるは自分の手のとどく限り知合を説いてまはり、高麗三郎の再勤を光らせるために木戸前を幟の林で飾つた。高麗三郎の人気は再びさえかへつたが、併し二人の縁は浅かつた。間もなく高麗三郎が死に高麗三郎の先妻の息子は孤児となつてゐたのを女の手一つで千代駒はものの美事に育てあげ、今は嫁を貰つてやり立派な家庭を持たせてやつてゐる。

新吉原叢話

明治四十四年四月九日のひる頃、東京中の消防署の半鐘が鳴りはじめた。寺々の鐘も入りまじつて聞こえた。その頃は象がおしつぶされて泣いてるやうなサイレンなどといふ不愉快なものはなく、火事といへば必らず半鐘と寺の鐘が余韻を以てひびいたのだつた。

物見高い弥次馬は面白さうに火の見へ上つたり、物干へ上りもしたが、大概の人は一つ盤だから遠いよ、すぐ消えるだらうと、気にもかけなかつたが、一時間も二時間も鳴りつづけるので、そして東京の北の隅に濛々とけむりが立ち上がるので、こいつはいけない、よつぽどの大火だよといひはじめた。そのくせ昼火事ぢや張合がねえ、夜だと好い見ものだがなどとも云つた、ところで鐘は鳴りつづけて、御注文通り春の日は暮れた頃、下谷浅草かけての空が真赤になつた。吉原が焼けてゐるんだと誰かがいひ出したのは日のくれかかる頃でさへあつた。そして新聞の号外売がけたたましく鈴をならして弥次馬の心を二重にそそつた。

火は十日の暁方まで燃えつづき、新吉原の五丁町はあつさり灰になつて了つた。新吉原はじまつて以来、二十六回目の丸焼けであり満街三千の物いふ花といはれたおいらんたちは即夜に切りほどきになり、廓からこぼれ出して下谷へ、浅草へ、本所、深川、と思ひ思ひに知るべをたよつた。中には赤い長襦袢一枚といふ姿もあつたりするので、むらがり立つた弥次馬たちがうれしがること。

幾日も火元争ひがつづいたが、兎《と》もあれ、江戸町二丁目の美華登楼といふ貸座敷と、となりの家の庇あはひから最初のけむりが上つたことだけはたしかめられた。

花のさかりの書入れ時といふのに、かうした始末なので、吉原の人たちは一日もムダにはすまいと焼跡の掃除より先に新築の設計にかかつたりして一週間目にはもうボツリボツリと棟上げが始まるくらゐだつたが、同時にもの凄い邪魔が入りかけた。

その頃の名物女で矢島楫子《かぢこ》といふお婆さんだ、この人を会長にしてゐる婦人矯風会といふのが、時の内務大臣平田東助さんに迫つて此際吉原といふ遊廓をぶつつぶしてもらひたい、吉原ばかりでなく、お女郎さんを日本中から消滅させてもらひたいといふのだつた。前借で人間の身体をしばりつけるのは不都合だといふのが表立つた理由だが、つきつめると西洋に対して見つともないといふところに目当がある。

婦人矯風会、生活改善会、動物愛護会、愛国婦人会、婦人参政権促進会、新真婦人会、いろ〳〵な名目、目ざめたる婦人たちが、日本人を改良し、社会を改造しよう、と逞ましい努力をすることの流行しはじめた頃だつた。が、時到らず、目くら千人の世の中で、所詮はむかしの通りの吉原遊廓は再建された。尤も、この時を機会に張見世がなくなり写真見世にかはりお城のお濠のやうに廓をかこつたお歯ぐろどぶがそこここと埋められて、所謂籠の鳥といはれた女郎たちの外出がゆるやかになつた。

矢島楫子刀自《とじ》たちの努力は遂げられなかつたが、新吉原自体の内容はこの時からすつかりかはつて了つた。

二百年かかつて大名とお留守居と町人の力で醸し出した吉原の風雅と吉原の人情と吉原のうるほひがなくなり、その代りに警察の役人が速製濫造した万人の共同便所的吉原が出来上つたのだ。

七寸角格子造りに張見世をし、諸芸諸能に堪納な太夫や呼び出しの花魁に見識をもたせた大籬《おほまがき》の万治元禄時代をいふのではない。何代もつづいた三浦高尾や、松葉家の瀬川、中万字家の玉菊などと、むかしむかしの来歴を数へるのでもないが、明治四十四年の大火以後の吉原は活動写真常設館のやうな殺風景な外観に、警察の人たちが総称する通りの只の売春婦の市場になつて了つたのだ。

春の日に糸遊かけて柳手折るはたれ〳〵、白き馬に召したる殿御よ。

など馬方に唄はせ白馬に乗つて通つたといふ、それは元禄のむかし、かかる山谷の草深けれど、君がすみかと思へばよしや、玉のうてなもをろかでござる、よその見る目もいとはぬわしぢやとお笑やるな、名のみ立つを。

おもてにかざす扇ごしに唄ふ小唄が土手を流したり、三枚肩の垂れ駕籠で大門をくぐる客の花やかだつたのが、やがて、金輪の人力車にハラヨ〳〵と掛声高らかに五十間の石だたみにひびき打たせた吉原通ひが明治四十四年四月を境にぴつたりとなりをひそめて、誰れもかれもコソ〳〵通ひになつた。人力車の金輪がその頃からゴム輪になつたせいもある。

但し地元では昔恋しく大正三年には久しく打絶えてゐた花魁道中を再興したこともあるが、姿だけは故実を辿つても道中の踏み方に内八文字外八文字のけじめもなかつたし、それを見る人にも眼がなかつた。秋の行事の吉原仁和加も再興しようとした、仲の町のかざりものなど、昔ながらの八重桜と燈籠と松飾りのほかに菖蒲をかざり、菊をかざりしたのだが、只騒々しくほこりつぽいだけの吉原でしかない。

そちこちする中に大正の大震災で又しても丸焼になり、その時もはげしい議論が湧上つて廃娼のあらしが吹付けたが併しそれにも拘らず出来上つた吉原はいよく実用一点ばりの肉体市場になつて了つた。

火事や地震の度に埋めて了つた廓のまはりのおはぐろ溝《どぶ》、昼間の目にはぼうふらの養成所だつたが、夜眼には廓内妓楼のともし火を受けて多情多恨の哀愁をそそつたものだつた。

うらのはね橋とんと沙汰して、廻り遠や、ここからあげまする。あつらへ物の仕立屋さん、とこのあたりではいふぞかしなど樋口一葉が「たけくらべ」に書いたそのはね橋もいひ知れぬ人情のこもつたものだつた。

ひけすぎてこのあたりに多く流しの二挺三味線寒々とした弦月の下で腸をえぐるやうな撥《ばち》の冴えがいつまでも忘れられないので、あの新内はといへば、あれこそ名人吉丸ですと地まはりでなくとも大概の人は知つてゐた。

毎晩廓だけを流してゐれば、随分はなしの種がありませうと吉丸に或る人が聞いたらヘイ、たつた一度、うれしいことがありましたといふ。

「寒い晩でした、師匠たのむよと呼びとめられたのが廓そとのどぶつ端ですから、どこでやりますと聞いたら、どこでも好い、お前さんの気に入つた方角へ、只流してさへくれたら好いんだ、あたしやうしろで聞きながらついて来るよと仰やるんです。かはつた注文だが、その方の心持はあたしにや判つてゐます。仰やる通り、勝手な方角に、と云つてもなるだけ邪魔の入らない静かな薄暗いところを選《よ》つて二挺三味線の高音を響かして流しますと、その方はうしろからでもなく、どぶ一つ越した向ふの道をつかず離れずといふ風にたどたどとあるいていらつしやる、聞き方が旨《うめ》えや、さすがはと思ひながら、ややしばし流してから不図気がつくと女をつれていらつしやるらしい、かう、肩と肩をすりよせて、外套の襟とえり巻で顔を包むやうにしてあるく姿が只事ぢやない、新内のながしを合の手にして心中でもする気ぢやないか、そんな風に思へたので、急に方向転換をやつて、とある曲り角で、その人たちの前へぱつたり出会したら、さうでもなかつたんです、ありがたう、おかげで東京へのおわかれが出来た、今夜の思ひ出を抱いてうれしく旅に出られますと仰やつて女の人と二人づれ、さつさと消えて了ひなすつたんですが、あつしの手に大した包み金を残してね」

これが名人吉丸長年の吉原流しの間に経験したうれしい出来ごとの一つだといふ、大枚の包み金といふのが猪一枚、今の銭勘定ではこの大枚がピンと来ない、十円紙幣一枚あれば、小ざつぱりした門がまへの家一軒の家賃一月分にあたるほどだつた。

土佐の殿様、山内容堂侯おなじみの今紫を出したために、日本中に名を知られた金瓶楼なども随分あとまで繁昌してゐた。

その今紫は年あきになつてから名人といはれた女役者の市川九女八の向ふを張るつもりで、役者になつたが、それをまたかついで売りものにする興行師があり、金瓶楼今紫といふ一枚看板で九州あたりまでものしてあるいたものだが、ゆく先々への乗込みが大がかりのものであつた、さしびき跡おしつきの人力車で、今紫と大書した高張提灯を左右におしたて、楽隊つきでねりまはつたのだ。

団十郎の相談相手になり明治期の東京劇壇をわがもののやうに引きまはした桜痴居士福地源一郎も吉原の耽美者であり、擁護者でさへあつた、さくら路といふ花魁に深く馴染み、朝に夕に吉原通ひをしたので、桜に痴《たは》けをつくすといふ心から、桜痴居士の雅号も出たのだといふ。

此里に大尽といはれ、なにがし大尽と立てられることは江戸から東京へひきつがれた全盛の表象だつた、大尽ともいはれたら、吉原芸者を家の子郎党のやうに率いて廓内の茶屋揚屋の小者たちを沾《うる》ほすことに見得があつた、吉原の大門を閉めるといふ言葉で伝へられてゐる、閉めるとは〆めるといふ言葉に通つてゐるので、明治に入つて大門を〆めたのは福地桜痴一人とさへ云はれ、むかしは黒ぬりの冠木《かぶき》門だつた大門を鉄門に改め、門柱に鋳込んだ両行の文字（春夢正濃満街桜雲、秋信先通両行燈影）も桜痴居士が選んで自ら書いたのであつた、そしてそれは大正の大震災まで残つて全盛のなごりをとめてゐた。

屋上に大時計があつて廓のひけ時間を報じた角海老楼、中村伝九郎の名をついで大正中期までおだやかな舞台ぶりを東京人に親しまれた中村芝鶴の家だつた大文字楼、明治に入つて幾人も名妓を出した稲元楼、芸者くづればかりをそろへて、明治末期に吉原の人気を冴えかへらせた河内楼など、いづれも、消えゆくともし火に輝やかしい余焔の役まはりをつとめたのであつた。

名作「今戸心中」の筆者広津柳浪と、「日本演劇史」の著者伊原青々園博士とが吉原で鞘当をしたことがある。

はじめは同じ女に二人が通ふことを気がつかなかつた、通つてゐる中にそれが判ると双方とも意地になつたが、原稿だけでかせぐ柳浪と都新聞社で給料をもらつてゐる青々園ではどうしても柳浪の方が歩が悪かつたらしい。

兎もかくと青々園は原稿紙を廓へもちこみ相方の本部屋を書斎にして新聞のつづき物を書きつづけつつ柳浪を寄せつけなかつた。

これには柳浪も困つたが青々園の方だつて軍用金がなくなるので、新聞社へ電信を打つてよび金をする、度重なれば新聞社とてもいふ通りにはならず、会計へ受取りに来いと返電を打ちかへして来た。青々園びくともせず金送らねば原稿やらぬとはねかへす。

都新聞社の会計もさすがに参つたと見え、早速小使に金をもたせてよこしたが、それは銅貨ばかりで何十円といふ仰々しいものだつた。

「到頭金では僕が勝つたが、肝慎の女は広津に惚れてゐたらしいよ、見るかげもなく僕は振られたんだ」

老後の青々園は面白さうに吉原を思ひ出しては語つた。

それもこれもみんな明治四十四年までの吉原物語りである。

大火を境に、吉原の芸者たちは、目ぼしいところから順に新橋へ流れこんで了つた、本来、吉原の芸者は屋号を名乗らず、只仲之町なにがしで通つて居り、吉原独特の長箚（三味線箚）に大きく定紋をつけて芸自慢で通してゐたのだが大正になつて芸を聞いてくれる客が少くなつたせいか、いつとなしに新橋柳橋に籍をかへた、六十越した名人の髪結お夏までが新橋に見世を出すことになつたのだ。

お夏といふ婆さんはかはつてゐたらしい、あらひ髪のつぶし島田以外の髪は結はぬと自らきめてゐて、而《しか》も結ひ上つた髪かたちの美くしさ美事さ、女が見てさへほれぐ〵したと云ひ伝へられてゐる。

明治の元勲と立てられた山県有朋が、妙な話だが女の髪かたちに興味を持ち、而もお夏が結つた髪なら、一目で云ひあてたとか。

大正以後になつても断然、吉原を去らなかつた、名物の芸者がたつた二人ある、曰くおなつにおさだ。当代木やりを呼ばせたら此二人の右に出るものなしと立てられた。

とはいへ、この二人がどうしたものか、誰れに所望されても木遣りを唄はうとはしない、丁度沢田正二郎が東京の売れつ子になつてゐる頃だつた、沢田や吉原に凝つて引手茶屋の丸小尾張を宿坊に毎晩のやうに通つた縁がつないだのか、おなつおさだの両婆さんが気をそろへて沢田びいきになり、約《およ》そ沢田の芝居と云つたら、おなつおさだの姿を見かけないといふことなしといふ風だつた。

元老とも立てられるおなつとおさだだが、兎角、吉原の土地をはなれて芝居通ひをするので、仲之町芸者の誰れかれも廓以外にお座敷を持ちたがる夜が多かつた、かうして吉原は東京からはなれて行き、東京から忘れられて行くのだつた。

街頭情趣

路次をひろげて電車が通る
ここは天下のお膝もと

梅常陸時代

東京おぼえ帳に欠くべからざるものに梅常陸《うめひたち》時代がある。

常陸の国水戸のお侍の倅で中学まで卒業したくせに相撲になつたといふ常陸山谷右衛門と、越中富山の片田舎を東京相撲が巡業中に見つけ出され関取梅ケ谷の養子分になつてそのまま梅の谷といふ名をつけられて土俵に上つた力士、この両人が東西両方に横綱を張つて相対した以来、東京中はおろか、日本全国に梅常陸時代が盛上つて来る、それは今にも日露戦争が始まらうとする頃から、ずつと引つづいて大正へかけての十年以上であつた。

後に出た太刀山も強かつた、ずつとあとの玉錦も強かつた、最近に引いた双葉山に到つては天下無敵といはれるほどの力士だつたが明治大正昭和の三代を通じて、相撲道が尤も花やかで美くしく立派だつたのは梅常陸両横綱の時代であつたらう。

あの頃は国技館もなかつた、ラヂオもなかつた、自動車もなかつた、が向両国回《ゑ》向院《かういん》の境内に小屋がけした年二回の本場所晴天九日間の人気といふものは隅田の川水をさへ堰きとめるかと思はれた。

梅ケ谷はさながら絵にかいた力士のやうに便々たる腹に波を打たせてゐた、常陸山はガッシリとした肌の美くしい大兵だつた、梅はどこまでも手固いとり口で温厚な人柄であり、常陸は見るからに凛々しい豪快な横綱だつた。梅も強かつたが常陸はもつと強かつた、梅はどうかすると黒星のつく事もあり、引分で食ひとめる事もあつたが、常陸は全勝に全勝をつづける壮快なとり口で二人の勝負は四分六の振合を見せてゐた。

両横綱の外に後の世の男女ノ川か出羽ケ岳よりももつと大男ではなかつたかと思はれる大砲万右衛門がゐた、精悍なること鬼神の如しとさへ云はれた荒岩がゐたので、本場所は一層人気だつたものだ。

明治三十七年の一月場所にいよいよ荒岩と常陸山の顔合せがあるときまつた時、天下の人気はこの二人の勝負に集中された、新進荒岩の怪力は殊によつたら常陸を倒すかも知れないといふ人、いや何と云つても常陸のものだといふ人、何しろ破れかへる前景気の勝負の日は近づいた。

日露戦争の開戦は二月はじめなので、日本中の神経は皆尖つてゐた中にも、郵船会社の連中は職業柄、日本の海上をあづかつてゐるゆゑに殊の外気色ばんでゐた、連日連夜社員たちは互ひに集まつては大いに飲み大いに論じつつ手ぐすね引いて戦争を待つてゐた。常陸勝つか荒岩勝つか、日本勝つか、ロシヤ勝つかといふさわぎだ、到頭、社内は荒岩方常陸方の二つに割れてひいき〳〵を競ひ、酒の席には必らず荒岩党は荒岩を招き、常陸党は常陸を呼んだ、場所は重《おも》に新橋であり、芸者の顔ぶれも自然きまつて、同じ芸者が西方へもゆき東方へも行つた。芸者多勢の中に照近江のお鯉もゐた、以前市村家橘《かきつ》の妻女であり、後に総理大臣桂太郎の思ひものになり、後に目黒の羅漢寺に住して尼となつて没した婦人である。

「私はお鯉さんが好きだ」

ある晩常陸山が多勢の前で率直に云つた、つづいて荒岩も荒岩党の座敷で同じことを云つた、これが評判になり、いつ誰れがいひ出すともなく、女一人に男二人、どつちにつくわけにもゆくまい、勝負次第で勝つた方にお鯉を献上しようといふ約束がなり立つた。

勝負の賭けものになつたお鯉はといふと、常陸山よりも荒岩の方が好きだつた。

それには理由がある。

当時財界の名物男と立てられた池田謙三は同郷人といふよしみで荒岩と大砲をひいきにして居つたし池田謙三夫人の米子さんも、従がつて大砲荒岩をつれては芝居見物などするくせがあり、芝居はいつも家橘（後の羽左衛門）の出る芝居であつた。いつもの通り荒岩と大砲は池田夫人のお供で芝居の桟敷に坐つてゐた、其日は家橘の妻女お鯉もゐた、芝居は神田三崎町に中村芝翫（後の歌右衛門）が持つてゐた東京座である。

夫人は三人を桟敷に残したまま出て来ない、その頃は見物席で飲み食ひの出来る頃なので二人の力士は芝居を見つつ酒を飲んでゐたが、突然荒岩が、奥さんはどうなすつたか茶屋へ行つて見ようと云ひ出した、大砲も立上つた、お鯉もそのあとへついて行つた。

芝居にはそれぐ〵芝居茶屋があり、茶屋はそれぐ〵なじみの客を持つてゐた。客はまづ茶屋へ入り芝居見物中も幕間には茶屋で一休みするやうに出来てゐた、万事がのんびりしてゐた頃なので芝居の幕間だつて一時間や三十分は当り前で、五代目菊五郎の出る幕などは二時間も幕を引きつぱなしだつた、だから芝居茶屋は客にとつての支度部屋であり休息所であつた。

三人が茶屋へ来て聞くと池田夫人はお腹が痛むと仰つてやすんでいらつしやいますといふ。

「それでは私が介抱しませう」とお鯉が一間へ入らうとすると、

「いゝえ好いんです、市村さんがついてゐますから」と女中は云つた。

其時荒岩の眉がつり上つた、池田夫人の寝てゐる隣りの部屋にどしんと座り、そこへ酒を持つて来させた、大砲と二人で無遠慮に飲みはじめる、襖一重隔つた隣室はなりをひそめてコトリとも音がしなかつた。

酒がまはると、荒岩がどなりはじめる。

「池田の旦那から奥さんのお供をしろと仰せつかつたんだ、ぼんやり芝居ばかり見て居つて奥さんの腹の痛むのを知らん顔はして居れん、奥さん、私がさすつてあげませう、役者のへろ〳〵腕よりは相撲とりの方が丈夫です」

「さうだ〳〵私も手伝ひます」

大砲も調子づいた。お鯉だつて芸者上りなんだから池田夫人の腹痛がどういふ意味かなぜ市村がつききりでゐるか判らない筈はないが、相手にまはつてゐるのを自分の良人だと思ふと居ても立つても居られなかつた、一生懸命荒岩と大砲をなだめ、池田夫人一人を残して茶屋を引上げることにつとめた、其時荒岩はお鯉をぢつと見て、

「あんたは気の毒な人だなア」と云ひ、事を荒立てずに其処を引上げた、その時から荒岩はお鯉を知り、お鯉は荒岩を知つたのである。

池田夫人と家橘のかくし事は恐らく其前からつづいてゐたのであらう其後はだんくはげしくなつて、しまひには二人が大宮公園の料理旅館八重垣館に泊りこんだところへ巡査が踏込んだために到頭新聞沙汰になり、お鯉もそのあふりを食つて市村の家を出、二度の褄をとることになつたのであつた。

さて、常陸と荒岩の勝負の日が来た。両力士は土俵にあらはれた、荒岩と呼び常陸と呼ぶ見物の声々はすさまじいものであつた、両力士は静かに仕切る。

二度三度と仕切りなほし双方の声で一斉に立上ると共に荒岩は左りをさした、常陸はすかさず泉川《いずみがは》にためる、荒岩の右が常陸の首をまくと共に右足を外がけにからんだ、常陸は横綱らしく始終、受け身であり荒岩は勢ひはげしく攻撃をとつた。

そのまま食ひとめて常陸の方から仕かへす手があるかと見えたが、首と脚とにからんだ荒岩の力で泉川がゆるみ、さした左り手は更に深く入つた、ここまで来て角力は五分五分となつたが、右手右脚が仕かけてあるだけに荒岩の方に強味があり到頭横綱を西溜りへ寄り倒して軍配は荒岩に上つた、喝采と叫び声で小屋は割れるばかり、八方から投げ落す品物で土俵は真つ黒にうづまつた。

勝負ごとに客がひいき力士へものを投げる習慣が盛んな頃だつた、羽織、帽子、外套、坐ぶとんなど雨あられのやうに降るのを出方は一々拾つて、投げたぬしに返し、投げた人たちは思ひ思ひの祝儀を力士に贈るのである。

土俵の上でさへさうだから、勝負終つて後の荒岩は誰れにさらはれて誰れの手に渡されたか本人も只夢中だつた、夜更けて新橋へつれこまれ、瓢家から花月へ、花月から新喜楽へ、新喜楽から花家へと飲みまはる中に、さすがの荒岩も泥のやうに酔つてゐた、不図気がつくと花家の奥座敷にぶつたふれて居り枕もとにはお鯉が坐つてゐたといふ、郵船会社の連中が美事賭けものにして用意したお鯉と共に荒岩をここにおしこめたのである。

二人の仲はかうして結ばつた、その時荒岩の着物を始末したお鯉は袂からふところからと出て来る祝儀を一万三千円と数へたさうだ、手の切れるやうな新らしい百円札で、あるいは水引をかけ、あるいは束にしてあるいは裸のままのもあつたらう。

何にしても東京座の芝居茶屋で苦しい思ひをした時の現場で思ひやりのある仕方をされて以来、色気ではなくとも印象の深かつた荒岩であり、兎角心のひかされた荒岩を得たお鯉のうれしさはいふまでもない、荒岩としてははじめて横綱を倒したよろこびに、かてて加へての悦びである、此御祝儀はあんたにそつくり上げますから取つといて下さいと、小口をそろへた一万三千円お鯉の膝に乗せたくらゐだつた。

木でつくつた家、紙で貼つた座敷にくらす間は人間の気持が穏やかでもありのんびりもしてゐた、相撲だつて晴天九日のために其都度組み立てる丸太細工の小屋の間は、めいめいの稽古場から土俵へ、土俵から相撲茶屋へやがて花柳界のお座敷へとゆく先々にこわばつた気持の起る場所はなかつたが、国技館といふ鉄骨の中で晴雨にかまはず十数日も力くらべをさせられるやうになり、それを見る方の側もコンクリート造りの建物でギスギスと揉みたてられるとなつては、何から何まで理づめにもなりしやちこばるやうにもなるのだらう、さうした中でも常陸山は図ぬけて理知に長けてゐるとはいはれたが、併し、美くしい情合とやさしい思ひやりを持つてゐた。

梅ケ谷は前にも云つたやうに終始温厚な人柄で養父雷権太夫（前名梅ケ谷）の教へをよくまもり、女房以外、女といふものを知らなかつたと思はれるほどの手堅い一生を送つた人だが、常陸山とても此道のつつしみは深かつたらしい。

今は大きなデパートの専務であり、以前は山の手に人気のある呉服屋の主人だつたKといふ人がある。

毎年の恒例でKさんの呉服屋が宇都宮へ出張販売をやつた時のこと、丁度そこへ常陸山の一行が地方巡業に来合せてゐた、Kさんはその地方の花柳界へのお礼をも兼ねて一席をもうけ常陸山を招待することにした。

地方へ出たといふ心のくつろぎから主人も客も陶然となつて、口の重い常陸が芸者たちに冗談口さへ利くほどになつてゐた、Kさんは若い芸者一人を酔つた常陸山の介抱につけておくことにして引下つた。

さてその場はそれで済んだが、年うつりもの変つて常陸山は引退し年寄出羽の海となつた後のこと、Kさんは出羽の海病気との噂だけを聞いて、ついそのままにしてゐるところへ出羽の海の家から使ひが来、折入つてお頼みがあるからとのことだつた。

Kさんが出かけてゆくと、病床には出羽の海一人が寝てゐたさうだ、あとで思ふと、Kさんの見舞と知つて出羽の海は殊更に看護の人々に用をいひつけて人ばらひをした様子だつた。

出羽は病床に起なほり、あたりをはばかるらしい声で、Kさんと呼んだ。

「わざ〳〵お呼び立てをして済みませんが、ぜひあんたに頼んで置かねばならんことがあつて御足労を願ひました、枕の下に手を入れて下さい」

といふ、出羽の海はその時、寝がへりを打つのさへ漸くといふほど重態だつた、Kさんは云はれるままに手をさしのべて蒲団と蒲団の間を探ると、そこには紙に包んだ分厚い紙幣の束があつた。

「これですか」

Kさんが引出した包みに目をとめ出羽の海は大きくうなづいて、早くふところへしまつて下さいと云つた、いはれるままにふところへ蔵ひこむと、はじめて安心した様子でぐつたりとなり目をつぶりながら、小声でいひつづける。

「もう十年にもなりますかな、宇都宮であんたにおよばれしたことがあります、あの時」

さう云ひかけた時看護婦が来、ほかに付添ひの女たちが入つて来た、すかさず出羽の海は言葉の調子をかへて、

「あの時のあれをあのままにしてあの世へゆくのが気がかりでな、あんたの見えるのを待ちかねて居りました、何分よろしく頼みます、かうお頼みしておけば、いつ目をつむつても安心です」

口早にいひ、更につづけて、つまらんことが気にかかるものです、まことにおはづかしい話ですが、笑はんで下さいなど冗談にまぎらして了つた。

Kさんには出羽の海の心がすぐに判つた、宇都宮でたつた一夜世話をしてもらひ、その場限りの心のなさけをかけた無名の芸者をそのままにして死ぬことを申しわけがないと出羽の海は始終心にかけてゐたらしい。

あづかつた金がいくらだつたかは知りません、相当の高と見えました、たしかにお預かりします、その後の様子も判つて居りますから、たしかにおことづけをいたします、御安心下さいと云つたら、出羽の海はにつこと笑つて、つまらんことで御面倒をかけますと云つたとある、Ｋさんは目がしらが熱くなつたさうだ。

常陸山はさういふ人柄であつた。

常陸の弟子には小常陸といふ慓悍な弟子がゐた、小常陸が幕内に入つた頃はこれこそ常陸の二代目をつぎ得る関取だと嘱目されたものだが、三役に入りかける頃から身も心も思ひ上つた振舞が多くなり、ともすれば花柳界などで傍若無人にのさばつたりした。

やはり地方巡業の時のこと、例によつて小常陸が天下の力士小常陸さまを知らないかと十幾人もの芸者をあつめて威張りちらしてゐるところへ常陸山が通りあはせた、場所は大きな料理屋である。

廊下外で小常陸のどなり声を聞くと、常陸山は障子をがらりとあけ、小常陸の前へのつそり立つた。

酔ぱらつた目にも師匠の顔は見えた、たつた今までの勢ひもどこへやら小常陸はちぢみ上つて了つた。

「かへれ」

只一言睨みつけてゐる。

「へイ」

「かへれ」

小常陸はこそ〳〵と着物を着なほし、さしもの酔も一度にさめて座敷を出て行つた。

あとに残つた常陸山はその家の女将をよび小常陸が飲みちらかしたあと始末をしてやり其場に居あはせた芸者たちにも一々丁寧な言葉づかひで、迷惑をかけました、若いものの事ですからどうぞ勘忍してやつて下さいと詫びをいふと共にそれ〴〵に心付をしてやつたといふ。

兎に角、常陸山といひ梅ケ谷といひ、相撲の横綱としてばかりでなく、一箇の人格としても立派だつた、この二人を横綱に立ててゐた頃の東京大相撲が日本中の人気を引つけて東京に名物本場所時代をつくり上げたのは当然だつたといへよう。

異風変容録

　明治になつて間もなく、男はちょん髷をとりはらふべし、女は髪を結ふべしと、所謂、お上の御布令《おふれ》が出て後、私だけは女ですが男なみにざんぎりあたまをみとめていただきたし、髪をのばすとあたまにしらみがたかりますとの理由で願ひを出し、男姿を死ぬまで装ひ通した女がある、奥原晴湖といふ絵かきさんのかはりものだつた。話はそこまで遡ぼらない。明治も末期に近く、ちょんまげ人が大方死にたえるほどになつても、尚ほ一人これもやつぱり棺桶に入るまでちょんまげを結ひ通した人に芳野世経といふ名士がゐた。さて、そのあとからの異風人をかぞへて見る、第一が銀座街角の異風人岩谷松平であらう。

　銀座二丁目に天狗の看板を出し、丸に十の字の目じるしを日本中にふりかざして、天狗煙草の本舗として、足高天狗、木の葉天狗、銀天狗、金天狗等々、いろ〳〵の天狗をそろへて向ふ河岸の支那印度までも煙にまいた岩谷松平であり、はる〴〵海を渡つて来るパイレートでもスリーキヤツスルでも、怯《お》めず臆《おく》せず、ヒーロ、サンライス、ピンヘッドなどの大敵にもビクともせず、驚くなかれ、税金五万円とか五十万円とか、今なら、五千万円にも上りさうな金高をタバコ一品で見事に売上げる見幕すばらしいものだつた。

あたまのすつぺりと禿げた温やかな顔をした人物だつたが、出あるく時は、赤羅紗のフロックコートに赤い山高帽子、赤ぬりの二頭立馬車と何から何まで赤色がお好きであつた、只、二頭立馬車とのみでは、今の人にピンと来ないが、東京の街頭に自動車の動き出したのは明治四十三四年後のことで、岩谷松平時代に馬車を乗りまはすのは、まづ大臣さんときまつてゐた頃のことである。

女房以外に二号三号と、愛人をわがものにすることだつて、岩谷天狗さんは決して隠しだてをしなかつた。男一匹女の子の三人や五人を手玉にとれないでどうするとばかり、たしか六人もの妾をおいて贅沢させてゐると世間は評判してゐた、何しろ派手な人だつた。

岩谷天狗のあとに、同じタバコで日本中に色つぽい噂をまいた人には日本橋際の村井吉兵衛がある、これは宮中から緋の袴婦人を引出して京は比叡山に村井御殿を打建てたのだつた。

それにつけてもタバコが官業になるまでのタバコ業者の生活の派手やかさを思ふ

と、これほどの財源を、而も官営といふ手盛りのワクにはめこみ、世界一高価で世界一まづいタバコを、権柄《けんぺい》づくで民衆におしつけながら、赤字々々とボヤき立ててばかりゐるお役人のダラシのなさ、尤も、岩谷松平はタバコ一服で税金五万円也か、五十万円也かを納めてゐることが自慢だつたが、これのみは今の政府の御威勢の方がケタちがひに大きいのだから冥土でさぞや岩谷松平を驚ろかしてゐることだらう。

岩谷天狗が銀座に赤ぞなへをしてゐる頃、一年両度の大相撲を中心に両国柳橋界隈にも赤いものをちらつかせて名物男といはれた異風人があつた、服部谷斎《こくさい》といふ象牙彫りの名人である、五十前後の小づくりな人物だつたが、いつも〳〵緋ちりめんの羽織に、濃みどり太打の丸紐を胸高に結び、扇子をひらつかせて群衆の中を蝶々のやうにかけまはつてゐた。

この赤羽織の老人こそ、金色夜叉の作者であり、硯友社の領袖であり、明治の文豪と立てられる尾崎紅葉の実父である、紅葉はなぜかこの父を嫌つて、親とも立てず、子とも名乗らなかつたが、紅葉の三女三千代さんが縁づいた千葉県八幡の横尾家には今も尚ほ、谷斎の遺品が大事に保存されてゐる。

本業の牙彫りに親しむよりも、恐らく、芝居と相撲の空気の中で、漂々としてくらすのが好きであつたのだらう、時とし牙彫りの刀をとつても、出来上つた作品は金にしようともせず、好きな人には只でやつた形跡がある、横尾家に残つてゐる牙彫りの中、竹竿に蝸牛のとまつてゐる髪のうしろざしなど、遉《さす》がに名作といへよう、指先にもとまらぬほどの蝸牛の殻一杯に谷の字の毛彫りを散らしてあるなど、非凡の技術が察せられる。

明治三十七年頃に故人となつた。

服部谷斎老の赤羽織が東京人のよびものになつてゐる頃、一方に、さながら上野の山の銅像の西郷さんが動き出したかと思はれる大男が、これ亦、相撲場を中心に、時折は九段の靖国神社境内にのつしく〳〵と押しまはした。

白縞の木綿袴に、五寸直径もあるかと思はれる大きな五つところ紋をつけた黒ちりめんの羽織に白の太打紐のとつさきを結んで肩にかけ、黒地に金の破軍星をおいた十六本骨の軍扇か、鉄扇をわしづかみに、ざんぎりあたまに赤ら顔の親爺だつたが、これぞ日比野流剣舞の大本山日比野雷風である。

日比野雷風一たび東都にあらはれるや、山の手一円に肩を怒らせてあるいた学生といふ学生は一人残らずと云つてもよいほど日比野流の詩吟をやり、日比野流の剣舞をやり、更にさつま琵琶を弾じはじめた、夏の宵ともなれば、九段の牛ケ淵、市ケ谷の濠端、上野は不忍池畔などに、べんせいしゆくしゆくの吟声を聞かぬ夜もなく、踏みやぶる千山万岳のけむりを吟ぜぬ青年もなかつたといふくらゐ、たとひ交番の前でさへ、さつま琵琶のさくら狩ぐらゐを朗吟してあるくのなら、巡査もとがめなかつた、皆これ日比野雷風の御威勢である。

むかし幕末の剣士榊原健吉が、浅草奥山に陣幕をはりめぐらし、貝鉦《かひがね》太鼓で、剣術の興行をしつつ武道を売りものにして世を驚ろかしたといふ、それは知らず、日比野雷風一たび東京にあらはれると、東京中の小学校も、やがて記念日といひ、祝賀会といひ、何につけても、校庭に陣幕が張られ、貝鉦太鼓の音と共に詩吟の声はとび、剣戟の光りは踊つたものだ。

日比野雷風の大紋どころがそろ〳〵かげをひそめた頃から代つてあらはれたのは武士道鼓吹の本家、浪花ぶし中興の元祖桃中軒雲右衛門である。

五尺あるなしの小男だつたが、精悍の気は眉宇にあふれてゐた、絵草紙の表紙絵に見る由井正雪を彷彿する長髪が肩をすべつて背中あたりまで撫で下され、手は金地銀地の日の丸の扇をつかんでゐた、赤穂義士を思ひ出させる二つ巴の定紋打つた黒ちりめんの羽織に白縞小倉の袴、町をおしまはす時はいつも颯爽としてさし曳きの人力車であつた、以来あとからあとからとつづく浪花ぶしは吉田奈良丸にしろ、京山小円にしろ、気をそろへたやうに、薄ねずみか、花色かのちりめんの羽織をしなやかに着こみ、どうして雲右衛門風をよけようかとあせつたらしい、それだけに雲右衛門の異風は異風でよく目立つた。

時は既に大正に入つてゐる、銀座うらにはカフエ・プランタン、神田小川町《をがはまち》には流逸荘（リウイツソウー）などフランス語の屋号がもの珍らしく、あるじも亦松山省三や大槻弐雄など両家の内職が取沙汰されて、喫茶店や雑貨やの異様なものが出来かかつてゐたし、浅草にもよか楼と名づけて美人をあつめた酒楼が出来てゐた、かうした中を、浮草のやうにふらついた異風人が、男では坂本紅蓮洞《ぐれんどう》、女では本荘幽蘭であつたらう、但し本荘幽蘭は坂本のグレさんより大分時代が先走つてはゐるが。

グレさん坂本は風俗が異様なのでなく、冬瓜《とうがん》のやうに長い顔と布袋さまのやうに着くづれた着物となまづのやうにフラついた態度がそつくり巧まない異風だつた、本荘幽蘭は、いにしへの奥原晴湖を偲ばせるやうな男装、これが時としてはざんぎりあたまに紫の女袴を穿いてゐることもあつた。

グレさんは元来数学の大家なのださうだが只呑んだくれてあるくので、五十余年の一生涯プラスもマイナスも超越した無軌道ぶりだつたらう、幽蘭はもと、九州の儒者の娘で、若かりし頃、深刻な失恋をしてから、男をおもちやにする気になつたと自分では云つてゐた、いつも帯の間に地獄帖といふものをはさみ、これぞと思ふ男の名がぎつしり書きとめてあつた。

書きつけられた男の名はいづれも、かかりあひをつけた、又は、これからかかりあひをつけようと予定した男の名で、名の一つ一つの上に丸がつき、二重丸がつき、バッテンがつき、三角じるしがついてゐる。丸は一度かかりあつた人、二重丸は一度かかりあつたが、尚ほ後に何度でもかかりあひたい男、バッテンは一度は食べたが二度は食べたくない代物、三角じるしは考へ中とかいふ他人には見せぬおぼえ帖なのだ。

失恋と共に男性克服を念願すると共に、まづ新聞記者になり、次に女優にもなつた、どつちも長くはなかつたが、日本に於ける女記者の始まりであり女優の始まりであると、それも口癖の自慢だつたが、一向自慢にせぬ筆蹟と漢詩の立派さは、さすが碩儒《せきじゆ》を父に持つ奥床しさである。

銀座丸の内山の手にグレさんと幽蘭女史がふらついて居る頃下町にも江戸好みの異風が三々五々として出没した、唐桟二子縞ぞつきで、時としては松葉山みちの手拭を吉原かぶりにしたり、好んで麻裏の草履を穿き、一本独鈷《どつこ》の博多帯か、平ぐけ博多の帯に銀ぐさりをつけた金から革の莨入れ又は五段印籠をさげたりした、江戸時代ならザラにある風俗だが、大正となつてはそこら中でふりむかれる異風である。即ち寛政の奇人天愚孔平の亜流をまねた千社札納札連中でこの人たちの押しまはした足跡は、尤もその後大震災に焼け、戦火に毀《こぼ》たれはしたものの、まだまだ日本中の神社仏閣に、いせ万とか、高橋藤とか、太田櫛朝とか、二見とか、紺三頭とかの木版ずり四帖がけの貼札が仁王門の欄干や随身門《ずいじんもん》の柱のてつぺんに、ありありと読みとられよう、ああした千社札こそ、この人たちが意匠をこらしてつくり、秘蔵の糊竿を長々とくりのべて貼りつけたものだ。

かうした江戸つ子たちの凝り性が遂にはアメリカ人までも引よせた、お札博士のスタール老人である。

さてこの老人も亦異風変容の一人で、洋服姿を曾て人に見せたことがない黒羽二重の上下に仙台平の袴、草履ばきといふ姿だつた、すべての日本人がかぶつて、誰れも不思議と思はぬ西洋風の帽子を和装したアメリカ人のスタール博士はかぶらうともしなかつた、羽織の定紋はたしか本国の旗じるしを思はせる星を染めてあつたと思ふ。

日本が好きで日本に住みなれた西洋人は出雲に居ついたラフカデイオ・ハーン、徳島で死んだモライアスなど其他十人や二十人では利かないが、終生日本服でおし通したのはスタール博士で、其前に明治末期に故人になつた三遊派の大家、寄席の人気ものであつた石井ブラックがあるばかりであらう。ブラックのあとに、ストライキぶしを唄つたジョン・ペールがあつたが、あれは実は長崎で生れ、長崎の中学校に小使をしてゐたこともある混血児なのである。

千社札連中の江戸っ子たちを、麻裏草履つつかけのアンチャン江戸っ子とすれば、一方に旦那衆江戸っ子の一連もあつた。魚河岸の旦那や上野山下の旅籠屋のあるじ、それに江戸前料理を看板にあげた料理屋の旦那たちをあつめて、芝居茶屋へ、楽屋から楽屋へとおしまはしした所謂通人たちである。

ある時は浅草の水魚連を思ひ出して芝居評判記をつくり、ある時は百物語の会を催し、又は食通に、聯の見立てに、悪ずりにと、文化文政度の江戸風景、江戸あそびを復活させる間々には空也僧の服装一通りをそろへて、空也念仏を修行してまはつたものだ、新富座や歌舞伎座に久しぶりで助六の狂言が出た時、三浦屋格子先の簾中に河東《かとう》ぶしをつとめた旦那衆などもこの人たちの中から、たしか選ばれたのだとおぼえてゐる。

かうして、のどかな異風好みも、朗らかな変容行列もやがて、大正の大震災が一ゆりゆりくづし、見るも無残な東京にして了つたあと、只一人ぽつつりと残つたのはちよんまげの幇間揚羽家の家元揚羽家徳次、後に改めて徳昇と名乗つた男であらう。

以前は五代目菊五郎門下の役者であつた。太鼓持にはなつたが、何一つ芸を持つては居ず、どこへ行つても、むつつりとおしだまつて扇をバチつかせたり、物事に故事来歴をつけて仏頂面をしてゐただけが芸だつた。元来坂何某《ばん》といふ駿府の藩士か、あるいは直参の旗本の家に生れた男で、坂家十六代の後裔と、人前でいひはしなかつたが、心ひそかにほこりを持つてゐたらしい。

黒地紋繻子、白ふくりんの大巾襟をうけたぶつさき羽織を着て、如何にも大小がほしいといふ風のする腰で、年はとつても青々と月代《さかやき》を剃り、紫元結の本田まげを房々とあたまに乗せてゐた。

元禄風と口には云つても、今の人は、芝居の舞台で見たつてよくは判りません、三百五十年の昔の日本が見たければ、あつしの姿を御覧なさい、安つぽい野郎だが、あつしや移動博物館のつもりで毎日東京をおしまはして居りますとも云つた。

揚羽家徳次の元禄まげについて哀話あり、はじめ徳次はどこで誰れに相談して元禄まげを工夫したか知らず、兎も角も結びあげては見たが、其儘一生涯保存するわけにもゆかない、床屋ではダメだし、女髪結でもダメとなつて、困つた々々と云つてゐるところを、あたしが結つて見るわと可愛い声で云つたのは徳次の家にゐる若い芸者だつた、徳次は下谷で女房の名儀で芸者屋を出してゐた。

十七八の、つい其頃、抱へたばかりの芸者が、自信あり気にいふので、兎も角も結はして見ると、これが、髪結の天才とでもいふべき女だつた。以来、徳次は出るにも入るにもこの女をつれ、座敷は断わつてもちよんまげ整理係をやらせ通した。これが縁となつて、いつの間にか徳次と若い芸者は、チヨンまげの元結と共につきせぬ縁の糸まで結ばつて了つた、たしか徳次五十余歳、元結係り十八歳ぐらゐとか、うつかりするとおぢいちやんと孫とでもいふほどの間柄である。見るから人柄のよい、物腰のおだやかな、むだ口は一つもいはず、さりとて、ツといへばカといふくらゐの行届いた妓だつたが。

これで徳次のちよんまげは納まつたが、徳次の女房は納まらなかつた。さんざん揉めた揚句徳次は、丁度雲右衛門が曾て、此道でしくじつて女房への申しわけに大事な大事な縁の黒髪を根からぷつつり切つて雲右衛門入道と改めたやうに、揚羽家々元を隠居し徳昇となり、身柄一本ちよんまげ整理係ともども我家をとび出したらしい。但し、ちよんまげは死ぬまで切らなかつた。

白ふくりんつきの元禄羽織で、其後東京の町にちらついてあるいた異風人に山田金箔といふ人物がある。丁度、揚羽家徳昇の姿が町に見られなくなつた頃から金箔さんの元禄羽織が見えはじめた。昭和期に入つて東京に見られた恐らくたつた一人の異風人である。東京も昭和となると、物好きや、かはり種がさてもくなくなつたものだ、人間が賢こくなつたのか、東京に洒落つ気が消滅したのか。

金箔さんは元来金箔やさんである。たしか焼ける以前の白木屋デパートの天井の箔おきは此人の手で出来たのだと聞いてゐる。子飼からの稼業の金箔と金泥を利用して自分の着てゐる元禄羽織一めんに、時の名優の筆蹟を金泥で隙間もなく書き込ませ、新旧両部の俳優、約そ、大幹部は一人も洩れなしとなつたところでこれを博物館に寄付するんだとか聞いてゐる。博物館のやうな固くるしい役人が、これを受付け得たかどうかは知らず、ところで、この金箔さんは現在一流の文学人某氏の叔父さんに当るのだが、服部谷斎を父に持つた尾崎紅葉さんのやうには此甥御は、決して此異風人を嫌つては居ない。

好況時代

向両国回向院の堂うらに鼠小僧の墓があつた。いつの頃から誰れが始めたとなく、この大賊の墓石が少しづつ欠きとられて、自然石の形がくづれるところまで行つたのは明治年代までのことだつた。この墓石のかけらを肌守りにして置くと、賭けごとをして必らず勝つといふことになつてゐた。

大正の中頃になると、芝青松寺の裏山へこつそり上つては、やつぱり墓石の角を欠きとることがはやりはじめた。墓石は四角な平凡な棹石《さをいし》で、鉄山成金居士之墓と彫つてあつた。裏面にはたしか信州のどことやらの藩士何某と俗名がしるしてあるのだが、所詮はどんなことをして死んだのか誰れにも知られぬ勤番侍の墓なのだが、鉄山成金居士といふ戒名が、東京人たちの気に入つただけのことで、この墓石のかけらを持つてゐると、競馬を買つたら大穴をつかむだらう、株を買つたら大当り疑がひなしといふ風で、とりわけ花柳界に出入る人たちの間で大評判だつた。

無縁の墓だから、小言を云ひに来る人もありませんが、仏はさぞ地下で寺を恨んでゐることでありませうと、青松寺の墓番は眉をひそめて居たものだ。

それほど、成金といふ二字が、東京人の魅力をそゝる時代、それを大正の好況時代といふ、第一次欧洲戦争に湧き立ちかへつたあぶく銭が、日本中を賑はしてゐる大正九年からの三四年間である。

船成金、自動車成金、鉄成金、株成金、等々、大は何億円から何千万円、出張旅費をごまかして四五十円蹴出した小役人にいたるまで、二言目には成金を呼称した。

さうしたあぶく銭の渦巻の中で、まづ以て景気づいたのが花柳界と演芸界であつたらう。あそぶ人もあそばせる人も、一つところに落付いては居なかつた。新橋から柳橋へ、芳町から赤坂へ、山の手から吉原へと、自動車のあるに任せてとびまはるほどに午前一時二時といふほどの時間こそ花柳界は宵の口とまで思はれてゐた。

烏森の芸者なにがしは、かうした時にこそ東京一番の名を成さうと考へて、いつも百円紙幣を袂に投げ込んでおき、満座の中で無造作につまみ出してはちんと洟をかみ、あら、とんだ事をした。お札を汚したわの一言で、殊更らしくれいいんじから投げ捨てたりするなどの悪趣味時代でもあつた。

芸者がさうだから、客は尚更で、牛乳で風呂を湧かさせるやら香水で行水をするなど冥利にはづれた話がそこら中にあつた。

旦那さまがどうせだだらあそびに金銭を撒きちらすんだから、私だつてちつとぐらゐの贅沢をしなければあ割にあはないと仰有る奥様もある。

古代紫山繭ちりめんのお召ものに古木の梅の花ざかりを染めさせ、小枝小枝の一つ一つに純金の小さな短冊を無数にとぢつけさせ、お出ましの度毎に、御威勢のほどをきらつかせたり、ちぎつて捨てさせたりして、おかへりになると、不足した短冊を次々に結び足すといふ寛濶《くわんくわつ》ぶり、どうしたら東京一番のムダづかひといはれるかといふ風な気狂ひ沙汰が、老若男女、大小多少に拘らず、話題をそこら中にふりまいたものだ。

尾上栄三郎は踏影会、福助は羽衣会、新橋には東会、柳橋にはかたばみ会、その外、役者も芸者も新舞踊で、舞台かざりの豪華を競ひ、そこに吸ひよせられる見物も新柄流行の競進会を現出した。素人筋の天狗連も、かうなるとぢつとしてゐられず、それぞれ師匠を名儀人におし立てて、日本橋倶楽部に、帝劇に、明治座に、新富座に市村座に、歌舞伎座にと、何千人でも全部御招待おみやげ付お食事付などの大番ぶるまひが、次々と開演された。

曾て、明治時代にもかうした花々しさが幾度かあつたにはあつた。その頃の老人が、目のあたり歌舞伎座で見たといふ話にかうした一例がある。それは、まだ劇場を芝居小屋といひ、小屋の中の案内は芝居小屋の定紋をつけた黒紬に、おそろひの縞の裁《たつ》つけ袴を穿いた男衆が受持つてゐた頃のこと、ある日の芝居の幕間に、件の男衆たちが、数十人といふ数をつくして花道へずらりと居ならび、桟敷の一隅に向つて、

「えー新橋のおつま姐さんへ御祝儀のお礼を申し上げます」

と高らかに呼んで、シャン〳〵シャンと手を打ち、おありがたうございますと礼をしてぞろ〳〵と引下つたことだ。お礼をされたのは即ち名妓洗ひ髪のお妻で、桟敷にすわつたまま鷹揚にうなづいてゐたとある。

芝居の出方一同何十人であつたか、一人あたり五円づつの祝儀としても、好況時代の綺羅のはり方にくらべたら、幾何《いくばく》のものでもない。金高の相違は月とすつぽんほどであつても、やり方の大がかりなことに於いてくらべものにならない。

学者の依田学海、通人の永井素岳、新聞人の仮名垣魯文、芝居通の西田菫坡《きんは》等々、明治東京の文化人をあつめ、知恵袋をしぼらせ、金に糸目をつけずに大がかりの怪談会を催したといふ名妓ぽんたの旦那鹿島屋清兵衛にしろ、その前に世間を驚ろかした豆千代の旦那で、写真王といはれた光村大尽にしても、豪華なあそびは幾度かあつたが所詮はその人をとりまく花柳人たちなり粋人たちの、一夜を限つての饗宴

に過ぎなかつた。大正の好況時代に次々と展開された豪華演芸会が、ひろく公衆へよびかけ幾日又は十幾日にわたつての催ほしにくらべたら、ものの数ではなかつた。

一夜の会のためにばらまかれる番組の印刷もの一枚にしたつて、オフセット光沢紙刷があり、極彩数十遍の木版奉書刷があり、金泥ずりきらら刷、から押しの金版印刷など只一片の番組に莫大の費用をかけて撒きちらすといふ風だつた。

芸者なども、それまでは只新橋は新橋だけ、柳橋は柳橋だけを根城に、座敷々々の酒興の相手にしかすぎなかつたのが、演芸公開の機会にあふられて広く東京全市共通の売れつ妓ともなり、続いてカフエなどをさへ出先とするやうになつた。各土地の料理屋は勿論待合にさへ、小さければ三間、大きいのは七間の舞台がとりつけられ、舞台にあらはれるだけでお座敷をつとめる余興芸者といふ役まはりの芸者が、どこの土地にも二組や三組は出来るやうになつた。

踊りといふ踊りは皆、芝居がかりになり、どこの土地にも専属師匠があるにもかかはらず、なみなみの踊りの師匠はさしおかれて、一流の役者を招待して、特別の稽古をつけてもらふことが時の流行になつた。かうして、もと〱縁の深い役者と芸者は一層縁が深くなつた。

長い間すたれてゐた「かさね」といふ清元がある。それが復活して清元延寿太夫の地でかさねを尾上梅幸（先代）与右衛門を市村羽左衛門（先代）で歌舞伎座に上演すると、これが大当り大評判となつた。これまでは、色彩間刈豆と書いた芸題の読み方さへ知られて居なかつたものが、いろもやうちよつとかりまめと、誰れもの目で読まれるほどの流行となつた。

芝居が幾日かつづいた頃、梅幸、羽左衛門の両人を築地の待合秋月へ招待した人がある。芝居がはねてからのこと、二人は何の気なしに行つて見ると、秋月の座敷にとりつけられた舞台前に坐らされた。

やがて本式のしやぎりで、幕があくと舞台に小さいながら歌舞伎座のそれをそつくり思ひ出させるやうな木下川堤の場面で、両花道こそなけれ、山台にずらりと並んだ芸者たちの清元につれて、上下両袖から梅幸羽左衛門そつくりのかさね与右衛門があらはれ、両人の舞台癖と、せりふを生写しといふやり方で、かさねの一幕が本格的に演じられた。さすがの梅幸羽左衛門は其場に居たたまれぬほどの尻こそばゆさ、これは驚ろいたく〳〵の連続だつたといふ。一幕終つたあとで宴席がひらかれ、そこに主人公として始めてあらはれたのは、たつた今、舞台で梅幸羽左衛門の身ぶり口まねを、そつくりそのまま演じて見せた芸者、即ち、新橋の瓢たん今は藤間の師匠寿枝と秀松の両人であつたといふ。さすがの梅幸も羽左衛門もびつくりしてあいた口がふさがらなかつたとある。

日頃、顔見知りの役者を、他愛もなく、アツといはせるだけのために、これだけの趣向をした裏方の苦心と手配を費用だけで勘定しても、なみ〳〵のことでない。衣裳、道具、小道具、顔師、それがそつくり歌舞伎座の舞台のそのままか、あるいはその真似事かで手まはしをしなければならないのだ。両人の舞台ぐせを呑込んで自分のものにして了ふまでは只の器用な物真似上手だけではうまく行くものではなく、初日以来、幾日か芝居へ通つて手に入れて来たものであることはいふまでもない。

何しろ、それ程大がかりのいたづらを、二三人の芸者たちの手でやつてのける程好況時代の栄華はそこら中にくりかへされてゐた。

成金へ成金へと、男も女もつかみどりの金をほしがる気持は好況にあふられた流行心ではあつたが、戦争後の人ごころのやうに、やみぐもに金をほしがるのとはわけがちがつてゐた。使ふ為の金をほしがるので、使ふにも、只撒きちらしたり、見せびらかしたりの為の使ひ方ではなかつたらしい。

たとへば、芸者の身のまはりの好みにしても、あるものは能衣裳の古代名物裂《ぎ》れを、中通りの骨董屋道明のお蔵であさり、あるものは銀座の平野屋から手をまはさせて、勝眠、なつを、光長、一也などの彫金に四分一や赤銅の渋さを好み、あるいは伊勢由に、又はえり円に、ゆふきやにと、文化文政度の渋好みに贅をつくすことを忘れなかつた。

あそびが東京全市の広さにまたがつたのは自動車の力であり、自動車が一般に用ひられはじめたので、人々の出あしが夜更けて静まつた頃にさへも、不図思ひ立つて箱根熱海へまでハンドルを向ける事が、当り前のやうになつた。市村羽左衛門が大阪から東京までクライスラーを打とばしたのも其頃のことで、とりわけ芝居道の人々は、一日の芝居を打上げると共に岐阜あたりまでも遊女屋をあさりにゆく事がはやつた、岐阜には浅野屋といふ遊女屋があり、一夜泊りのゆきずりの客に、夏は絽の寝間着を素肌に着せ、冬はお召ちりめん、小浜ちりめんのどてらに羽二重を重ねて提供したものだ。遊女屋と一口にはいふものの、ここに抱へられた遊女は悉く芸者くづれであり、前借金四千円を以て最低としてあつた。

曾て、アメリカに輿入れしたモルガンのお雪は四万円でひかされたといふことで有名であつたが、それは、芸者一人の丸抱へ料が、おしなべて五六十円から百円程度で間に合つた日露戦争前後のことであり、それは兎も角として、所謂好況時代となつて、三四百円からせいぐ〵五六百円ほどの抱へ料で済む芸者が四千円もの借金をこしらへるまでにはよく〳〵の場数を踏まなければならなかつたし、それほど場数を踏んだ古強者であればこそ、客あしらひにも各人各箇の特長を持つてゐたであらうことに浅野屋の主人はねらひをつけたのだといふ。

岐阜の浅野屋、神戸福原の松浦、更にとんで博多柳町へと、あそびの脚はどこまでも広がり、やがて支那朝鮮へと伸びがちであつた。

尤も金の入つて来る場所も範囲がひろくなつてゐる。自動車も鉄も船も、皆神戸、大阪、横浜に入口があつたので、明治四十年頃大阪南地の名妓といはれた富田屋の八千代が予言した通り、東京と大阪は、好況時代にこそ著しく接近して、朝の特急が大阪から東京へ、そしてゆつくり歌舞伎座を見物してその晩の中に大阪へ帰つてゐられることはいふに及ばず、銀座裏で大阪風の関西料理が食べられ、道頓堀にゐてまぐろのすしや東京風の天ぷらが食べられ、冬ともなれば下の関のふぐ料理、春には岡山の鯛の浜焼が誰れの口にも入るほどになつてゐたのだ。

人々の眼は日本中に見張られ、人々の好みは多方面にひろがり、人々の好尚はいよいよ高くいよいよ広くなりすすみつつあつたのも好況時代のおかげではあつた。とはいへ、一方には誰れも〳〵が度はづれの奢りをおぼえ身のほどを忘れたのも好況時代のおかげではあつた。

菊五郎が狩猟の趣味をおぼえたと聞くと、秀調などの女形までが鴨や雉を追かけるために鉄砲をかつぎ出した。所謂成金さんたちに到つては虎をさがしに朝鮮の山野をかけめぐり、一般の人さへも、成吉思汗料理と名をつけると、大鍋の上に羊肉をかきまはして、ゆめにも見たことのない蒙古通をふりまはしたものだ。

さて、それほどに東京を景気づけた成金の金高がどのくらゐであるかは知らないが、当時日本中の株屋を慄へ上らせた株成金の石井定吉が、まんまと儲けてそつくり借金で残した金額は一億万円と聞いてゐる。

今のヤミ屋さんなら、たつた一億万円かといふかも知れぬが。

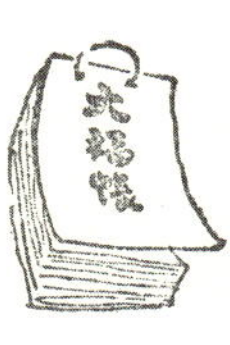

金銭出入控

米は十銭するやつこらさのサ唐米臭いのウ千代さんといふ唄が日本全国にはやりはじめたのは日清戦争が終つた頃だつた。私は小供だつたので、米の値が一升十銭に値上げして親たちがどんなに驚ろき、どんなに苦労をしたか知らない。

日清戦争のおかげで台湾が新領土になり、台湾から長つ細い米が入るには入つたが、臭くて食べられないと、親父たちのぼやくのを聞いたが、併し、臭い飯を食べさせられたことはなくて済んだ。

いくらぼやいてもこぼしてもものの値は下らぬままで日露戦争が始まりかけるところまで漕ぎつけた時、東京は、寄席繁昌の時代で、いろ物席には柳派と三遊派とが対立し、柳派は柳枝を出し、円太郎を出して音曲を売りものにする一方、三遊派は円喬円右円遊円蔵など人情ばなしと芝居ばなしで賑やかだつたし、義太夫席には先年故人になつた土佐太夫が伊達太夫といふ名で人気を占め、その前に文楽をぬけ出た朝太夫が松太郎の三味線で、美声を聞かせてくれた。さうした東京随一の大衆娯楽場の入場料だつて、六銭から四銭で入れたし、特別の顔がならんでも八銭が最高だつた。名人団十郎が五代目菊五郎と一座して歌舞伎座の大芝居だつて、入場料三十銭を上下したほどのものだ。その中で、団十郎そつくりの舞台姿と口跡を売りものに、団十郎の出しものをそのまま浅草公園でお目にかけるといふ役者が現はれ、これが木戸銭僅かに二銭とあることから二銭団州とさへ通り名が出来てゐたことは、五十年の歳月を隔てた今日でさへおぼえられてゐる。

二銭銅貨一枚あれば銭湯へもゆけるし、うどんそばでもかけかもりなら食べられ、十銭銀貨一枚持つて銭湯へゆき一日の汗を流し、かへりにそば屋へ腰かけて、もり一枚たぐりこみ、それでも銭があまるから、一本あつくしてつけておくんなといふのが、江戸つ子を売りものの職人やかしらたちのたのしみだつた。

一体、そばなり、うどんなりのかけもり一杯の値と銭湯とは同額でなければならぬとしてあつた。もりかけの値と銭湯とを合せたものが米一升の値段で、米一升を二つがけにすれば酒一升買へるといふ。さうした釣合がくづれさへしなければ、天下は太平で、万民何のわづらひもなく、鼻唄まじりにめいめいの職をたのしむことが出来るんだと、その頃の老人たちは云つてゐた。

それかあらぬか、日露戦争が終つて、更に更に物価が上り、二銭の湯銭が二銭五厘になり、三銭になり、三銭五厘になり四銭になつても、もりとかけが同じ歩調で値上げになる間、約十五年は皆がにこにことくらしてゐた事だが、大正五年頃から、急に、銭湯とうどんそばの値段にひらきが出来はじめ、新聞のおもては、政変やら社会争議やらで、だんだんにぎやかに取沙汰されはじめたものだ。爾来、三十年経つた今日、十円前後で銭湯に入れるのに、うどんそばは二十円以上出しても食べられないことを思ふと、世の中が如何に乱れてゐるか、如何に住みにくいか、そのために人心が尚ほこの上にも取乱して行くかが、成る程とうなづけるやうだ。

理屈をいふわけではないが、うどんそばのもりかけと、銭湯と米代の三幅対は、人間のくらしにとつていつも余計ものではない。いはば、それなしには此世に生きて居られないものなのだ。それなればこそ、以上の三つの律が狂つたら、世なみもくづれることになるのだが、斯程《かほど》までにくづしたそもそもの始めは、東京の町を自動車が走りまはるやうになつてからのことらしい。そして各家庭の夜を照す種油なり蠟燭が石油にかはるまでは兎も角として、これが電燈と瓦斯燈におしのけられたことから、根こそぎ狂ひはじめたものらしい。

自動車が東京の町を走りはじめた第一番はたしか銀座の明治屋の車だと聞いてゐる。つづいて何台かの自動車が入りはしたが、東京狹しと走るまでにはざつと五年の月日がすぎた大正四五年頃だつた。

元来、東京の町といふのは、安政二年の大地震で三分の二も焼き捨てられた時、時の寺社奉行安藤対馬守の大英断で大手術をしてつくり上げたままの江戸から明治へ引渡しになつたのだから、一番ひろくとつた道路でも、八間しかなかつた。槍一本はさみ筥、二列の徒士侍《かちざむらい》に露はらひをさせて、下に下にと声をかけて通る殿様のお駕籠か、中に曳かせる大八車が両側をすれちがふだけの広さがあればそれでよしとしてあつたのだ。

明治初年に、東京府知事だつた三岡八郎、改めて子爵由利公正となつた達識の人物が、銀座通りをつくる時、二十四間道路をつくらうと云ひ出したら、八方から大攻撃を受け、そんな事をしたら、お江戸八百八町が、道路ばかりになつて、人間の住むところはなくなるではないかとまで云はれ、八間道路を十二間にひろげるのでさへ、漸々《やうやう》の思ひだつたといふ、さうしたずるずるべつたりで三十年おし切つて、はじめて市区改正といふのをやつたのが、明治三十四年、昭和天皇御誕生の年だつた。皇子の御名を、みちの宮ひろひと親王と仰せ出された時、東京全市を道普請でこねまはされてゐた東京つ子たちは、なる程、市区改正に因んで、道の宮広ひと親王か、こいつあおぼえよくて好いなどと云つたものだ、とはいふものの、明治三十四年頃の役人が、いくらえらくたつて、間もなく、トラックやバスのやうな大きな図体のものが、この都市一杯を乗りまはす日が近々に迫つてゐるとは思はなかつた。

兎も角も、人間一人運ぶのに、人間の身体の百倍もの大きさの箱車が横行するとなれば生活の相場ももりかけ湯銭を標準としてゐるわけには行かない。

自動車の数が多くなり、ハイヤーだのツウリングだのタクシーだのと片仮名の呼び名が新日本語として生れる頃は、たつた三銭で行かれた距離を十円かける時もあり、三円ぐらゐまでさがる時もありして、後には空車をムダあるきさせつつ、五本の指を出して客をさがしても乗り手がないといふ時もあつた、而も今や、新橋から浅草まで何百円といふ料金になつてゐる。さてもさても大正四五年以後の三十年は、ほかの年の三百年三千年にも追つくほどの変転ぶりではある。

十円紙幣のうらに猪が印刷してあるので、明治大正の人々は十円のことをゐのししと云つてゐた。ゐのしし一枚あれば、歌舞伎座の一桝を買ひ切つて一日の食事が出来て、かへりの車賃だつて盛込むことが出来たのだ、それが一人分ではない、一桝といへば大概四人詰だつたのだから、つまり四人分の観劇費用なのだ。

一円あれば吉原へ、三円あれば芸者あそびに出かける。と云つたら、しみつたれだとも、あたじけないとも云はれるか知らぬが、明治四十年頃は、それが決してウソではなかつたのだ、吉原大火以前の吉原には、酒一本、お通しもの一皿付けて、一夜妻に添寝をしてもらふのに五銭均一といふのがあり、客はそれをさへ値切つてゐたものだ。大正になつた頃も、芳町にひそんでゐたかくし売女、即ちその頃の人は高等淫売といふ言葉を略して高淫と云つてゐた連中を、所謂其筋のお達しにより大正芸者と名づける頃になつた時、これを待合へ呼んでも三円持つて行けば足りないといふことはなかつた。尤も一流の旅館でさへ宿泊料一等二円五十銭から五円までになるのに約そ十年の年月が数へられたらうし、下宿屋の間代が畳一帖に付五十銭、御賄料四円御客膳二十銭以下と云ふことになつてゐた。尾崎紅葉没後とある故に、大正初年のことであらう、広津柳浪の家に書生をしてゐたといふ人の話に、広津家に客来があると、奥さんから四銭持たされて生菓子を買ひにやられたとある、たつた四銭の経木包みの菓子だが、それが相当の菓子器に盛られ、二つぐらゐはお駄賃に頂戴することもあつたといふ。

「柳浪さんは泉鏡花が好きだつたと見えて、大概の客はから茶で追ぱらひだつたが、鏡花さんが見えると、きまつて四銭のお菓子が出ることになつて居ました」と、その人は云ひ添える。

さて、そんな時代に、それほどの値で稼がせられる芸者はといへば、これがまた夢に夢見るやうな話だつた。

多少芸者の仕込みがあり、越後獅子ぐらゐを弾きこなせて、渋皮のむけた十五六の子を、七年年期の約束で抱へるとしても百円貸してくれる家は滅多になく、大概は三十円そこそこ、ひどいのは二十円となつてゐた。

抱へられた芸者の玉子だつて、これといふ芸を仕込むでもなし、よくよく心がけの好い姐さんが、うちで教へてやつても好いけれど、我が儘が出るといけないからと、一廉《ひとかど》の師匠にあがらせるとして、お膝つきが十銭から、せいぜい二十銭、一ヶ月のお稽古料は五十銭で埒《らち》があいたものだ。

そろそろお座敷に出してやるとして、身のまはりをつくるのにお召なら十五六円、帯もそれに近いところで間に合はせ、長襦袢やら半えりやら、あたまのもの其他小間物一切ひつくるめても七八十円あれば足りたであらう。

そこで、お座敷へ出ると、芸者一人の祝儀は一円、其中を二十銭席料にとられるので、抱へぬしへは八十銭入つて来る。外に箱屋の心付けとして十銭入るのを、これも抱へぬしが入金して了ふので、差引九十銭が抱へ主の収入であり、芸者自身へは一文の収入も入らない、尤も、芸者自身のお小使やら、身のまはり一切は抱へ主がしてやるといふことになつて居り、後に見番が出来たり、見番抱へ箱丁が出来たりするにつれて、金銭出入りの仕来りがかはりもしたが、すべての振合ひは狂つてゐない、但し、これは二等地といはれた花柳界の丸抱への芸者のことで、新橋柳橋など一等地となれば、これにつれて格が上つてゆき、一等二等に拘らず、抱へぬしによつてはもつとひどいのもあり、思ひやりのあるのもあつたことだ。

丸抱へでコツコツかせいで居る中に、都合よく何分の借金が払つてもらへて、叩き分けなり七三なりの抱へとなれば、いくらか小使ひの自由も利くかはり、やりくりの苦しさも伴つて来るので、兎もあれ、はたで見るやうな楽な稼業ではなかつた。尤も特別祝儀といふ稼ぎがあるにはあり客の方でも、芸者のふところの苦しさを知つて、何分の心付けを、おきまり以外に握らせることがあつたとしても、掟の上では、一切の入金を抱へ主へ差出すべしとなつてゐるので、隠しておくことが出来なかつた。

ある芸者が家の格子を拭いてゐると通りかかつた顔見知りの客に十銭銀貨一枚もらつた、丸抱へ君はうれしくつてうれしくつて、姐さんに見つからないやう、取落さないやうと、苦心惨憺でかくし、こつそり内箱にあづけておいた。

「二人きりになつた時、大正焼を買つて食べようね」

芸者と内箱はむづむづするほど其時の来るのをたのしみにしてゐたが、其時といふのがなかなか来ない、いつもいつも姐さんが長火鉢の前に頑張つてゐるからだ。一銭たりとも隠し銭をしてはならない、お座敷ではなるべくお品をつくつて、ガツガツしてはいけない、そのくせ、内に居たつて、沾《うる》ほひのある食事にありつけるのではないのだから、丸抱へである中は、只もう、間食ひの機会がほしくてほしくてたまらないのだつた。

其中《そのうち》、好いあんばいに、お姐さん、お出かけの機会が来た。

「行つてらつしやいまし」

玄関へ送り出した内箱と丸抱へは、今こそと隠しておいた十銭で、大福餅だか、大正焼だかを買ひ込み、台どころのすみで、にこにこしながら食べはじめた。とたんに、格子戸ががらりと開いて、まだなかなか帰らない筈の姐さんが帰つて来た。

さあ大変と、折角の御馳走をつかんで丸抱へ君は雪隠へとび込んだが内箱は玄関へ出迎へなければならず、姐さんに何を云ひかけられても、口は動かせず、首一つをタテに振るか横にふるかでどうやら口の中のものを丸呑みにした頃、姐さんは再び外出したので、ちよいと、どこに居るのよ、もう好いから出ていらつしやいと相手を呼ぶ。

「ああ怖かつた、でも、たうとうごまかしたわ、さあ、もう好いから食べませうよ」

内箱が云つても丸抱へ君はつまらなさうに黙つてゐる。

「だつて、夢中ではばかりへ入つたんだけど、お姐さんがもし出ろと仰やつたらバレちやふから……」

惜しいけど下へ落しちやつたといふのだ。

「あんたは馬鹿ね、そいぢやあたしのをあげるわ」

賢こそうに台所の棚へ乗せてかぶせておいた笊をとりのけると、間一髪を入れぬ間に、鼠どのだか猫どのだかが、ひつかきまはし、あら方流しもとのどぶへ残骸をさらしてゐたといふ。あはれや二人の可愛い娘たちはしくしく泣いたとある。たった十銭の銀貨にさへそれほどの尊さがあつた時代もあるのだ。

今昔 言葉の泉

戦争が済んで三年この方、ストライキといふ言葉が大層繁昌した。流行言葉も時の波には勝てぬものと見えて、ストの二字だけで間に合せてゐるところが殊勝らしいといへばいへるやうなものの、何しろこれは新日本語の随一であつたらう、今を去ること五十年前、熊本の二本木に東雲《しののめ》楼といふ遊女屋があり、そこの遊女たちが楼主に反抗して一斉休業をした時、はじめてストライキといふ異国の言葉をつかつた。そのことが、あまりにも珍らしいので、はやり唄が出来て、「しののめの、ストライキ、さりとはつらいね」と誰れが唄ふともなく唄ひ出したのが、忽ち日本中に広まり、東京一番のはやり唄になつたことがある。自ら、英国人なりと称して当時東京の寄席の人気ものだつたジヨンペールなどは、尤も得意とする唄で、如何にも舌足らずの片言まじりで、しののめのィ、シュトライキィ、しやりとは、つらいねと唄つたあとへ、てなことォおつしやりましたねとくつつけたのが、自然、東京新語になり、日常の挨拶にまで、何か云つたあとへ、てなこと仰やいますとか、仰やいましたとか、云ひ添えて、エヘヘヘと笑ひ消したものだつた。

その時分から、はやりすたつてゆく東京はやり言葉の数々を此辺で記録して見よう。

てなことを東京にはやらせたジヨンペールといふのは、実は英国人でも何でもなく、長崎に上陸したマドロスが、長崎の女に生ませつぱなし育てさせた混血児で、二十歳ぐらゐから四五年の間長崎県立中学の小使をつとめた揚句、どこをどうたぐりよせてか、上京して寄席の世話人の手におちつき、折から、矢張り変り種の人情ばなしで名を売つてゐた石井ブラック老人の後詰になつたのが当つた、といふわけで、到頭引退まで化けの皮はあらはれずに済んだものだ。

既に五十年以前の流行言葉が、今更、全日本を占領するほどむしかへされようとは、さすがのジヨンペール君にも判るまい。

ストライキが、てなことに置きかへられた時分に東京へ流れ出た新語は、何て間が好いんでせうといふのだつた。これもはやり唄のはやし言葉がもとで、いやだくハイカラさんはいやだ、あたまの真中にさざえの壺焼何て間が好いんでせうと唄つたのが、真面目な挨拶のおしまひにまでついて、専ら、下町つ児が使つた、さて同じ頃本郷神田の学生たちは、しきりにデカンシヨを唄ひ、筑前薩摩の琵琶歌をうたひ、うたつたあとで、チエーストと叫び、ステキと悦ぶ言葉ぐせがあり、学校を無断欠席することをエスすると云ひなれてゐたものだ。

ついでながら、デカンシヨといふのはデカルトにカントにシヨーペンハウエル以上三人の哲学者の名がしらを並べたものだとか、もとの起りは本郷大学の学生なにがしが云ひ出した皮肉だと出どころを聞いてみれば、デカンシヨ、デカンシヨで半年あくらし、あとの半年あ寝てくらすの唄の意味に納得がいく。

一般人がストライキを只の口ぐせにもてあそぶ時代は、所詮、何て間が好い世の中であつたことか、東京の人口の半数を占めるほどの学生だつて、琵琶唄と詩吟でさつま下駄をがたつかせ、時として寄席の女義太夫の人力車のあとおしをして、どうするどうすると下足札を莨盆へ叩きつけることを、唯一のたのしみとする頃までは平穏無事に、焼いもをカステラとして頬張ることに満足したものだが、一年四回の芝居が毎月興行になり、活動写真常設館といふものが出来て、それが活動と呼びかへるようになり、シネマとよびかへたり映画となり、トーキーとなり、活弁が説明士となつたりすることになると、社会学の勉強課目がいそがしくなつて、学校など、はじめから行かれないので、自然、エスするといふこともなくなつて了つた。

さうしたせちがらくなりかけた東京に突如としてあらはれた新語は「出歯亀」で

ある。

ところは西大久保の淋しい家と家との狭い空地に、ある朝、婦人が一人殺されてゐた、幸田といふ音楽家でお湯のかへりを何ものにかはづかしめられてついでに殺されたものとまでは判つたが、さて下手人の手がかりがない、第二第三の被害者があらはれる心配があつて、東西大久保戸塚牛込へかけての一帯は日が暮れると共に人の足音も話し声も聞かぬほどの淋れ方で、気の弱い人はどんどん引越しをしたくらゐの有様で、警察へ対する非難はがうがうたるものであつた。

幾日か幾十日かが不安のままですぎた後、何十人かつかまつた容疑者（其頃は嫌疑者と云つた）の中から池田亀太郎といふ植木職人が加害者ときめつけられ、到頭、暗いところへぶちこまれたものだ。この職人、即ち、出歯であるために、出歯亀で通つてゐたといふので、以来、不しだらな事をしたり、女をいぢめる男のことを出歯亀といひならはし、出歯る、出歯られると四段活用の通り言葉が東京中にはやること約そ十年にも及んだらう。

これとても、言葉のはやる勢ひの方が強くて、事実池田亀太郎氏にとつては甚だ気の毒な次第であつたのだ。

なるほど池田亀太郎さんには疑がはれるやうなくせがあることはあつた。いつもいつも女湯をのぞいて自分だけのたのしみをするといふくせで、大久保界隈だれ知らぬものもなく、本人もそのことを隠さうともせぬくらゐ、通行人に見とがめられれば、へへへと笑つてお辞儀をするくらゐのもので、通称をカキ亀と云つたさうだ、出歯亀といふ呼び名は警察で勝手につけたので、だから、幸田婦人の下手人でないことは確かだつた。

証拠をそろへても、平沢何某一人に翻弄されて、一年あまりも黒白のつけられぬほどむつかしい世の中とはちがつて、いつまでも判らないでは警察の沽券にかかはるから、亀さんには気の毒だが、片付いてもらはうぢやないかと、お役向の御威光で、亀さんを暗がりへおしこみ、徳利に目鼻を書いたお化けを見せたり、さあ云へさあ云へとくすぐつたりして恐れ入りましたを云はせて了つたのだといふのが真相だとある。

内情を知つた新聞記者が十人ばかり警察へおしかけ其非を鳴らしたら、署長どの、威丈高になつて、大久保二ケ村の繁栄と警察の威信をつりかへに植木職人一人ぐらゐ犠牲にするのは止むを得んことぢやとはねつけた事実もある。

徳川時代の話ではない。正に明治聖代も四十幾年、やがて大正の御代が近づきかけた頃のことで、浅草公園はもとより、東京中にヂンタの楽隊が、いともゆるやかに文化を奏しはじめてゐる頃のことだ。

ヂンタといへば、これはやはり言葉から話が外れるが、日本国に通用する日本製洋楽である、若かりし頃の山田耕筰氏がモスコーでロシヤ人に聞かせたら驚嘆した上に、どう真似てもあちらの人たちにはそれが出来なかつたとかいふ挿話がある。

活動写真と活弁と九段の見せものには、常住つきものの名曲で、大山馬鹿大将、染井三郎、駒田光洋などの名と共に、欠くべからざる音楽、ではない楽隊で、「春や春、春南方のローマンス！」など朗詠調子の生駒雷遊が東京人になじむ時分まで東京新語の代役をつとめたともいへる。

かうして明治が大正となると、目ざましくもはやつてはすたりはやつてはすたる新語の数に、東京人は応接のいとまもない。まづ以てあらはれたのが、サボタージ、カモフラージ、とんでもないところへくつつけるトテモ、テンデ、ガゼンなどの副詞から、プロレタリアにブルジョア、モボとモガの銀ブラに、ガード下のルンペン、シヤンにウンシヤン、エロとグロをふりまはす矢先に、クララボーの映画が人気をさらふにつけて、イットといふ言葉を東京人も東京語としてつかふほどになつた。

銀座の柳、いよ〳〵茂るほどに、カフエとダンスと拳闘から流れ出た言葉は、情人といふところを彼氏、お職といふ位置の女がナンバーワン、グロッキーにノックダウンなどはも一つ進化して、乳くさい女の子までが、四十男をつかまへてノシちやふぞとまでさへづつたものだ。

かうなると、明治遺物のやうにあつかはれがちの芸者お酌に到るまで、負けない気になつて、二言目には失礼しちやふわとはねかへし、いけすかないで片づけ、ちやつかりした根性になつたり、どうかと思ふでしらばつくれたり、も一つ簡略に、チエッと舌をならして客を尻目にかけるやうになつた。人権の発達、女人の進出、どうしてどうして目ざましいものであつた。

大正昭和へかけて、女給やダンサーやモボたちの間で、頻々と湧き出る新語の泉と平行しても一つ拍車をかけたのは若い文壇人と漫談家の一味、中にも大辻司郎など、著しい足跡を残してゐよう。

猿はましらの如くとか、人の流れと水の身はとか、白い白紙がどうとかしてとか、判り切つたあたり前のことを尤も当り前にしやべりまくるだけのことだが、大辻司郎独特の声で弁じたてると、ブリツキの上に真鍮の鈴をころがすやうに冴えわたつて東京人たちは共鳴のともなりを感じたものだ。

文士の中で、新語の生みの親として尤もすぐれた人物は新派劇の作者として冴えた腕を持つてゐた瀬戸英一であつたらう。女に惚れることを字音のままにコッといひ、女を我が手に入れることを願ふの字音で、ガンするといひ、新橋をニイケウ、赤坂をセキハン、吉原の吉の字を二つに割つてトロゲンといふあて読みをはじめて、あそびに耽ることを御乱行、余分の金をはき出すことを豪遊といつたりしたのが、瀬戸英一没後にまでも、ややしばし花柳界の通語として残つたものだ。文化文政時代の粋人たちが、人の名をかしら字だけで呼びなれたこと、即ち、伊藤さんならイーさん、橋本さんならハーさんといふ呼び方を大正の半頃から戦争中へかけてまざまざと復活させたのも瀬戸英一ではなかつたか、瀬戸英一しきりに新語を製造して、花柳章太郎氏これをさかんにはやらせたともいへよう。

大正の大震災が起る直前にはやつたストトン節など、花柳章太郎氏の一行が九州を巡業して長崎県島原に入つた時、不図耳にしたのがストトン節である。あれは島原在の機織唄であつたとやら、こいつは面白い、おぼえてかへつて東京人をけむにまいてやらうぢやないかと企んでわざと仰々しい勿体をつけ、新橋の宴会で合唱した。これを聞いた芸者たち、折からの不景気に何をがな気分転換の言葉をとさがして居つた矢先だつたので、早速口うつしにうつしてもらつたり、三味線の手をつけたりして唄つたのが、忽ち東京中にひろがつたのは好いが、如何にもあはれを含んだ唄の調子は、どうやら天に通じ地に浸み込んだものか、あの通りの大地震をさそひ出したものだ。

映画人も文人や漫談家に負けず劣らぬ新語をつくり出すらしいが、わりに東京語にはなりにくいらしい。春ともなればとか、もののあはれとか、雅文めかしたものいひをするだけのことで、けばけばしさが足りないせいかも知れない。

雅語につれて、かつちけねえといふ元禄言葉がどうやら復活しかかつたり。憂鬱などむつかしい云ひ方が無造作に若い芸者の間につかはれるのも昭和以後のはやりではあるが、そのくせ小股がきれあがつたといふ生粋の東京語は少しもすたらないくせに、その意味と言葉の出どころを知つた人が、殆んど見あたらない。

ついに先頃もお歴々の文壇人たちが、この言葉について語意語源を論じてゐたらしかつたがてんで成つてゐなかつた。

小股といふのを肉体の太股として考へるから判らないのだ、歩度と解説すればすぐに納得が行く筈、あの言葉は吉原から出た言葉で売出しの花魁が道中をするのに、まづ内八文字を踏みます、幾月か踏む中に売れ高が増してお職を張るほどになつたとする、即ちダンサーでいへばナンバーワンの席につくわけで、そこまでゆくと道中も外八文字となる、花魁も外八文字が踏めるほどになれば立居振舞がいとどもの慣れて、少しはかけ出しても、大またのあるき方をしても取乱した姿にはならない、これ即ち小またが切れ上つたといふ形容のあてはまる女つぷりになれたことで、小きざみのいそぎあしが、軽々として而も風情のあることと思へばまちがひはない。

かう説明しても、そもそも、外八文字、内八文字といふあるき方を、東京では見るよしもなく、芝居にのみ残つた六方といふ男のあるき方でさへ、本六方を踏める役者が、数へるほどもなくなつた今となつては、今更小またのきれ上つた女と、言葉にのこるのが蓋《けだ》し奇蹟ともいへよう、洋装をして大またに一メートルづつも足を踏んばる女たちは、それこそ大またのまくれ上つたといふくらゐに形容しなければ納得のいかぬ時代だ。

大正の好況時代に、さてもさても新語の濫出したことよ、と共に、終戦後の東京もまたそれに劣らぬ新語の湧き出る物凄さだが、たばこのモクがスモークであつたり、有楽町のラク町、上野をひつくりかへしてノガミといつたり、池袋のおしりだけとつてブクロといつたりを数へて見るとあまりにも智恵のない口汚なさ、而も、斯様に続々と発生する汚ない言葉を、尤も多く尤も普通に常用してゐるのが、十から十四五の子供であるに到つては、ああ、のろはしきかな戦後東京の言葉の泉よ。

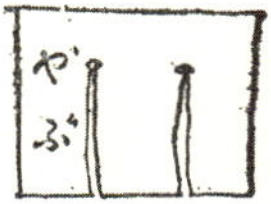

名物 そばと鮨

江戸つ子は何ごとをするにも江戸つ子らしさを自慢する。そこで江戸住居をしてゐる地方人も、自然、江戸つ子ぶりたがる。らしくとぶるのとがからみ合つて江戸から東京への風俗が出来上り、そば一つ食べるにも、食べるといはず、すするといはず「たぐる」といふテクニックを用ひ、すしだつてつまむといふ言葉で江戸らしさをつくり上げる、それほどのそばとすしだから東京名物として日本中に浮び上つて来る。

むかし南新堀に住んで居つたので南新二といひ又の名京の藁兵衛本名は堀野文録といふ江戸つ子の書いた江戸小ばなしに、こんな話がある。

何ごとにも古事記を述べ立て、何事にも江戸つ子をふりまはす江戸つ子があつた。そもそもそばは江戸つ子の食ひものにしてと、朝に晩にそばをたぐりたがるのは好いが、其の都度、そばのたぐり方について一席弁じなければ納まらなかつた。そばはざるに限る、箸先につつかけてさら〳〵とたぐり、そばの尻尾にほんの一寸か二寸、おつゆを舐めさせてツルツルとたぐりこむ、さうしなければそばの香りが判らねえ、そばは香りを味はふんだ、おつゆの中へざぶざぶかきまはして食つたらそばが泣くよと講釈するのがおきまりだつた。さて、此男が病気になり、明日までは保つまいといふので、友だちが見舞にゆき、何ぞ思ひ残しか云ひ残しはねえかと云つたら、件の江戸つ子、いまはの息をホツとついて、此世の思ひ出にたつた一度で好いからそばにおつゆをざんぶりつけて食べたい。もう一つこんな実話がある。

もりはおつゆがまづい、ざるは海苔のあぶり方が気に入らない、太打のそばに玉をつけて持つて来てくんねえとものものしい注文をした江戸つ子がある。

やがて注文通りに品物がそろふと、ねえ平山君、君はゐなかの人だから知るまいが、こいつはそばの一等旨い食ひ方なんだから、おぼえておきたまへと一演説あつて、ぎよく即ち玉子をポンと割り、太打のそばの上へぽとりと落し、割箸を前歯で割いて（割箸を指で割るのは野暮でげす、こいつは前歯で割くに限りやすと注釈つきで）太打の上の玉子を箸さばき美くしく、さらさらとせいろうの上で引かきまはした、さて其儘にして又一講釈、ねえ君、そばは御覧の通り竹の簀の子に盛つてある、簀の子の下は底なしだが、これほどかきまはしても、玉子のねばりをそばが軽く吸ひとつて一滴も畳に玉子がこぼれないところがそばの値打なんだよと、いひさま、せいろうを持上げると、無惨や、聞き分けのない玉子め、たらたらと簀の子にぶら下り、畳の上は赤ちゃんの何やらを叩きつけたやうになつてゐた。その時の江戸つ子氏、アツと云つたまま、そばを睨みつけ、親方、このそばはうどん粉を交ぜなすつたね、そば粉ばかりにしてくれればよかつたのに。

其時そばやの親方、につこり笑つて、相済みません、これから気をつけますと、それつきりで丁寧にあと片付けをし、決して、ウドン粉なしでそばが打てますかなどとは云はなかつた。

それから十年も経つて、偶然そばやの親方に逢つたので、ああいふ食べ方もあるんですかと聞いたら、あるにはありますが、細打のそばでなければいけません、そして玉子も黄身だけをまぶすんですが、どつちかといふと、見世で出してくれるやうにして召上つた方が間違ひはありませんよとあつた、神田連雀町のやぶそばでの話だ。

やぶの本家が団子坂にあつたのは団子坂は菊人形盛んなりし頃であらう、其頃はやぶと更科と砂場がそばやの通り名であり、山の手下町のきらひなく、以上三つの看板は東京中随処にあがつて名物を競つたものだ。

更科の本家はたしか麻布にあつた、やぶにしろ、更科にしろ、看板の古い家の見世がまへは中庭をめぐつて廊下をめぐらしたやうな仕かけにきまつてゐた、そばは腰かけて食べるを本格と東京人はきめてゐたらしい。畳にあがりこむのは女づれの人に限られた時代もある。銭湯のかへりに、手拭しやぼんを持つたまま、すべりこむやうにそばやへ入りざま、ひよいと斜め腰に店先へ腰をかけ、オウ姐さん、ざる一たのむぜ、と呼んだあとで、一本つけてくんねえとにつこり笑つて見せる。かうした意気の軽さに合はせてそばやの見世がまへが出来たのかも知れない。

明治も日露戦争を終つた頃から、東京の夜の町にはチヤルメラの音が悲しく響きはじめた、チヤアシウ麺とかワンタン麺とかラア麺とか油つぽいのが、鍋やきうどんや、風鈴そばやを追払つて、そばやの見世の中へ天どんと共に割り込むやら、折角、意気なあんちやんの腰かけぶりも台なしに怪しげな円てえぶるや、半こはれの椅子席が、やぶそばの看板の家にさへ据ゑつけられるやうになつたのだ。

さうなると、不忍池のほとりに蓮月尼がはじめた蓮月の太打そばだつて滅多に食べられなくなり、浅草あたりの尾張屋、万盛庵などざるよりも天ぷらそばに力瘤を入れるやうになつた。

東村山の貯水池のほとりに只一軒、すばらしいそばやが出来たのは、東京市中のそばやがあら方焼売《シウマイ》とチヤアシウ麺に占領されかけた大正末期のことだからすばらしい。

それは只一軒の掛茶屋だつた。たまにしか現はれない貯水池散歩の客を相手に見世で手打そばの看板を目あてに頼みますと客がいへば、池のまはりを散歩してもどりに寄つて下さいましと言葉少なにいひ、三十分経つてゆくと、ヘイお待ち遠さまといふ仕かけだつたが、そしていつでもかをりの高いそばだつたが、戦争といふ魔ものが、奥多摩鳩の巣の名物そばと共になごりなくぶちこはして了つたらしい。

よしだ屋といふ風がはりなそばやが新橋に一軒、浜町に一軒、それから日本橋に一軒といふ風に小綺麗な座敷をかまへてゐた。ここへあがる客はきまつて芸者をつれた落ちつきの好い客で、芝居のかへりか寄席のかへりか、あるいは遠出の逢ひもどりにしばしの別れ際をたのしむかといふ風の人柄、よしんば酒が出ても声高な声を出すやうなことはない人たちだつた。やがて、数寄屋橋の更科もうつりかはる東京新人向のそばといふのがいろ〳〵工夫されたし、揚句の果にはもりそばを西洋皿に盛つて来るやうな時代までがめぐつて来て、到頭、そばもウドンも貴重品となり下る乱世に落込んで了つたのだ。

江戸つ子の画家で、日本一のそば好きと自任してゐた柴田是真《ぜしん》が生きてゐたら、どんなに泣くことであらう。是真のそば好きといふことは割に知る人が少ない。ある時、雑司ケ谷へ行き鬼子母神のほとりのそばやへ入ると、生憎三人づれの是真一行に、せいろうが三枚しか用意されてゐなかつた、と聞いた是真は、いきなり箸をなめて、なめた箸先で、三枚のざるを片はしからつついた、おつれの二人が呆然としてゐるのを尻目にかけ、落ちつきはらつて三枚を自分一人で平げたといふ。

どんなところでどんなに大事にされても、あつしや職人でござんすからと、生涯座蒲団を敷かなかつたなど謙虚な柴田是真にもさうした半面があつたのだ。

東京からそばがなくなることざつと十年一杯十六文ときまつてゐたそばが、百円二百円のすばらしい値だんで、兎も角も復活しかけたらしいが、そばたぐりに通をならべる人もなく、一切を新規まき直しにしたそば通の東京人が出来るのは、さて何年先のことか。

そばの出直しにくらべると、鮨は思ひの外東京人との縁が切れず、米さへ持つてゆけば終戦前後の険しい頃でも、どうやら鮨にしてはもらへたのだから。

すしはそばにも増して文句が多く異名が多い、ヅケ、中とろ、とろ、木肌、青いの、赤いの鉄火巻等々、とてもとても覚えられさうもない通語が屋台に連発され、銭を払つてお辞儀をされる筈の客が、どうかすると盤台向ふから権《けん》つくを食つたりせせら笑ひをされたりするのだから凄まじい。

三越本店の前横丁あたりに宵の口の小時間だけ屋台を出してゐた叔父さんのすしやなど、洋服を着た姿で首をつつ込まうものなら、お前さんの召上るのは河岸つぷちの屋台に行かなけあありませんよ、手前どものは本もののすしですからねと空うそぶくものもあつたし、さうした剣呑みを食はせるのは未だしも、入つて来た客をぢろりと尻目にかけて、宮様の御殿の御注文で今夜は一杯だなど威張りちらすことに自慢を持つてゐた尊大ぶりもあつた。

にぎりしめる飯のことをさへ、舎利といはなければ笑はれさうだとあるのは、併し、実は大正半ば頃から、通語をいふ方が間違つてゐる場合がありはじめた、たとへば、すしにつける醤油で、むらさきといふよび方をするのは鮨の場合にだけ限られてゐるのに、漬物に用ひても鍋にぶちこむ味付けの醤油をさへ、むらさきといひならはしてゐる今となつては、うつかり通語らしいことはいはぬ方が無事らしい。

江戸以来の両国与兵衛ずしの倅さんが、本家をはなれて、理想的のすしを造らうと、神田に花家といふのれんをあげた頃、それは大正の好況時代であつたらう、その時分から、すしといふものの、つけ方が真剣に考へられたやうだ、それ以前のすしは、東京名物とはいへ、芝居小屋へ入つて、菓子と弁当とのあとへつけ出された鮨、即ち合せてカベスといつたすしを標準に、どつちかといふと、口さびしさの腹つぷさぎが目あてのつくり方だつた。売れても売れなくても本格のすしをと値段かまはずに作つた花やのすしが、まんまと失敗し、折角の思ひ立ちを抛つて俳諧師になつたのが即ち小泉迂外宗匠である。

舎利を小さくにぎり、分厚に切つたまぐろにサビ即ちわさびの本場ものを充分に利かしていくら手際よくにぎつても、無造作にひつつかんで、所謂むらさきの中でこねまはされることがいやになつたともいはず、只黙つてすしやを忘れて了つたところ、さすが江戸前のすしやさんの血を引いた人柄が見える。

左りの手に子をひろげ、右の手に飯をつかんで両手を合せた時には、飯粒が一粒ならびに竪《たて》にならんで程よく一口に頬張れるほどのすしが出来るのださうだ、あんまり手際がよいので、あの親方をまごつかせ、にぎる方が勝つか、食ふ方が勝つかためしてやらうなど申し合せて四人か五人一度に屋台へおしかけた田舎書生があつた。さうした罪のないいたづら心を持つた若者は、どうせ明治時代でなければないことだ。

親方、僕たちが五人で食ふのと親方のにぎるのと競争して見ようといへば、親方、につこり笑つて、やつて御覧なさい、もしおいらがにぎり負けたら、すしの代は棒引にしますと云つたので、さあ面白い、食ふわ、にぎるわ、にぎるわ、食ふわ、ああくたびれた、もう食へないと悲鳴をあげたのは五人組の方だ。

待て待て、一応僕たちの負けとしておくが食べた数は親方判るまい、それが判らなければ親方だつて本当の勝ちぢやないよと、書生の一人が急所を突いたつもりでいへば、親方落ちつきはらつて、お気の毒さま、わが手でにぎつた鮨の数はおぼえて居ります、盤台に食ひ残したのを差引けば、お前さんたちの口へ入つたのは判るでせうとあつた。

飯粒を一つづつ台のうしろにくつつけて数を読むんだなど、賢こさうにいふ江戸つ子もあるが、本当は飯桶に盛つた飯を見ただけで、これで幾つにぎれると見当がつき、子にする肴も見当に合せて切るのだから、にぎる前に数はちやんと判つてゐるのださうだ。さうしたところに、この道の職人の腕はきまつてゐる。

飯と子をさらけ出しにぎりつぷりを見せておいて、つけ立てを食べてもらふところに鮨職人のねらひどころはあるので、自然、東京名物のすしやは大道へ屋台をつき出して客なじみを持つことになる。だから、東京中にそれぞれ特色のあるすしやの屋台が出来、それぞれひいきののれんへ首をつつこむ定連も出来るといふものだ。

明治の間は重に日本橋の河岸に添つてずらりと並び、すしらしいすしを食べたければ、どうしても魚河岸へ行かなければならなかつた。やがてそれが、神田の学生町に一流れ屋台を並べて学生に親しまれ、浅草の池のほとりに並んで地まはりと吉原あそびの東京人を引よせ、つづいて大正に入つて銀座の横丁に特殊なすし屋台が出来た、まづ以て神田の屋台にすしの味を味はつた学生たちが銀座の横丁で仕上げをする頃には世間的にも立派な位置を占めるといふ順序で、昭和初年頃に日本国の国政をあづかつたり、経済界を背負つたり、大学の大先生だつたりした人たちは大概東京名物屋台のすしの大通といはれる人たちばかりであつた。

順序として、この人たちが花柳界のお客さまでもあつたので、大正の好況時代から昭和へかけて花柳界に、お座敷向のすしがぐんぐんと上物になつて来る。

すしやの職人だつてこのまぐろで何十人分とれていくらの儲けになると銭勘定ばかりしてはゐられず、玉子の焼き方にすしの旨味を強め、海苔のあぶり方はすしの香りを活かすところまで止むに止まれぬ研究が積んだのであらう、もともと産物のない東京に盛り上つてゆく名物だから名物のコツは結局其道の人の腕の冴えといふところに落付くのだ。

お好み甘味尽

昭和二十四年の春、天皇さまが辰野隆《ゆたか》、徳川夢声、サトウハチロウの三氏を御引見になつた時、三人がどんなお話を申し上げたか、それを聞かせてやらうかと夢声さんが云つた、生物学の大家として世界に知られた天皇さまと、雑学漫談の三大家との間に交された話題だから、約そ見当がつかない、是非伺ひませうと云つたら、夢声さん、一例をサトウハチロウ氏の談話によつて示しませうとあつた。

銀座の木村屋が繁昌して木村屋の餡パンを東京中の人が食べたがりもし、安いから調宝がりもしてゐた時分の話とあるから、昭和も初年か、大正の半ば頃の、お米の値段など知らない時代のことだらう、餡パン三つを一口に頬張つて食べられるか賭をしようといふのだ、その時ハチロウ君ためらひもせず、食べられると答へ、早速餡パンがとりよせられた。

ざつと五寸直径の餡パンを而も三つ、いくらサトウさんの口が大きくても、これは入るまいと思ふと、悠揚迫らず、サトウさんはまづバンドをゆるめカラーを外したさうだ、三つの餡パンを両手にはさんで、ギユウとひしやいで一かたまりにおしつぶした、おしつぶしても三つの餡パンだから相当の大きさだつたらしい。

それを卓子の上へおき、今度は両手を自分の腮《あぎと》へあてると見えたが、がくりとこづくとサトウさんの腮はバツクリぶらさがつて、口が洞穴のやうにひろがつたといふ、そのままの態勢で、餡パンのかたまりを口中へポンと投げこみ、それから腮をもとの通りにはめモクモクと咬みつぶしつつ、天晴れものの美事に飲み込んで了つた。

話はこれだけだが、天皇さまの笑ひは当分とまらなかつたさうだ。長年、おそばにおつきしてゐるけれど、あれほどの高声で、あんなに長時間を笑ひ倒れあそばした天皇をお見上げ申したことはなかつたと、その時、陪席してゐた役人は云つたさうだ。

なるほどこんな他愛もない話を天皇のお耳に入れる人は只の一人もなかつたに相違ない、少年時代から御学友にしても人を選んで、おしつけられ、宮中といふ箱の中でおし片付けられたまま御成人あそばしたのだから。

それはさておき、戦争以来、ざつと五年あまり日本人は砂糖の縁をたち切られた、済んで見ればたつた五年の年月だが、砂糖つ気のない日本の、とりわけ東京人の生活の如何に殺風景であつたことよ。

久しぶりに砂糖が入つて、昔の通りのお菓子が出来るやうになりましたと誰れも誰れもが笑ひ顔をしはじめたが、まだ〳〵本ものは少ない、あんこの入つたワッフル、にがみの残る金つば、おいもの交つた栗まんじう、甘くも何ともない飴など、それでも外がはだけはむかしの通りの菓子が店々にならべられるにつけ、それからそれと五七年忘れてゐた東京名物の甘味の名と、それにつれての挿話が思ひ出される。

一体東京人へ提供された甘いものは大概江戸伝来のものが多かつた、将軍家へ差上げる点心、たとへば船橋織江守とか何々何某との大掾《だいじょう》とか重々しいおくらゐを看板に許され一子相伝の秘法や、他言無用の調味法で重々しく調進される珍菓名菓の類がそのまま、人民どもに解放されたもの、江戸中にお邸を与へられた諸国大小名の故郷からうつして江戸詰の家中たちが故郷の思ひ出を偲びつづけた菓子との外に、町人たちの間でつくりあげられた名物ものや工夫ものなどが、広い八百八町に根を下し、ひつくるめて東京人に親しみつづけて来た、そこへ明治末期頃から出現したのが西洋風の菓子であり、も一つ日清戦争に刺戟されて支那菓子が出来はじめたといふ風に、うつりかはつてゐる。

かうした来歴はどうあらうとも、兎もあれ東京の人は甘いものがお好きだ、甘いものをとりあげられた東京人が、一斉にふくれ面になり、尖り声になつたことに無理もないと同時に、曲りなりにもむかしの姿の甘いものが五年ぶりに出かかると共に、御機嫌のよさをとりもどしはじめる矢先、サトウハチロウさんが天皇さまに一世一代の笑ひ声をさそひ出したことは、他愛もないとか、バカバカしい話として聞流しの出来ぬことだ、見事に三個のアンパンを一口に頬ばつて五円の賞金をせしめたサトウさんの得意さより天皇さまにあれほどの笑ひ声をおさそひすることになつた功績こそ正に文化勲章に値ひするといつてもよささうだ。

甘いものに食ひつくらはつきもので、近頃は大福もち全盛の時代に入つてゐるらしい、十二個の大福を何分とやらで食ひつくしたら一万円もらへるとか、二十四箇食ひ放題とか、かうした催しは、蓋《けだ》し今始まつたことではなく、昔の東京人も長い間やりつづけてゐる。

銀座に十二ケ月といふ汁粉やが出来たのは明治も中期の頃だつた、十二ケ月といふ屋号の通りに正月から師走までの十二通りの甘いものを品書にならべ、十二種そつくりを次から次としづくも残さず食べつくしたお客さまには反物一反おみやげに進上した上に、お代はいただきませんと書上げて、人気をとる種にし、随分繁昌しつづけること三四十年にも及んだ。

十二ケ月につづいて銀座の甘いもので人気をとつた売出し方は新橋際の青柳の金つばだ、毎朝七時とかまでに来たお客百人とやらには特別サービスとして割引をするとか、お景物をつけるとかいふので、夜の明けない中から店先に行列が出来、定めの時間を十分でもすぎると、本日きんつば売切れのさげビラが出たといふ、鍋町の風月にシユウクリームが始めて出たのは明治四十年だつたらう、シユウクリームの前はワツフルの時代があつた、本郷一高のほとりにあつたパラダイスや三丁目の青木堂は、角帽と白筋帽の学生さんでいつもいつも一杯だつた、現代の名士諸君で青木堂パラダイスのワツフルはじめ洋菓子を、その頃口にしなかつた人は一人もないと云つても云ひすぎではない。

青木堂の人気とともに本郷で名を売つたのは藤むらの羊羹、後に赤坂の虎屋が出来て羊羹なら虎屋といはれ、あんまり繁昌したので、右翼の壮士からたたきつけられようとしたこともあつた、あれは虎屋の屋根から皇居が見えるとかの不敬をいひたてにしたためであつたが。

藤むらの羊羹は、甘いもの好きの尾崎紅葉が小説の中に好んで書きこんでゐる、小栗風葉、柳川春葉なども、紅葉にならつてそれを書いた、紅葉が書いた甘いものやは、も一つ下谷の岡埜《おかの》があつた。

「縁の下谷のきんつばの餡がなめてえ」といふ駄洒落が紅葉のどの小説かに書込んであり、これを名洒落だと批評した名評論家もあつた。

岡埜は東京中に幾つかの分家があつた、岡埜と殊更に埜の字をつかつたことに由緒があつたらしい、紅谷岡埜といふ風に上へかぶせてもあつた、栄太楼の甘納豆に梅ぼしあめは明治大正を通じて、東京みやげの随一としてあつた、京橋の風月、雷門の船橋、石町の金沢、竹川町の点心堂、外神田の林堂、下谷の三橋堂、飯倉の阿波屋、青物町の茗荷屋、南佐柄木町の大和家、森下の村田、芝口のかにや、長谷川町の百花園、麹町と本町の鈴木、大伝馬町のかめや、檜物町の野村、蔵前の松屋等々、どの店も老舗で明治初年の菓子屋番付には必らず数へあげられてゐる。

大門通りといふ名で大正までは誰れでも知つてゐた日本橋大伝馬町の梅花亭が、どらやきで売出したのは明治も十四五年頃になつての事であらう、べつたら市や恵比寿講の盛んな時分だつたので、梅花亭の先々代主人が思ひつきで切り山椒を、べつたら市みやげに売出したのが人気にかなひ、以来三四十年間、べつたら市は知らなくても梅花亭の切り山椒を食べない人はないといふくらゐであつた。

うつりかはる東京の年中行事に合せて売出した甘味に、三月三日、女の節句の白酒といふのがある、これは鎌倉河岸の豊島屋で、いよいよ上巳の宵節句ともなれば、店頭を杉丸太で大仕掛けに仕切つて整理をし、それでも尚ほ殺到する買手に、ともすれば人死にがありさうだといふので、特別に巡査が出張したこともあつた、あれほど繁昌した豊島屋の白酒も時世の好みのうつりかはりには敵《かな》はない、大正に入る頃店をしまつて、いつか知らん忘れ去られた。

白酒のついでに甘酒がある、これは売物といふよりもお愛嬌のお景物として十年間東京人になじみつづけたのだが、市ケ谷濠端の呉服屋の店頭にかまが仕かけてあり、呉服屋の屋号も、そのまま、「あまざけや」で通つてゐた。

大きく竹で輪をつくり、輪一杯に反物の切出しをぶらさげ、一反売りでなく、切売りにして入用だけの小切れが好きなだけづつ買へるやうにした呉服ものの売り方、これが、そもそも江戸の町が出来た頃の呉服屋さんのやり方で大層繁昌したとむかしばなしに聞いてゐる、それから思ひついたらしい市ケ谷のあまざけやで、吊り切れ小切れ専門の見世を出し、御愛嬌にお客さまへ甘酒を進上した、ここまでおいで、甘酒進上をそつくり本物にやつて見せたのだらう、それが当つたのだ。

コーヒーが珍らしくなくなつたのは明治三十五六年以後であり、サイダーといふ飲みものが始めて売出されたのは明治四十年だつた、それまでの東京には枇杷葉湯《びはえふたう》か麦湯か甘茶かがあるだけで、甘酒などは最上の飲みものであつたらう、何だあま酒かとばかり東京人に軽蔑される頃になつて、あまざけや呉服店も縁つづきの伊勢丹に合流して了つた。

東京にコーヒーが跋扈した時から甘いものも一かはりしたと見る、横浜の塩瀬が著しく東京へ進出したのも同じ頃で、塩瀬のまんじうと共に、風月の春日野まんじうに栗饅頭が東京甘味の王者のやうに立てられ、江戸がつた人たちは空也のもなか、湖月のむさしの、田月堂の腰高まんじう、壺屋の唐まんじう、越後屋の黄身さうめん、翁堂の水羊羹、紅谷の石ごろもなど、そろ〳〵東京名物として光りはじめた、サトウハチロウ氏をして特技をあらはさしめた木村屋のアンパンも其頃の生れであらう。

もつともつと、江戸がる人たちは、吉原二葉屋のけいらん巻といふせんべいを自慢にした、一家の主人が吉原あそびをすることを嫌ふくせに、家々の妻女たちは吉原みやげのけいらん巻には特別のわらひ顔を見せる。

特別、塩せんべいは東京名物として特に数へられたもので、橋場に長く住んだ喜多村緑郎氏を訪ねると、今戸の都どりせんべいが必らずお茶菓子に出たものだ、塩せんべいでも東京らしい茶菓子であり、市中到るところ店先で焼くことになつてゐた、あんまり塩せんべいを東京人が好くので、後には埼玉県草加の里から草加せんべいがわりこみ、東京地もとのせんべいやをまごつかしたこともあつた。

松井須磨子といふ名女優が、信州松代から出て飯倉の風月堂に子守児として養はれてゐたことも、甘いもの物語に縁がないでもない、汁粉やも亦、コーヒーの一般化に刺戟されて盛りかへされたといへよう、前からあつたくせに急に見なほされたのが、浅草お堂うらの松邑《まつむら》で、仲見世の梅園を大衆向汁粉とすれば松邑は高級しることいふ風に思はれてゐた、下谷お成道の梅月につづいて太々餅といふ汁粉やが出来た、これは元来、芝神明さまの境内にあつた太々餅の分店で、ここに一つのお客商売心得話として面白い挿話がある。

元来太々餅のはじまりは、芝の神明さまに雑掌をつとめてゐた老人が、お宮の役目がつとまらなくなつた時、余生を送る仕事を神前に毎日おかざりする太々神楽の餅から暗示を得た、あの餅をあのまま固くして了ふのは勿体ないといふので、汁粉屋開業を志ざしたのださうだ。

時しも神明祭りの直前だつた、神明祭りは一名めつかち祭りともダラ〳〵まつりとも云はれて、おみやげは千木筥《ちぎばこ》と芽かき生姜のほか何もないくせに、祭礼の期日は一週間ダラダラとつづくので、この間にお汁粉やを開店することは尤も好都合であり、汁粉につかふ餅は神さまのお盛物《もりもの》のおさがりとすれば一層ありがたみが添はるといふので、屋号をまづ太々餅と名づけたのださうだ、雑掌の思ひつきは美事に当り、忽ちの中に東京名物の仲間入りをした。

ところが、この雑掌、やがて老人になつて余命幾何もないときまつた時、息子たちを枕もとに呼び、おれが死んだら店をやめろと云つた。

息子たちはびつくりして止めたくないと押しかへしたら、老人は質問した。

「汁粉屋をつづけるとすれば、どういふ要領で営業をつづけるつもりだ」

この質問について、息子たちは言下に、うまいものをつくつて安く売りますと答へると老人は首を振つた、

「だからいけねえ、止めろといふんだ」

きつぱり云ひ渡したさうだ、そして静かに説明した老人の言葉は、老人の息子たちばかりでなく、世の中のあらゆる食べもの店にも料理屋旅館にさへもそつくりあてはまる商売繁昌の秘伝といふことになる。

老人は自分の過去を思ひ出すやうにしんみりと云つたさうだ。

食べもの屋を繁昌させるのは旨いものを安く売ることでは決してない、店は勿論、料理場でも、台所でも、とりわけ不浄場などの隅々に到るまで、塵一本落さず、よ

ごれもの一つちらさず、清潔の一点ばりでおしきる、障子のサンの上のホコリまでいつも綺麗にとり去つておく心がけを実行し通しておくこと、只それだけでよい、食べもののつくり方の旨いまづいはそれからあとのことであると云つたさうだ。「お前たちにはとてもそれがやり通せようとは思はれないから、だから此商売はやめろといふんだ」

固くいひ渡して亡くなつた、併し、息子たちは老人の言葉を只一片のお説教と聞流して太々餅ののれんをかけつづけたのが、一応、東京名物の一軒として、つづいたことはつづいたが、お成道の分店も、神明の本店も大正初年の中に商売がへをすることになつた。

店売でなく、云はばげてもの菓子とも名づけられるものに東京名物が東京に年代記をつくつてもゐる。

今川焼といふのが明治期から伝へられて、下町つ子を悦ばせた、これが大正に入つて大正焼と名をかへ、形ちをととのへて神楽坂に屋台見世を出したのが大当りで下町からまで買ひ手が殺到し果は同じやうな屋台見世で同じ形ちの今川焼やが出たので、はげしい競争になつたことがある。

今川焼のおかげでおし負かされたのが「書生のカステラ」といふ別名を持つた焼

いもでありこれは中途で「大学焼いも」として出なほした、はじめは名の通りにある大学生が学資かせぎにやつたので、アルバイトの元祖かも知れない。

青柳の金つばをまねて駄ものの金つばも明治大正とつづいて巷間の名物をなしたであらう。

豆ねぢ、かたまめ、しんこ細工、あめ玉などが横丁や露次や裏店の子供たちを悦ばしてゐる頃、大福餅に豆を入れた豆大福とおこはが現はれて水道橋の土砂あげ場や、新宿のガード下、赤羽橋の糞船々場などに働らく人たちを慰さめつづけたりした、それもこれも、戦争が根こそぎぶちこはして了つたが、さてこれから出なほる東京名物甘いものの新形はどのやうなものであらう。

解説

鴨下信一

この平山蘆江『東京おぼえ帳』を読まれた方は、数多く出ている、書かれた時も扱っている時代もさまざまな〈昔の東京を偲ぶ本〉とは、ずいぶん違う読後感を持たれたに違いない。

文中の「序にかへて」に昭和壬辰とあるとおり、原稿がまとめられたのは、敗戦後それほど経ってない昭和二十七年（一九五二）、出版は翌二十八年である。実はこの年が明治十五年生れ七十二才の著者の没年で、死後旬日にして刊行された。

筆の及ぶところは、明治の末から大正、昭和のはじめが主になっている。しかし、どうも東京の過去をなつかしむ〈ノスタルジックな気分〉からは遠い本だ。本当はそこが一大特色なのである。

蘆江といえば都新聞の花柳演芸記者として、芝居にくわしく、花街の裏に通じ、自身小唄の詞章の筆をとるなど邦楽の知識が豊富で、いわゆる通人《つうじん》の風《ふう》があったから、さぞや江戸趣味の横溢した本かというと、それも違う。

読んで感じるのは、今に通じる東京という大都会のふつふつと滾《たぎ》るような生のエネルギーであり、淡白な懐古趣味でなく脂《あぶら》っ濃《こ》い欲望の、現実感《リアリティ》のある記録《ドキュメント》であることだ。

まず特異なのは〈金銭〉に関する記述が多く、詳細なことだろう。

冒頭の「梨園の花」の章には、当然六世菊五郎、十五世羽左衛門らの名優が登場するが、筆を費《ついや》しているのは芸の話ではなく、役者の世帯の切り盛りである。

菊五郎の西欧近代劇のような心理的写実主義の演技とか、フランスのル・ジャンドル将軍と日本の芸妓との間に生れた天下の二枚目羽左衛門が、九代目団十郎から受け継いだ最も正統な荒事《あらごと》の発声法の持ち主だったとか、そういった芸の上のことはこの本に少しも出てこない。ただ菊五郎が吉右衛門、勘彌ら当時の若手朋輩《ほうばい》の俳優と数々の名舞台を見せた市村座の経営で生じた多額の借金を「私は役者だから私に芝居をさせてさへくれたら、立派に払つて見せます」の啖呵《たんか》と共に完済したことは詳しく書いてある。菊五郎はこの時代の歌舞伎役者に珍らしくゴルフをやり、自動車を運転し、射撃はオリンピックに出ようかという勢いだったが、これらの趣味を身に付けたのは高利貸に追い廻された市村座時代だった、とも書く。この豪気な人柄が菊五郎の芸を生んだ、と。

「あつしは地震はちつとも恐くありません。いつしよになつて身体を揺らしてりや、なんでもない」といったという羽左衛門は稽古嫌《ぎら》いで、一部にはズボラの羽左、ズボ羽左といわれていたそうだが、蘆江は役づくりは用意周到だったと書く。そしてこの人は芝居で受取る給金を夫人と折半し、夫人の手に渡した金には一指も触れず、自分の分だけでその月々の出銭《でぜに》の切り盛りをしていた、とも記す。大いにモテた人で、また当人も惚れっぽくて、好きになれば相手の婦人に豪儀に何でも買ってやった。ただそれはレコード吹込みなどで入った収入をパッと使ったまでのことで、芝居の給金は浮気には使わなかった。あれは地道《じみち》の金で、それをチビチビつかって色事をしたら「舞台が小汚くなつちまふよ」というのだ。時には煙草銭にもこと欠いた。そんな時煙草入れに一杯煙草を入れてやると、いかにも嬉しそうに「ありがたうよ」といったそうだ。この人柄がそのまま花の橘屋《たちばなや》の芸だった、と蘆江は書く。

幸いにして二人を観ているから、この蘆江の、舞台の上のことでなく私生活の人柄からの芸評が、まことに正鵠《せいこく》を得ていることは証言できる。普通の劇評家には出来ない評がこうして残っていることは貴重だ。

当時の役者には、必ず芸者がついた。菊五郎には新橋の勝利、後に君太郎がつき、羽左には洗い髪のお妻、後にはお鯉というふうに、役者のうしろには常に情人でありパトロンの（さらに今ふうにいえばプロデューサー、マネージャーでもある）芸者がいた。

このへんになると蘆江の独壇場で、芸者のことは演劇史の重大な事項だけれども、両者の関係をちゃんと書いてくれている本がない。

いや、芸者となると、もうぼくの年代でもまったくわからない。ふつうの座敷に呼ぶ手順もしきたりももうかなり怪しいのだから、まして旦那とか情人《いろ》とかいったらお手上げである。

しかしこの本の二つ目の章「狭斜の月」を読むと、大凡《おおよ》そのことだけはつかめる。「芸者に好きな人が出来れば、それをいろといひ、もし好きな人が客なら客いろといふ、いろと呼び客いろとよばれる間柄は、双方の逢瀬につかふ金のいり用を、双方の間で五分と五分か、七分三分に出しあふものとして江戸時代から誰れがきめたとなくきめられてゐた、まぶとなればさうはいかない、一から十まで女のふところまかせになつてゐる（略）」。この調子ではっきり金銭のことを含めて書くから、現代のわれわれでも推量がつく。芸者という、肉体は享楽のシステムであり精神は文化装置でもある不思議な世界の手引草として、こんなに重宝《ちょうほう》な本はない。洒脱な筆づかいに誤魔化されなければ、この本の内容が東京という都会の〈色と慾〉であることにいやでも気がつくだろう。何十年も前の本なのに、妙に生々と今に通じているのはこのためだ。

ただ、これは東京生れには書けない。こんなふうに書けるのは著者が新聞記者、それも探訪記事を多く書いてきたばかりではない。自身書いているように〈田舎もの〉、地方から出てきた人間だからだろう。

閲歴によれば、神戸に生れ、本名は壮太郎、実父は旧薩摩藩船御用さつま屋の七代目で田中姓、実父没後に長崎の酒屋平山家に入った。府立四中中退、日露戦争中に満州に放浪、帰国して記者生活に入った。

たいていのノスタルジックな〈東京本〉の書き手は、無垢な幼少時の目で東京を見た経験を持つ東京生れの人たちだ。この人らには東京の下半身は書けない。どこかしら嫌悪の念がある。蘆江は初めから成人の目で東京を見ていた。ここに大きな違いがあろう。花柳界のことをこれだけ書けるのはその旦那たち、明治の元勲、大正の成金、いずれも江戸っ子から見れば地方人の成り上りを、頭から毛嫌いしてないからで、そのことは本文を読めばよくわかるだろう。

この本が政治、経済、社会問題を扱っていないからといって不満を言ってはいけない。その代わり類書にはない項目がいくらもある。長唄、清元、娘義太夫、端唄小唄等の俗曲、改良剣舞等の大道芸、浪曲……これらの消長の記述は、その概観を知るのに本書ほど便利なものはない。

なかでも「異風変容録」の章は珍重するに足る。要するに珍奇な恰好をして人目をひいた人々の話だ。赤羅紗のフロックコートに赤い山高帽、赤ぬりの二頭立馬車で銀座街頭に立ち現われた天狗煙草の岩谷松平をはじめとする面々だ。

ここでは「五十前後の小づくりな人物だつたが、いつもくく緋ちりめんの羽織に、濃みどり太打の丸紐を胸高に結び」両国柳橋界隈を「扇子をひらつかせて群衆の中を蝶々のやうにかけまはつてゐた」、この人が注目をひく。服部谷斎《こくさい》——牙《げ》彫りの名人だが、尾崎紅葉の実父である。

紅葉がこの実父をいみ嫌い、父子の名乗りをしようともしなかったことは、少し文学史を聞き嚙った人間なら知っていよう。だがその原因はたいてい父なる人が幇間同様のことをしているから、という一行で片付けられてしまい、紅葉の帝大出の俗物性を云々する材料にしかなっていなかった。

なるほど、こういうことだったのか。これなら紅葉が辟易《へきえき》したわけもわかる。幇間同様とは生活態度のことでなく、この恰好のことだった。これは誰でも恥しかろう。紅葉に対するこの部分の評価は少し改める必要がある。

この本のデテイルには、私たちがこの過ぎ去った時代に持っている知識の、欠落部分を埋める情報が多数書き込まれている。読者はその気になれば、いくらも見つけることが出来るだろう。

例えば、福地桜痴の雅号の由来は、彼が吉原のさくら路という女性に入れあげたからだそうだ。まあこれは普通には片々《へんぺん》たる豆知識にしかすぎない。しかし他の箇所で、新派の大スターの伊井蓉峰の芸名は、その父親が通人の名が高かった北庭筑波だったから〈東の筑波、西の富士〉、富士の別名が芙蓉峰、非常な美男だったからこれで「好い容貌」にひっかけた洒落なのだ。命名はあの碩学依田学海だという。

さらに蘆江は続けて、高浜虚子は本名清の、河東碧梧桐《へきごとう》は秉五郎《へいごろう》の呼びかえで、こうした悠長な洒落の気分が、当時の好尚だったという。このへんの例示とコメントが貴重で、文化史をたどる上でとても示唆的なのだ。

こういうことを書いているときりがない。最後に一つだけ、この中に両三度出てくる画描きがいる。すすめられた座蒲団に決して坐らず、こんなものに坐ったら「職人の腕がさがります」といった柴田是真である。画家といわず画描きといったのは、この気っ風《ぷ》だからだが、画を見た人は少ないだろう。面白い画だ。

画材は竹籠に入った旬《しゅん》の魚、花にとまる蝶、眠る猫とありふれているが、私の見た大半は端《はし》のところが切れている。この切れかたが絶妙で、なんとも鮮かだ。描こうと思えばまだいくらでも紙幅はあるのに、これは意図的に断ち切っている。いわば余白の美がある。

東京の人間、特に芸能界にファンが多く、たしか菊五郎《おとわや》の家が大コレクターだったはずだ。

蘆江の書くものも是真に似て、ことの一部しか書いてない。全体像は読者これを察せよ、ということらしい。余白をいろいろ埋めてゆくと、ひどく楽しい読書が出来る。


（演出家）

編集附記

・本書は一九五二年、蘆江物専門の書肆・住吉書店より刊行された『東京おぼえ帳』を底本とした。
・カバー及び本文の手描き文字・挿絵等、できる限り平山蘆江の手になる原著を生かすように努めた。
・表記は原著に使われている一部の旧漢字を新字に改め、旧仮名遣いはそのままとした。明らかな誤記・誤植は訂正し、難読語に適宜振り仮名を旧仮名遣いで附した。
・なお、本書に収録した文章には今日の人権意識及び医学に照らして不適切な語句・誤謬を含むものもあるが、著者が故人であること、また作品の時代的背景に鑑み、そのままとした。

（編集部）

ウェッジ文庫

東京おぼえ帳

二〇〇九年二月二十三日　第一刷発行

著　者……平山 蘆江
発行者……布施 知章
発行所……株式会社ウェッジ
〒101-0052
東京都千代田区神田小川町一－三－一
NBF小川町ビルディング3F
TEL：03-5280-0528　FAX：03-5217-2661
http://www.wedge.co.jp　振替 00160-2-410636
装　丁……上野かおる
組　版……株式会社リリーフ・システムズ
印刷・製本所……図書印刷株式会社

※定価はカバーに表示してあります。
ISBN978-4-86310-040-4 C0193